仰望
星空

秘振颉 著

YANGWANG XINGKONG

東北林業大學出版社
Northeast Forestry University Press
·哈尔滨·

图书在版编目（CIP）数据

仰望星空／嵇振颉著.—哈尔滨：东北林业大学出版社，2016.12（2025.4重印）
ISBN 978－7－5674－0996－5

Ⅰ.①仰…　Ⅱ.①嵇…　Ⅲ.①散文集—中国—当代
Ⅳ.①I267

中国版本图书馆CIP数据核字（2017）第015599号

责任编辑：赵　侠　许　然
封面设计：宗彦辉
出版发行：东北林业大学出版社
（哈尔滨市香坊区哈平六道街6号　邮编：150040）
印　　装：三河市天润建兴印务有限公司
开　　本：710 mm×1 000 mm　1/16
印　　张：23
字　　数：318千字
版　　次：2017年9月第1版
印　　次：2025年4月第3次印刷
定　　价：59.80元

目　录

第一辑　认识你自己

第二辑 紫藤花开

第三辑　社会视点

第四辑　走近自然

第一辑　认识你自己

人生是从认识自己开始的。

而对于自身的认识，将伴随我们的一生。

认识你自己

古希腊德尔菲神庙门楣上刻着一句神谕："认识你自己。"我们自己，既是那么熟悉，又是那么陌生。

对于这个世界，人类的认识相比古代有了长足的进步。一张世界地图，几乎将陆地和海洋的风貌都标示了出来。借助射电望远镜，人类的目光可以投射到几百亿光年以外的河外星系。透过详细的界、门、纲、目、科属、种的分类，动植物的生长历程和生活习性早已不是造物主心中的秘密……

随着医学的发展，人们对于身体器官等"硬件系统"有了更为直观的认识。身体内的任何蛛丝马迹，都逃不过高倍显微镜的"火眼金睛"。CT扫描，毫无保留地展现了人体内的美妙"画卷"。日渐完善的基因图谱，诉说着人类遗传、生存的神秘"图景"。以上所说的，都是对于人类自身客观的、物质上的认识。除此以外，还需要从精神、情感、理性、意志等主观层面透析，这样才能得出一幅完整无缺的"全息图"。

人类思维能力的发端，首先是从拥有自我意识开始的——将自己从大自然万物中剥离出来，成为一个被单独认识、考察的对象。对于人类自身的探究，早在古希腊时期就成为哲学研究的核心问题。几千年来，多少哲学大家、思想巨人，都曾为这个问题殚精竭虑。他们的理论体系既有合理的思想内核，否则无法经受时光的冲刷；也有难以克服的理论缺陷，这才造成思想界的百花齐放。对于前人留下的这笔遗产，我们需要采取扬弃的态度——取其精华、去其糟粕，这样才能对这一问题的认识有所创新、有所提高。

人性问题是“认识自我”这一问题域的核心。针对人性善恶的问题，先秦诸子百家留下大量闪耀着智慧之光的论述。《孟子·告子篇》中的告子完全站在中立的立场上，提出了人性既非善也非恶的观点。除此之外，很多思想家分别站在人性善、人性恶的两岸，隔岸对望着。孟子提出了人性向善说，指出人性向善就如同流水向下的自然规律一样。荀子提出性恶说，声明要用礼乐制度来约束人性的“魔鬼”。在荀子眼中，人性被分为“性”和“伪”，即人类的自然属性和社会属性。人类的自然属性是恶的，就如同其他动物一般，因此要用礼乐制度来形塑人类的社会属性，即“化性起伪”。由此看来，荀子的性恶说并非将人性看得一无是处，而是在“恶”中看到“善”的希望。到了法家代表人物韩非、李斯那里，人性完全被魔鬼的黑暗所笼罩，因此严刑峻法就成为维护社会秩序的唯一法门。此后，儒家思想在董仲舒等人的倡导下，逐渐成为官方哲学。在两千多年的封建社会中，人性再一次被设想为“善”，由此道德教化成为规范社会秩序的主要途径。在和风细雨的教化下，前人忽视了法治建设，由此让人性中的“恶”成为脱缰的“野马”，肆无忌惮地侵蚀着社会和谐稳定的基石。由于在很长一段时间内，我们的先人对于人性的估计过于乐观，所以丧失了对人性恶的提防。在一次又一次“暴政—改朝换代—新的暴政”的恶性循环中，中国朴实的民众不断承受着制度缺失带来的恶果。传统社会在埋葬旧的暴政的同时，也为新的暴政埋下了伏笔。

相比中国的思想家，西方人对人性的认识相对客观、真实。西方人并不否认人性中有善的成分，但还是将目光更多聚焦于人性中的“恶”。西方文化的两大源头之一——基督教文明——就提出“原罪说”，认为人类的先祖亚当、夏娃因犯有原罪而被驱逐出伊甸园，此后的人类世世代代都要背负起“原罪”。在近代人本主义、启蒙运动思想家的著作中，用法律制度规范人性被放在核心位置。资产阶级革命胜利后，人们对封建专制痛定思痛，认为人性中的“恶”是无法避免的，“绝对的权力必然造成绝对的腐败”，“一切有权力的人都容易滥用权力，这是万古不易的一条经验”。要防止权力被滥用，捍卫已经取得的自由、民主、平等，就必须以法律制度遏制权力，让人性中的“恶”没有生存的土壤。为此，西方构建了完备的法律体系，保证社会运行不因某些人的“恶”而偏离正常的轨道。但近几十年来，西方法律制度也在社会和谐稳定方面力不从心。由于法律只关注社会运行的底线，导致社会中人际关系的冷漠。西方社会频繁发生的动荡和骚乱，其实就是对西方唯制度论的一种反压。

其实，要得到对人性、对自我认识的正确答案，我们不妨将东西方的智慧结合起来。人性中“一半是天使，一半是魔鬼”，后天的环境很大程度上决定着一个人是否为善（是否为恶），比如一母所生的两个孩子生活在不同的环境中，最终导致命运、前途的迥然不同。因此，首先要建立完善的法律制度，防止人性堕落为恶。为人性建立一道防护网后，还要进行适度的道德教育，宣扬人性善的典范，使人性的现实状况与理想状况慢慢接近，由此达到“天下大治”。

“我究竟是谁?”“我来自哪里?”从孩童开始，我们就开始追问这些问题。从人类社会的“孩童”阶段，人们就开始对自身进行不断求索。也许，这些问题永远没有标准答案，但在不断追问中，人类社会不断发展，最终将看到那幅美好图景。

心中的“白天鹅”

忙完繁杂的事务后，我终于迎来一天中最为期盼的时刻——和心中的“白天鹅”约会。虽然只有短短的一两个小时，却从中重新找回真实的自己。有你的相伴，我的人生将有别样的精彩。

为了这个神圣的时刻，我做了精心的准备——调暗房间内刺眼的灯光、打开电脑中的轻音乐，营造出幽雅恬静的氛围。完成这些功课之后，我等待着你的到来。望着白得像雪的稿纸，我杂乱的心情渐渐平静下来。在脑海中苦苦搜寻着写作的素材，终于灵感像一股温暖的气流，一下子充盈了所有的神经。我知道，你的脚步已经在我不远处响起，于是，我加快步伐朝你的方向走去。稿纸上，字里行间记录着我激动的思绪。终于，看到你模糊的脸庞。你依然是那样——“犹抱琵琶半遮面”。我只好隔着薄薄的面纱与你对话，但这并不妨碍我们心灵的沟通。窗外，天色已晚，寂静无声，分别的时刻在不经意间到来。虽然有些无奈和不舍，但这只是暂时的分别，距离更会产生一种朦胧的美。你渐渐远去，渐渐变成一个黑点，消失在我的视野中……

在没有和你相遇之前，我曾结识过很多密友。我曾经对书法产生浓厚的兴趣，家中的报纸就悲惨地沦为我涂鸦的对象。虽然得到一些长辈的指点，但是一年之后，书法技艺仍没有很大的改进。看到很多比我年龄小很多的少年都能在宣纸上挥毫泼墨，我放弃了成为书法家的念头。随后，我又立志研究学术，为此从网上和实体书店里“运回”大量的学术书籍。买书花费了大半个月的收入，但是望着那些散发墨香的书籍，内心感到无比的满足。此后，我蒙头开始所谓的“学术研究”，将自己的学术论文交给一些大学教授评阅，得到的评语却是不得学术研究的要领。很多研究只是停留在阐述前人研究之成果上，而鲜有自己独特的、创新的观点。我有些不服，斗胆将自认为比较好的学术论文投寄给多家学术期刊，但是最后的结果往往不是被人退稿，就是石沉大海。这时，一些老师、前辈劝我不要将太多的精力投入学术研究，一是因为没有相应的学术环境及资源；二是没有充足的时间进行研究；三是因为你没有学术研究的基础和天赋。虽然起初“冥顽不化”，但是架不住众人的规劝，我终于无奈地扔下了那堆学术书籍。

终于，遇到了你——我心中的“白天鹅”——写作。其实，早在十年前，我就曾一睹你的芳容。那还是在我高二的时候，我的一篇文章荣获了全国中学生作文大赛一等奖，随后大量的刊物转载了这篇文章。正因为此文的公开发表，我收到来自全国各地的同龄人寄来的书信。书信中既有对我这篇文章的喜爱，也有对我在文章中展示出的才华的肯定，甚至还有对我个人的爱慕，这些着实让我过了一把“名人瘾”。然后，我又多次在一些文学大奖赛中获奖。不过，这些美好都被一年后的高考所打断。进入大学后，我也是随波逐流——忙着考证、实习、参加社会实践活动、找工作。终于，我在大学毕业后找到了一份相对稳定的工作，工作之余有了属于自己的时间。这时，想到了被冷落了十年的你。你没有嫌弃我之前的冷淡，依然敞开胸怀接纳我。经历在书法、学术研究上的折戟沉沙后，终于发现你才是我相守一生的最佳伴侣。于是，无论每天的工作多忙、多累，总会在每个宁静的夜晚与你相会，让我的内心久久沉醉。每次面对你时，我总会有新的期盼，因为每次你总是以不同的姿态出现。对于我的虔诚，你也给予了我丰厚的回报，短短半年的时间，我已经有20多篇文章在各类刊物上发表，并且多次获奖。当然，发表和获奖并不是我与你相会的终极目的，它们只是一些副产品。和你在一起的时候，我不断反思、拷问着自己的灵魂，更加看清了那个被日常生活遮蔽的、真实的自己。

写作，我心目中永远的“白天鹅”，将一直陪伴我走完一生。虽然你不会带来巨大的物质财富、令人羡慕的权力和社会地位，但是你给我的精神财富却难以估量。和你相伴的日子，我的精神世界将不再孤独。

又一次美好的相会结束了，我带着笑容进入梦乡……

“困境”与“逍遥”

——庄子的人生哲学

“人生不如意事十之八九。”由于自然规律的局限，我们逃脱不了“生、老、病、死”的轮回。因为我们自身的贪念和欲望，我们经常纠缠于无休止的追名逐利、陷入纷繁复杂的人际关系。虽然众人对人生苦难论述颇多，但是庄子对于这个问题的见解十分独特，即使在当今社会依然有着重大的意义。

一、人生的困境

人生是苦难的，很多人都赞成这一观点。但是关于人生苦难的根源，许多人却没有从深层次、理性的层面加以思考。庄子的人生哲学具体地分析了这一问题，他认为，人生的困境主要来自以下三个方面。

其一，人内心深处的欲望。幸福与快乐是相对的，同样的“外物”相对于不同的“内心”会产生不同的结果。由于心中强烈的欲望，我们变得心神不定；由于失控的欲望，我们陷入了复杂阴寒的人际关系。虽然追逐外物是人的本性，可是一旦这种本性超越理性，它就会成为我们人生道路上最大的敌人，成为导致人生困境最主要的根源。

其二，个体生命的弱小。人类是伟大的，但人类又是脆弱的，在自然灾害面前，很多情况下我们只能表现出无奈，只能默默地忍受。在疾病与死亡面前，我们只有等待的权利。庄子的人生哲学中揭示了生命的三大痛苦：伤残、疾病、死亡。庄子认为，现实生活中充满了不以个人意志为转移的必然，每个人一来到世上就陷入了随时面临伤残、疾病、死亡的境地。因此，《庄子》中涉及一些残疾人并不因为残疾而自卑的内容，这就充分说明了人生是一个不稳定的存在。

其三，社会的障碍。庄子生活的时代是一个社会动荡、朝不保夕的时代，因此庄子在他的人生哲学中提到了“时”和“命”，这不能简单地理解为宿命论，而是应该理解为在某一特定时期中个体的机遇。社会虽然为个体生命提供了一个发展的舞台，却也不可避免地成为束缚个性发展的障碍。如果说以上两个因素是形成个人困境的内因，那么社会的障碍便是这个问题的外因。

二、“逍遥”——摆脱困境的良策

可能大多数人认为，庄子的人生哲学是一种悲观主义，但这只是一种片面的看法。发现人生的苦难总比蒙在鼓里要好，问题的关键不在于是否揭示苦难，而在于如何从苦难中解脱出来。庄子的人生哲学为我们提供了解决这个问题的良好方法：清心寡欲，过精神上逍遥的生活。以上谈到的人生困境三个方面中有两个方面是不以人的意志为转移的，即个体生命的弱小和社会的障碍，那么就剩下人的内心欲望可以由我们来裁决。我们物质上的生活可以过得不富裕，但我们一定要做精神上的富翁。正是受到庄子的人生哲学的影响，古代许多文人雅士过着与世隔绝、远离世俗的隐居生活。让自己的行为受理性支配，不再成为名利、欲望的奴隶，或许这时的你才能从世俗的烦恼中解脱出来。

三、现实意义

庄子的人生哲学现在不会过时，将来也不会过时。当今社会，许多人都沉湎于声名酒色、物质利益，这正需要用庄子的思想来净化他们的灵魂。可能很多人会感叹，自己越来越不像真实的自我，这正是现代社会

"异化"作用对人的影响，而庄子的人生哲学如同一双有力的大手，撕破遮在你脸上的一副副假面具。也许很多人都会感叹生活的苍白，如果与庄子进行心灵上的"对话"，你绝对会成为精神上的富翁。

总而言之，庄子的人生哲学透析了人生苦难，并为我们指明了一条摆脱苦难的道路，在当今商品化社会里，依然具有十分重要的意义。虽然我达不到庄子所说的那种境界，但我相信：能与庄子人生哲学相识，人生必将焕发出别样的光彩。

《新月集》《飞鸟集》:吹响我人生的风铃

没有成长的得意，没有岁月流逝的伤感。当我吹灭生日蜡烛的那一刻，手里捧着《新月集》《飞鸟集》，我听到一种乐音在渐次弥漫。“叮当叮当——”那不是我的风铃在歌吟吗？

没有和泰戈尔的《新月集》《飞鸟集》相遇时，我曾经有过一丝年轻的彷徨。我感慨岁月的无情流逝，那颗童心好像已经泯灭。嗟叹的同时，我又意识到自己精神状态上的不成熟，有时处理事务时缺乏一定的理性思考。人生存在很多美丽的偶然，无意中我遇见了泰戈尔的这两本诗集。它们从两个不同的角度丰富着我的内心，从而奏响了我人生独有的华章。

“叮当叮当——”《新月集》似一阵柔和的清风吹响我人生的风铃。诗集中勾画的美丽的田园、儿童的天真，使我隐隐约约地感受到陶渊明式的风格。诗人生活的那个年代，正是英国殖民统治最残暴的时期。诗中描写的这些美好事物，正是对幸福生活的向往、对现实生活的退避。理想与现实的巨大落差，使字里行间流露出诗人的迷茫与淡淡的哀愁。

更为重要的是，《新月集》使我再一次拥有一颗童心。当我长时间埋首于繁杂忙碌的事务中，我会感到一份孤独与失落，亦会怀念起青少年时期无忧无虑的生活。少年的风筝已经飘远，那时的记忆也逐渐变得模糊。但是，《新月集》第一篇突然将我拉回那个纯真的年代：

> 我独自在横跨过田地的路上走着，夕阳像一个守财奴似的，正藏起她最后的金子。

白昼更加深沉地投入黑暗之中，那已经收割了的孤寂的田地，默默地躺在那里。

天空中突然升起了一个男孩子尖锐的歌声。他穿过看不见的黑暗，留下他歌声的辙痕踏过黄昏的静谧。

多么美丽的黄昏落日图！我想：如果我处在这样一个恬静、清幽的环境，所有的烦恼会顿时烟消云散。特别是诗中的那个男孩子，他更像一个天使。他的声音打破了环境的寂静，体现了静中有动的效果。他的歌声代表着无忧无虑，是内心情感的直接抒发。我想起自己小时候高兴时，也会用歌声将快乐传递给别人。《新月集》中的每一首诗，其实都是一个童年的歌谣。泰戈尔将儿童的言语、行为、心理、神态，活灵活现地展现在我面前。《新月集》使我觉得童心不是一个时期拥有的物质，而是一辈子永恒的财富。

“叮当叮当——”《飞鸟集》更似一阵猛烈的疾风吹响我人生的风铃。人终究是要长大的，保留一颗童心固然重要，但是心性的成熟更是生存的必要条件。《飞鸟集》似一阵狂风，吹走了我内心的不成熟的状态，带来的更多是理性与思考。《飞鸟集》中的每一句话，都可以说是一句精辟的、蕴含哲理的警句。从这些“语林的精华”中，我感受到作者不平凡的人生经历和感受，使我对待人生的态度不再是一种理想化的状态。《飞鸟集》中的许多诗句或许我无法记住，但是其中有两句至今记忆犹新：

“蚌将昔日的欢乐和痛苦埋藏在心里，用心血灌溉，用思想磨炼，最终孕育出一颗闪光的珍珠。”

“山的最高峰是不毛之地，所以通往山巅的路才是陡峭崎岖，荆棘丛生。”

或许，这两句诗想表达的事理十分浅显，但是诗人借物喻理，使朴素的哲理带上了智慧的光芒。这两句诗对我的影响十分巨大，曾有一段时间我将它写在纸条上贴在书案前的墙头上，激励我勇敢地面对人生的挫折。从读《飞鸟集》的那天起，我告别了懦弱，重新塑造出一个刚毅的自我。

从那天起，我可以为了理想与真理付出我的一切；从那天起，我可以用冷静的思维、客观的眼光审视世界、审视人生。

《新月集》《飞鸟集》对我的人生是同样重要的，它们从正反两个侧面对我的性格进行完善；它们从不同的视角诠释着人生，使我明白生存的意义；它们更是茫茫大海中的灯塔，导引着我的生命之舟不断地前行。

“叮当叮当——”书案上放着的《新月集》《飞鸟集》不断吹响着我人生的风铃。我的风铃在摇曳，我的风铃在歌唱，那是一颗年轻的心在律动，那更是对大师的一种吟诵……

不能当饭吃

“这些东西不能当饭吃，不要把过多心思放在上面”，每当孩子热衷于学业外的兴趣爱好时，家长总会“及时”叮嘱。可怜天下父母心，不应该怀疑父母的良苦用心。可是透过这句话，却看到社会中的一种浮躁心理。

年幼的我们单纯、率性而为，如同一张张没有任何痕迹的白纸。对感兴趣的领域，会像勇敢的探险者一样走进那个世界。可是，现行的教育制度却在有意无意地扼杀兴趣的“萌芽”，它已经详尽规划出一套成功的模式和途径。如果不走这条“阳关道”，就会被视作“异端”，承受生命难以承受之重。理想和现实之间，我们只能屈从于现实，因为追逐梦想的成本实在太高。只好将“兴趣的行囊”“打包”，并与它们“挥泪告别”。由此，错失了实现梦想的最佳时机，没有在最合适的时刻完成生命旅程的第一次“起飞”。

大学毕业之时，自由选择权终于又交回到我们手中。可刚与梦想这位“旧友”重逢没多久，我们不得不背负起谋生的重担，没有了追梦的时间和精力。这时，再一次来到理想与现实的十字路口，虽然外界有形的强制力被“撤走”，但无形的压力还是让我们再一次选择面对现实。伴随着年龄的增长和社会阅历的丰富，我们逐渐舍弃儿时的梦想，认可现有的生活方式。于是，又一个平庸的人在社会中诞生。

上面简述一个人由充满理想走向丧失理想的全过程，这其中有着十分复杂的原因，但最主要的原因就是人们的浮躁与短视。社会衡量一个人是否成功，往往采用一些有形的标准，如金钱、名誉、社会地位等。面对激烈的社会竞争，人们更加渴望获取成功，更加渴望以最短的时间、最小的代价占据梦寐以求的“制高点”。人们所做的一切，包括工作和生活，都是在为成功做着准备。在实用主义思潮的感染下，人们不再思考获取成功以外的那些问题。君不见，书店内励志类、成功类书籍被放在显要的位置，占据了畅销书榜的前列，为作者和出版商带来了丰厚的利润。我并没有诋毁励志类、成功类书籍的意思，因为这些书籍里面确实传授了一些实用的方法和途径。可是，生活中除了获取成功外，就没有其他精彩值得驻足停留、细细品味吗？非也。从另一个角度讲，不过度地执着于成功，也为人生留有一定的退路。毕竟，成功者寥寥无几，我们中的大多数只能扮演绿叶的角色，无法品尝到成功的美酒。这时，我们该怎么办，是自怨自艾、自暴自弃，还是坦然面对、另辟蹊径？如果能想通这一点，身边的很多悲剧或许就能够避免。这时，我们就可以发现：原来很多看似无用的东西，比如哲学等，还是能够发挥很大作用的。它帮助我们渡过眼前的难关，为今后可能的成功吹响集结号。当然，在春风得意之时，这些“无用的东西”也能让我们时刻保持着一份警醒，不让到手的成功只是昙花一现。无用之物有时能发挥重要的作用，正如道之于术有着天壤之别。“无用的东西”往往属于道的层次，指导着“实用的术”正常运行。没有“道”的规约，“术”只能得一时成功，无法长久地守住已经取得的“成果”。

推而广之，不光个人需要思索某些看似无用的问题、钻研某些看似无用的领域，整个社会、国家也需要一部分人研究这些“无用的东西”。物质发展不是万能的，它不能掩盖精神世界存在的问题。而要治愈精神领域的“病症”，只能依靠这些无用的东西，譬如哲学、伦理学等。这些东西不能产生实用的、短时间内可见的价值，因而不得不忍受被冷落、被边缘化的处境。由于需要长期坐冷板凳，这个领域内的很多人放弃了手中的“道”，转行到其他有着不菲回报的领域。不应一味指责这些人没有知识分子的骨气和气节，因为他们也背负着买房、养家的重担，需要一定的经济条件作为支撑。问题的关键在于，国家、社会需要给予这些领域内的研究者一个相对宽松的环境，解除他们的后顾之忧，这样他们才可以轻装上阵。要改变某些短视、浮躁的心理，给这些研究者更多的宽容和更多的时间，这样才会有更好的学术成果不断涌现，帮助国家、社会这艘航船乘风破浪、阔步向前。

“这些东西不能当饭吃”，母亲的话又一次在我耳畔响起。这次，我不会再简单地向现实妥协。我要捡起儿时的梦想，在不耽误工作生活的前提下，逐步让理想变成现实。或许，这些东西在短时间内是无用的，甚至有生之年都是无用的，但是我并不会后悔自己的付出，因为我享受这个过程。

常怀感恩之心

英国著名的启蒙思想家约翰·洛克曾说过："感恩是精神上的一种宝藏。"感恩是人性升华的重要途径，是人格高尚的重要表现。无论对父母、朋友、周围人，还是对国家与社会，我们都应该常怀一颗感恩之心。只有这样，才能描绘出一个精彩的人生。

感恩是一个人变得高尚的重要保障。不懂得感恩的人，不会对言行进行规约与反思。有了一颗感恩之心，就不会在现有的成绩面前沾沾自喜，因为我们认识到，这些成绩的取得不仅仅是个人的努力，背后还有很多人的默默支持。有了感恩之心，我们就会对很多认识的、不认识的人给予力所能及的帮助，因为我们已经得到的太多，应该为他人付出自己的爱心。有了感恩之心，就会对现有的生活状态感到知足。对于眼前的困难与挫折，不会在内心过多纠结。感恩让我们把注意力投射到已经拥有的东西上，对无法获得的事物则淡然处之。俗话说："知足常乐。"感恩让我们感受到生活中的美好，让我们以愉悦的心情迎接每一天的旭日东升。

第一个要感恩的对象，就是生我养我的父母。"鸦有反哺之义，羊知跪乳之恩。"动物用简单的行为表达对它们父母的敬意。莫泊桑曾留下一句充满温情的话语："人世间最美丽的情景出现在当我们怀念到母亲的时候。"父母赐予我们生命的原动力——给予我们有形的肉体，这是我们生存于世的根本。我们年幼时，根本没有独立生存的能力，这时，父母为我们撑起了一片没有风雨的"晴朗天空"。在父母的精心呵护下，我们健康快乐地走向成熟。在漫长的成长旅程中，父母既为我们提供物质上的衣食，也给予精神上的鼓励与教导。“滴水之恩，当涌泉相报。”如果一个人不懂得感恩父母，那么这个人不可能是一个品格高尚的人，既然对最亲近的父母没有感情，又何谈对他人的感情、对他人的无私付出？“谁言寸草心，报得三春晖。”有了自己的子女后，这种感恩之情尤为浓烈，更加明白父母曾经为我们付出的艰辛。孝心是感恩之心结出的硕果。不但要将感激之情长存于心，更要将其付诸行动，让父母在世时就能体会到做子女的孝心，这样才不会在父母过世后，留下深深的遗憾。

接下来要将感恩的目光投向其他亲友以及帮助过自己的人。一个好汉三个帮，个人的力量常常是微不足道的——几乎没有人敢说自己没有接受过别人的帮助。问题并不在于是否接受过别人的帮助，而在于接受帮助后的态度。这种态度的不同，就很好地体现了一个人的道德水准。泰戈尔用比喻展示了两幅不同的场景：“蜜蜂从花中啜蜜，离开时营营道谢。浮夸的蝴蝶却相信花是应该向它道谢的。”对于他人的帮助，应该像蜜蜂那样，在适当的时间与地点送上感谢，而不应该如蝴蝶那样，将他人的援助视为理所当然。两位哲学家尼采和卢梭则分别从正反两个方面揭示出感恩的实质，即“感恩即是灵魂上的健康”和“没有感恩就没有真正的美德”。感恩之心可以帮助我们在他人心中建立较好的人缘，有助于我们在应对下一次人生危机时不至于手足无措、孤立无援。没有感恩之心的人，别人一定会看穿他的本质。他虽然会在短时间内获益，但是从长远来看，他的事业之流一定会在别人的鄙夷与轻视中慢慢枯竭。因此，感恩之心不仅仅只是停留在道义的层面，还将对每个人最终的人生走向产生影响。

除了对实在的个体抱有感恩之心，更应对国家、社会这样的群体心存感激。人是社会的动物，没有人可以脱离一定的群体而生存。既然是群体中的一分子，那么取得的任何成绩都与整体环境有关。如果山河残破、社会动荡，那不可能有你事业上的辉煌、家庭内的幸福、生活上的安逸。因此我对某些知识分子的言论持有保留意见。他们生活在这个尊重知识、尊重人才的年代，才有了他们学术研究上的成就。但是，他们并没有感恩国家、社会为他们提供的良好环境，反而不断恶意攻击着现有的制度体制。当然，并不是说不能对国家及社会现状进行评论，可是这种评论应该建立在客观公正的角度上，应该建立在社会公共利益的立场上。一旦偏离这个规范，这种评论就会演变为个人私愤的发泄。之所以会产生这种现象，就是这些所谓的“知识分子”只看到成功的主观因素，而没有看到其他诸多客观因素，因此没有抱有一颗感恩之心。当一个人只把成功归功于自己时，即使他才高八斗、学富五车，他也不能被称为某个领域内的大师，充其量只是一个“精致的利己主义者”、一个承载知识的“容器”而已。

“不管一个人取得多么值得骄傲的成绩，都应该饮水思源，应该记住是自己的老师为他们的成长播下了最初的种子。”居里夫人用朴实无华的言语，告诉我们感恩对于个人健康人格形成的重要性。我们应该常怀感恩之心，这样才能在成功的道路上越走越远、越走越宽阔。但愿社会中的每个人都能对他人、对整个国家和社会充满感激，这样的社会才是真正美好、和谐的社会。

等待也是一种幸福

“花开堪折直须折，莫待无花空折枝。”长久以来，我们一直被教育不要等待，立下鸿鹄之志后就要立刻付诸实施。不过，有时匆忙行动并不能带来成功，少许的等待或许会有更好的结果。无论最后的结果如何，我们都能在等待中收获幸福。

人是理性的动物，人和动物的最大区别就是人有对人生、自我的思索和认识。在这些理性的思索中，最重要的就是对人生意义的探求。在这短暂的人生旅途中，找寻属于自己的生命意义。找寻意义的过程中，我们并不是都处于行动的状态，很多时候因为主观或客观的原因需要停留在等待的状态中。很多人认为，等待是对生命、时间的消磨，甚至是一种慢性自杀。因此，人们通过各种手段将每天的日程安排填满，由此在灯红酒绿、繁华喧嚣中迷失了真实的自我。

现代人是幸福的，亦是不幸的。现代人的幸福之处就在于拥有古代人所不敢想象的物质、技术条件；不幸之处就在于现代人反而成为自己发明创造的物质的“奴仆”，再也没有古代人那份闲庭信步的悠闲。生活在快节奏的都市中，每个人都不敢稍有停顿、稍有懈怠。人们就像一只只不停转动的陀螺，在不停转动中流逝似水年华。我无意贬斥现代人的生活方式，毕竟时代进步、科技发展，我们不可能、也不应该回到古代田园牧歌式的生活图景。我们现在要做的，就是如何摒弃现代生活中的种种弊端，并在一个更高的层面上实现人与自然的和谐。由此，我觉得现代人应该适时放慢自己前进的脚步，在等待中享受自然与生活中的美好。

手头有一大堆工作要处理而心烦意乱、思绪如麻，不妨暂时停止忙碌，倒上一杯清茶或咖啡，眺望一下远处的风景。等待心中的乱麻理顺后，再重新回归工作的常态。此时，工作效率绝对比休息前高。面临多种选择而犹豫不决时，也请选择等待的状态吧。短暂观望后，上天会给你指明一条前进道路，然后再加快赶路的步伐吧。

生活中的等待，蕴藏着亲情、友情、爱情的甜蜜。学校的大门口，常常有一些白发苍苍的老人默默地等候着，因为校门内有他们疼爱的孙辈。游子即将回家时，父母也会等候在家门口，因为血浓于水的亲情牵动着父母的内心。宁静或喧闹的约会地点，小伙子等候着心爱的姑娘，因为即将开启一段甜蜜的旅程。等待的时光是漫长的，等待的心情是焦躁的，长时间的等待还会带来生理上的疲倦。但是，人们还愿意继续等待，因为等待意味着一份责任、一份人间真情。

等待带来的幸福只是整个过程的副产品，因为很多愿意选择等待的人，都不求等待过后的回报。台湾老兵返回大陆时，见到了与自己分别几十年的结发妻子。虽然妻子已经两鬓斑白，但是她却没有另行改嫁，依然坚守着分别时的承诺——等候海峡那边夫君的归来。某些性格倔强的子女与父母发生矛盾后离家出走，等到他认识到谋生的艰辛后，希望重新回到家——这个温暖的港湾。当他叩响家门时，父母的眼神告诉他——他们一直在等待他回家，先前的怨恨早已烟消云散。这样的事例真是不胜枚举，在这个过程中，等待者与被等待者都感受到幸福，诠释着“爱与奉献”的真谛。

等待并不是消极无为、听任命运的摆布——那只是懦夫的行为方式。等待不应该成为人生的目的和终点，而只能是人生旅途中的一个驿站。等我们在这个驿站“酒足饭饱”之后，就应该重新上路。等待不是人生的主旋律，等待之中会有幸福的体悟，但是人生的大幸福不会在消极等候中产生。

“文武之道，一张一弛。”我们的人生需要多个等待的时刻，这是对漫长的人生马拉松赛跑的休整。休整中，我们可以摘取意料中和意料外的幸福果实，同时，休整更是为未来的冲刺积蓄力量。

著名作家大仲马曾说过，“人类的一切智慧是包含在这四个字里面的：‘等待’和‘希望’”。我愿意在希望的行程中稍作停留去等待一下，在等待中守护着无尽的希望。

感谢烦恼，感谢青春

“人生不如意事十之八九。”总是极不情愿地忍受烦恼，尤其是什么都不确定的青年时期。“我很郁闷”已成为许多年轻人的口头禅。难道风华正茂的青年人已经失去活出精彩人生的信心？显然不是，这正体现了年轻人对生活的敏感与热爱。

烦恼总是伴随着人一生的旅程。少年时期的烦恼，充满着幼稚和物质。那时总是执着于眼前，随着事物的变化而产生单纯的情感。中年时期的烦恼，来源于这个复杂多变的社会。从父母的脸上，我读出谋生的艰辛，更品味到一份对生活的责任。老年时期烦恼依然存在，只是老人们已无暇享受。经历了几十年的风风雨雨，老人们已是“任尔东南西北风”，用恬淡与幽静书写着生活的麻木。

但是，青年时期的烦恼与以上的烦恼大不相同。青年时的烦恼如同一碗浓茶，虽然初尝苦涩，之后便是沁人的清香。青年时的烦恼好似一坛陈酒，虽然啜之浓烈，但饮后顿感酣畅淋漓。青年时的烦恼如同一首乐曲，虽然带着一丝婉约，但悲怆之后夹杂着雄壮。

青年时的烦恼充满着青春的激情。虽已跨过成年的界河，但毕竟涉世未深，冲动与激情是最大的特征。可以为社会“冷暖”拍案而起，可以为国内、国际时局争得面红耳赤。当然，年少的轻狂是要付出代价的——激扬文字终究只是纸上谈兵。但烦恼之后，不会放弃过去的理想，只会改变处理事情的方式。烦恼只是激情暂时的低谷，低谷之后很快又会来到另一个高峰。

青年的烦恼体现着对理想的追求、对未来的憧憬。青年人的眼光永远注视着远方，而不是对过去成绩的依恋。理想是一盏指路明灯，它始终指引着我们在人生的风浪中前行。但是，理想又是难以把握的。当我们经过努力跃上人生的新一级台阶后，理想也会同步地往上前进一格。经过数次的“同步运行”之后，挫败感难免会产生。但烦恼无法阻碍对理想、未来的渴望。只要有一丝希望的“火花”，我们就会不顾一切地去追逐。梦想有时如同“镜中花”“水中月”，虽然有无法得到的可能性，但没有理想的人生却是苍白、乏味的。

青年的烦恼表现出对生活的热爱——热爱与怨恨有时只有一丘之隔。对生活热爱到一定的程度，就会专注于生活的每个细节。当某个细节产生不和谐的音符时，就会产生失望，进而发展成为烦恼。人的本源是热爱生活。青年人由于未受到世故思想的侵蚀，依旧坚守着人的本源。烦恼蜕变于热爱，亦会对热爱产生促进作用。生活不会无休止地攻击我们，烦恼的阴云终究会云开雾散，生命的红日又会重现在你眼前。此时，心中将有一份满足感。怀着对生活的感激，会进一步去感悟生活、热爱生活。

青年的烦恼证明我们处于“生存”的状态，而不只是“存在”。笛卡尔的“我思故我在”引起了对“生存意义”问题的思考。“生存”包含着一种理性，闪现着“以人为本”的思想光芒——凸显出人的主观能动性。“存在”只是一种状态，有时可能包含着无奈。“有的人活着，但他已经死了”，正说明肉体存在而精神不存在的无奈。青年人不愿意处在这种状态，希望灵魂在肉体的存在中闪光。烦恼使灵魂得到了升华，更可以充实生存的意义。生存不只是为了物质上的幸福，更是为了精神上和灵魂上的满足。

或许年轻的你感到烦恼是一种包袱，是一种难以名状的痛苦。但是若干年之后，这些烦恼将成为一笔财富，这种感觉会随着年龄的增长而体会到。没有烦恼的青春绝对是一个不完整的、遗憾的青春。

年轻的心灵，需要经历一次次打击；年轻的生命，需要承载孤寂；含苞待放的花朵，需要忍受风雨交加的夜晚。当乌云暂时遮住了太阳的光芒，你不要抱怨，更不要恐惧，稍微等待一会，温暖的阳光又会照耀着我们继续前行。

年轻的生命
不要用愤怒的眼光
注视着烦恼
衔着感激
感谢烦恼
感谢青春
……

孤独：没有观众的演出

“孤帆远影碧空尽，唯见长江天际流。”薄暮中，我孤独地站在江边。眼前，一艘巨轮拖着沉重的身躯渐渐远去。桅杆上的国旗随风飘动，还有几只鸟儿追逐着船尾。

每次面对陌生人，我都无法找到恰当的语言，更谈不上架起沟通的桥梁。由此，远离喧嚣中心，偏离关注焦点。这是人生痛苦的根源，还是上天的恩赐？时常问自己：为什么不能与他人共舞人生？为什么一直滞留在只属于我的时空中？

独行中，朝阳调皮地躲进雾气中，它的笑容变得模糊。朋友收到精美礼物时，我就在一旁羡慕地看着。他朝我笑了笑，那样子真够光辉灿烂。瞬间，其笑容被剥丝抽茧成一棵无人怜惜的野草。从长篇累牍的训诫中解脱出来，真希望身旁有一位认真倾诉的好友，但环顾四周，依然是冷漠的眼神和忙碌的身影。

风款款地抚摸着我，似乎给独舞的我一丝信心。

独处中，渐渐走来那个真实的自我。他披着黑色的风衣，似乎那么熟悉，又那么陌生。一个人最难认清的不是别人，而是那个常常被忽视的自己。独处提供了可以肆意挥霍的宁静，让我以一种淡泊名利、无物无我的状态重新俯瞰内心深处，濯洗落在灵魂上的灰尘。我很渺小，在苍茫宇宙中微不足道。微小的我，如同树枝上的一片枯叶，似乎任何一阵轻风都能将我带走。依然在坚持，希望自己为他人所接受，可是“主我”向“客我”妥协的过程如此漫长，折磨着我的灵魂。此时，书上的文字如狰狞的双眼望着我，心灵上的伤疤被刺穿，脓水流淌出来。我努力着，在白纸上留下奋笔疾书的痕迹……

拿起话筒，犹豫中又把它放下，谁愿意接受这个陌生的电话？“今年花比去年好，可惜明年花更好，知与谁同？”年少的无忧无虑早已渐行渐远，岁月的年轮已经磨平内心的激情。带着长长的惆怅，视线移到窗外，顽童的嬉笑、娱乐场所的灯红酒绿又一次触动心灵：我似乎成了与世隔绝的人！

再一次眺望江上，几点白色跃入眼帘。跳跃着的浪花并不在意岸边人们的关注，依然在一起一伏中延续着它们的生活。看着悠闲自得的波涛，似乎感受到柳宗元描绘的“蓑笠翁”、李白笔下的“举杯邀明月，对影成三人”的意境。诗人崇尚的孤芳自赏，不正表达此时的心情吗？

孤独使我少了许多左顾右盼。因为没有观众注视，尽可不担心选择是否正确。孤独，可以演绎真实的自己、别样的人生。

孤独，使我变得更加成熟。对于人生的不断思索，使我拥有了无可计量的精神财富。仰望一轮明月，跨越了无尽的时空，或许圣人先哲们也在炼狱般的思索中寻找着终极真理。

走在宇宙的碧波之中，我如同一叶扁舟，虽然沧海一粟，却也悠然自得，毕竟航线的前方有那片梦想的蓝天。

梦中意境

黑夜，给忙碌了一天的人们追梦的大好时机。虽然已过了追梦的年龄，但是梦境让我看清潜意识中被压抑的欲求。睡梦中，经常会出现那条带有梦幻色彩的小路，行走在其中，仿佛回到童话的年代……

忙完手头的杂务，终于可以卸下“面具”，可以重新做回那个真实的自我。“黑夜给了我一双黑色的眼睛，我却用它来寻找光明。”或许在现实中，我无法到达理想中的乌托邦。不过没有关系，梦境提供了充足的想象空间。拉上窗帘，点上一支淡淡的清香，最后关闭灼眼的灯光，我终于可以亲吻梦乡的甜美。

虽然已经入睡，但思维还是有些清醒。我知道，这只是在梦境中，绝不是现实，但这并不妨碍我欣赏周围的风景。旅程是从一片茂密的竹林开始的，竹林碧绿碧绿的，好似一块纯洁的翡翠。空气中，弥漫着一股翠竹的清香。过了那片竹林，就来到一条铺满花瓣的小路。路的两边，各种树木参差不齐、各领风骚。树上开着各色艳丽的鲜花，有我认识的、叫得上名的，但更多的是我没有见过的。相比刚才竹林中的清香，这里的香味更为浓厚、直入心脾。我完全沉醉在这天国般的浓香中，贪婪地呼吸着这香味，好像在品尝一款香气四溢的名酒。一阵清风吹来，树上的花瓣纷纷飘落，有的悄无声息地落到地上，有的扑打在脸庞上。看着在空中肆意飞舞的花精灵，不忍心去打搅它们的舞蹈。对于掉落在地上的花瓣，我更是不愿意踩到它们。这时，听到了远处传来了悠扬的竹笛声……

笛声好似来自天籁，时而急促，时而舒缓。我循着声音的源头，朝那个方向赶去。想象着吹笛者的容貌，那一定是一位“女神”。终于，看清了她的容貌，果然是闭月羞花之色、沉鱼落雁之容，犹如天上的仙女下凡。只见她身着一袭白衣，脸上略施粉黛，不像现代女子的打扮。对于我的意外出现，她并没有感到任何害羞，依然如入无人之境，吹奏着悦耳的曲调。我不想干扰她的雅兴，只是在一旁静静地听着。一曲终了，她冲我淡淡一笑，随后身体像羽毛一样飘起来，转瞬间消失在眼前。

没有感到任何失落——既然此女子不属于凡尘，又怎会在我这个凡夫俗子面前停留更多时间。她肯将尊荣留在我的脑海中，对我已是莫大的恩赐。继续向前漫无目的地走着，不知道路向何方……

喜欢这样行走的方式，虽然有些盲目，但这正是人生的终极意义所在。也许，人生本来就没有意义。至于生命的意义，很大程度上是由人们的意志赋予上去的。人的一生存在着生命时态：年幼时，生命状态是将来时，总是对未来充满无限的憧憬，希望自己快快长大；成年后，生命状态是现在时，注重当下利益，视线更多停留在脚下的每一步，并且由于一直被生存的负担重压，已经对未来没有太多的思考；年老时，生命状态是过去时，由于时日已经不多，生命华丽乐章的高潮已经过去，因此总是在回忆过去的经历。在回忆中，既有喜悦，也有哀愁和烦恼。不过经历了回忆和反思，内心会归于平静。正如刚才的所见所闻，只是过眼云烟，时间让一切成为历史，似乎好像没有留下任何痕迹。但是，人就是生活在探求生命意义的道路上，正如我在梦境中所做的那一切，依然会无怨无悔地走下去，直到走不动的那一天……

带着微笑从梦境中走出，东方的天空已经慢慢吐白。新的一天又在等待我，更多的可能性和选择又摆在我面前。有过梦境中奇幻式的经历，我不会为自己的选择而后悔。只要演绎出属于我自己的精彩，我就心满意足了。想到这一点，我自信地踏上崭新的“征程”。

破解幸福的方程式

幸福是什么？幸福存在于哪里？我们时常会在生活和工作之余求解幸福这道方程式。“众里寻他千百度，蓦然回首，那人却在灯火阑珊处。”经历很多的磨难之后，我们常常在不经意间发现幸福，感受到幸福。

生活中的幸福是广泛存在的，只不过是我们不善于发现。或许，我们习以为常的一些事物，就可能成为他人艳羡的对象。我们每个人都拥有一笔关于“幸福”的财富，只是我们已经拥有了它，就不把它当作财富了。我的一位朋友曾对我目前“工作单位离住址较近，不用长途奔波”而感到羡慕，他抱怨自己快被那拥挤的地铁车厢、漫长的往返时间折磨得不行了。在没有听到他的话语之前，我根本没有体会到自己已经拥有的这项幸福，甚至还对工作的枯燥和乏味大吐苦水。幸福有时真的很简单，只要你拥有某些人所不具备的东西，你就已经摘取了一颗“幸福的明珠”。

幸福需要一定的物质条件作为基础。人的首要需求是能够生活下去，否则其他更高的需求都只是“水中月”“镜中花”。衣食无忧、生活稳定而有保障，自己和家人的生理、心理需求能够得到保证，相信这样的状态一定会让大多数人感到幸福。但是，优越物质生活并不能完全保证幸福，否则，世界上最幸福的人就应该是那些最富有、最有名望的人。就像物质界的“能量守恒定律”一样，任何成就的取得必然要以失去其他事物为“机会成本”。因此，那些富豪、名流，其实没有我们想象得那样幸福，因为他们在实现财富、荣誉、梦想的同时，也失去了属于自己的闲暇时间、健康、真情、自我本性等弥足珍贵的东西。所以，物质生活只是幸福的必要条件，而不是充分条件，还有许多其他的因素对幸福的运行起着推动作用。

幸福其实就是一种平衡状态，因为影响幸福的因素很多，而且这些因素相互依存、互相制约，所以如果刻意追求其中的某个因素，必然会造成幸福的天平发生倾斜，最终反而使我们更加远离幸福。因此，富豪和名人不是幸福的真正拥有者，而中产阶级和普通人却常常被幸福所眷顾。幸福的存在有两种形态：一种是外在幸福，即客观存在的幸福；另一种是内在幸福，即某一个体主观感知到的幸福。我觉得，获得内在幸福的境界要比获得外在幸福的要高。因为外在幸福是一种可见的、客观存在的幸福，很容易被人们所感知。但是，内在幸福的感知却不是一件容易的事，因为内在幸福是隐蔽的、主观的，非得经历一番大彻大悟、非得抱有对某一价值观的信仰，我们才能获得这一幸福。内在幸福是我们应对人生挫折与困境的良方。“盖文王拘而演《周易》；仲尼厄而作《春秋》；屈原放逐，乃赋《离骚》；左丘失明，厥有《国语》；孙子膑脚，《兵法》修列；不韦迁蜀，世传《吕览》；韩非囚秦，《说难》《孤愤》。《诗》三百篇，大抵贤圣发愤之所为作也……”“一箪食，一瓢饮，在陋巷，人不堪其忧，回也不改其乐。”“饭疏食饮水，曲肱而枕之，乐亦在其中矣。不义而富且贵，于我如浮云。”古代先贤们的境遇在现代人看来是不幸的，但是他们正是怀着“为天地立心，为生民立命，为往世继绝学，为万世开太平”的鸿鹄之志，在困难的条件下为我们留下了宝贵的思想文化财富。“故天将降大任于斯人也，必先苦其心志，劳其筋骨，饿其体肤，空乏其身，行拂乱其所为，所以动心忍性，曾益其所不能。”面对在外人看来的苦难，我们需要从内心深处去感悟到这是一种另类的幸福——这是为我们未来的成功积蓄力量。当我们构建了上述的内在幸福时，外在幸福也有可能降临到我们身上，毕竟“宝剑锋从磨砺出，梅花香自苦寒来”。即使无法获得外在幸福，我们也会坚强地、有尊严地活下去，在苍茫的天地之间做“一根有思想的芦苇”。

以上我谈的幸福涉及每一个个体，但是正如亚里士多德所说："人是社会的动物。"个人生活于社会之中，社会必然形塑着个体的人格。除了个体对幸福的追求之外，国家和社会也有责任为个人创造一个幸福、和谐的环境。原来我们衡量一个国家的综合国力的指标主要是GDP（国内生产总值）、GNP（国民生产总值），但是随着人们对于GDP和GNP发展带来的负面影响的反思，人们越来越关注经济社会的发展是否真正能给人们带来幸福，由此产生了GNH（国民幸福指数）这一指标。根据相关机构调查测算，目前全球GNH排名第一的国家是丹麦，这或许出乎大多数人的意料。这一指标包含了除经济发展水平之外的诸多变量，涉及个人生活、工作的方方面面。虽然我国的GDP总量位居世界第二，但是在GNH方面的排名却不靠前，这很可能与社会民生保障方面需要进一步提高有关。有人将"教育、医疗、住房"比作压在中国人身上的新"三座大山"，而随着中国进入人口老龄化社会，"4—2—1"家庭的大量涌现，养老问题也成为引人关注的问题。虽然社会经济高速发展，但是如果不解决上述民生问题的后顾之忧，中国人的幸福感一定会大大减损。好在我们党和政府已经对这一问题给予高度重视："以人为本"思想的提出，把人的因素作为我们经济社会发展的出发点和落脚点；唯GDP论开始被弱化，对地方政府的考核逐步引入经济发展、招商引资之外的因素；"让人民体面地劳动"，真正使人民群众安居乐业、共享改革和发展的成果。

"衣带渐宽终不悔，为伊消得人憔悴。"我们很多人都行走在寻找幸福的征途中。幸福是一种客观存在，更是一种主观感受。相信在党和政府的努力下，相信在我们人生旅途的不断追索中，幸福的"斯芬克斯之谜"一定会被破解，幸福之花一定会在人间处处开遍。

钱行？前行！

历史长河的波涛滚滚向前，不断拍打着岸边的基石。站在岸边的我凝望着远方，似乎听到了那横亘千古的呐喊声。钟情的我伸出双手，去触摸前行者无畏的足迹。

一、国之脊梁

祖国，一个亲切的字眼。为了她，有无数儿女甘洒热血。汨罗江边，三闾大夫镇静自若，发出了“举世混浊我独清，众人皆醉我独醒”的悲壮诗篇。端午的龙舟赛不正是这位文学巨人的一种精神吗？

北海茫茫，一位牧羊人正赶着一群公羊。北风萧萧，举目无亲，但他的心依然随着远方的“母亲”而跳动，手中的旌节见证了他报效祖国的决心。

“臣心一片磁针石，不指南方不肯休。”文天祥在国家危难时，挺身而出、不畏强暴，谱写了一曲“人生自古谁无死，留取丹心照汗青”的壮丽篇章。

岳阳楼上文豪的声音，激励着无数人奋发向上，“先天下之忧而忧，后天下之乐而乐”。

民族之魂在祖国的大地上，必将孕育出新一代的栋梁，前行者的足迹让我骄傲，前行者的精神更让我折服。

二、士之亮节

美丽的富春江岸边，端坐着一位贤士，那垂钓的长线，让他品味到生活的乐趣与真谛。面对九五之尊的邀请，他没有“钱行”，而是坐守在这山川秀美的天地之间……

“久在樊笼里，复得返自然”的舒畅，“采菊东篱下，悠然见南山”的闲适，塑造出性情雅致的文人墨客的理想生活。“开荒南野际，守拙归园田。”尘世中的纷纷扰扰终于在清新的空气中消逝。手握几卷古书，少的是官场中的尔虞我诈，多的是一份悠闲，一份对于生活的品读与享受……

竹，气节之象征，板桥先生的浓墨，泼得其一身苍翠。掏空了心，却挺拔成节，生命在泥土中延续。于是，早晨的太阳映射出它不屈的灵魂，春露秋霜显示了它入骨的本色。

三、君之知己

川流不息的易水，目送着一位侠士，带着知己的重托，提剑出燕京，舍弃了荣华富贵，诀别了故乡的情怀，有谁能读懂他此时的内心？“风萧萧兮易水寒，壮士一去兮不复返”，太子丹的歌声，激起了他“飞盖入秦廷”的动力。天为之动容，地为之震撼，鬼为之折服。

一股波涛向我涌来，它溅湿了我的双手，但我的心中默默地祈祷：

溅吧！溅吧！历史的波涛溅到我脸上和身上
但愿我的言词能表达出我心中涌起的思绪情怀
名利在淡泊者眼中永远只是一层光环
虽然相握之手已远去，但历史会永远包容

我注视着前方，穿透水天间的分水岭。“钱行”？不，“前行”已在我心中刻下了烙印，它将陪伴我一生。

倾　　听

造物主除了给了我们一双明眸去发现大千世界外，也给了我们耳朵和心灵去倾听他人的诉说、大自然美妙的天籁、历史车轮厚重的回响。正因为倾听，使得人与自然、人与人之间和谐的关系更加紧密，使得历史发展的脉搏更加建实。

因为性格、能力、天赋、家庭背景等因素，人与人之间的差异是客观存在的。正因为差异无时不在、无处不在，人与人之间难免会产生矛盾与冲突。矛盾与冲突的解决方法不外乎有两种：一种是采取强制手段压服另一方；另一种是双方经过沟通最后达成共识，由此和平地化解矛盾。前一种方法采用强制的或暴力的手段，被压服的一方尽管表面上臣服，但内心却产生一种怨恨，这可能为以后矛盾的爆发播下种子。后一种方法是比较可取的解决矛盾之道。但是，沟通、交流的前提是双方把想法和欲求全部讲出来，这样才能将矛盾冲突暂时搁置下来，为最后的共识埋下伏笔。由此看来，倾听就是建立和谐人际关系的基础和主要途径。丧失倾听的耐心、一味陷入无休止的争论，只会将某些简单的问题复杂化。为了让两颗心贴近，让自己保持片刻的沉默，先让对手进行陈述吧。这是一种“敢于不为”的强者行为，只有“无所为”才能“无所不为”。

如果说倾听他人的诉说只是倾听行为的第一层级，那倾听自然是其“升级版”。由于我们生活在一个“人化”的世界中，走进自然、亲近自然的机会实在太少了。白天，汹涌的人流、车辆的喧嚣、鳞次栉比的高楼，让我们逐渐迷失了本性。本性的迷失，造成了现代人精神上的空虚。狄更斯在《双城记》的开篇中写道："那是最美好的时代，那是最糟糕的时代；那是智慧的年头，那是愚昧的年头；那是信仰的时期，那是怀疑的时期；那是光明的季节，那是黑暗的季节；那是希望的春天，那是失望的冬天。"相比古人，我们既是幸运的，也是不幸的。幸运的是我们拥有古人无法想象的生活环境和物质条件，不幸的是我们反而被物质所左右，丧失了古人曾经拥有的精神乐园。马尔库塞的"单面人"论述、马克思的"异化理论"、贝尔的"后工业社会理论"、弗洛姆对人的处境和人的矛盾性的剖析，正印证了"我们在物质极大丰富之后，精神家园需要重新构建"的现实。而倾听就是让我们找回那个熟悉的精神世界、找回真实自我的有效路径。这种倾听不是用耳朵听现实中的声波，而是用心灵感悟自然的天籁。一天的忙碌后，需要给自己的心灵放一个短假，抛弃一切杂念，慢慢地静下来，通过倾听自然走入自己的心河。这个过程不会马上带来物质上、肉体上的享受，但是绝对可以让一颗为琐事而烦扰的心渐渐恢复到自身应有的节律。慢慢地，你进入了一种天人合一的境界，感受到自然界运行的轨迹，你会沉浸在这种频率中。走出这个状态后，会觉得无比的畅快，那是任何物质上的享乐所不能带来的。

倾听的最高境界，就是你能感知到历史运行的脉络。这只有从书上泛黄的纸张中、从字里行间才能获得。读到一本好书，就好像穿越了时空，与一位大师面对面地展开一场对话。由于才疏学浅，很多时候是处在倾听的状态。在倾听中，我们感受到历史发展的厚重步伐、思想迸发出的耀眼光芒、大师身上的无尽魅力。合上书页，还能听到作者诉说的余音，由此明白了人生的真谛、已经作为个体的肩上所肩负的责任。人类社会发展的火种，就在一代代人的手中不断传递着；而火种能否顺利传递，就取决于是否能从一册册书卷中读出前人的智慧，聆听他们的殷殷教诲……

我愿意做一个倾听者，聆听他人对自己的诉说……

我愿意做一个倾听者，聆听自然拨动琴弦时传出的天籁……

我愿意做一个倾听者，聆听历史车轮前进发出的巨响……

让书籍点亮人生

人生是一个巨大的容器，等待我们在里面填塞内容。书籍是构成生命价值和意义的重要材质，淡雅的书香点亮我们平凡的人生。书籍带给我的不仅是多彩的世界，更赋予我跨越时空的快感，如一束阳光，照亮我的心灵。

书籍向我们展示了过去那幅波澜壮阔的画卷。历史是一个逝去的年代，那里有秦家剑、汉家枪，有孟姜女的泪、大泽乡的火，有胜利者的趾高气扬，还有失败者的失魂落魄。在经史子集的舞台上，历史不断演绎着精彩，同时也诉说着悲壮。没有书籍，历史就像断了线的风筝，彻底消失在我们的视线中。前人用他们的心血凝结成文字，将漫长的时空浓缩成这方小小的空间。走进其中，我们就走进了每一位思想者的世界，体味着他们的喜怒哀乐，感受着不同的绚烂人生。

阅读经典，我深切体味着范仲淹的“不以物喜，不以己悲”“先天下之忧而忧，后天下之乐而乐”的伟大情怀；品味经典，我感受着杜工部“星垂平野阔，月涌大江流”的空旷与豪情；体会经典，让李后主的一腔悲伤化作“一江春水向东流”，只留下心灵的静谧；走近经典，让易安居士的小舟载着忧愁化作一场春雨洒落人间，洗涤净化着人们的灵魂。

无论是帝王将相、伟人先哲，还是芸芸众生，人的一生总会经历一些波折。完美的人生只是一种乌托邦式的理想状态，不完美的人生才是无处不在的现实状况。繁忙琐碎的工作与生活，浮躁的情绪总会找到生存的土壤。每当失望和悲观袭来时，我就会手握卷册，让书中悠闲、恬静的“音符”拭去我心灵的灰尘。书籍可以让我重新燃起对生活的希望，继续有信心地前行在人生的旅途中。

我仰慕严子陵的执着，他用垂钓注视人生。我钦佩元亮的直率，身处山清水秀的田园中，人世间的一切烦恼都随着缕缕炊烟而烟消云散。我更记得那流浪者的诗魂，美轮美奂的皇家宫廷，容得下一代帝王“包举海内、并吞八荒”的雄心，却容不下他不羁的身躯。“安能摧眉折腰事权贵，使我不得开心颜”诗魂的履印遍布五湖四海，携回的是一代代人津津乐道的诗篇。一路流浪一路捡拾山的雄浑、河的奔腾，捡拾风的耳语，集成册，谱上那一份特有的色彩，我一遍遍地重温，又一遍遍地心潮澎湃。

即使身处顺境、身边的道路一马平川，同样不能忽略隐藏在远方角落中的危险。书籍让我趋于理性，不至于被眼前的成功冲昏头脑。历史上，有多少王朝与帝王毁于自满和骄奢，有多少才俊满足于现状而裹足不前。书籍是一面镜子，让我们充分认识到人生是一场长跑，一时的成功只是人生中的插曲，只有不停下脚步，才不会让胜利的光辉渐渐黯淡。

年幼时，我们可能就开始构筑起自己的理想，不过其中带有天真的色彩。当书籍走进我的生活后，原本抽象的理想逐渐变成具体的目标。对未来感到迷茫的我，在书的指引下已迈入实现理想的康庄大道，实现理想的动力已在我心中默默升腾。

著名学者王国维在《人间词话》中曾说：“古今之成大事业、大学问者，必经过三种之境界——‘昨夜西风凋碧树。独上高楼，望尽天涯路。’此第一境也。‘衣带渐宽终不悔，为伊消得人憔悴。’此第二境也。‘众里寻他千百度，蓦然回首，那人却在灯火阑珊处。’此第三境也。此等语皆非大词人不能道。然遽以此意解释诸词，恐为晏欧诸公所不许也。”或许要达到第三种境界很难，但我会在阅读中品味人生，实现人生的价值，做一根“有思想的芦苇”。

读书是快乐的，一杯苦茗、一本散发墨香的书便可使你在悠然自得中度过有意义的一天。书不仅带给我们的是那一串串符号，更让迷茫的心灵得到慰藉，为原本无序的人生划定一个坐标。

带着愉快的心情去读书吧，你将进入一个绚烂多彩的世界。让书香点亮你的人生吧，让心灵与作者进行一场跨越时空的交流，由此你将站在伟人的肩膀上，演绎属于你自己的精彩人生。

推开那扇虚掩的门

漫漫人生路，总有很多荆棘坎坷。有些困难是虚幻的，却阻碍了前进的步伐，把追逐梦想的我们挡在成功的大门外。

国外某家企业的老总别出心裁，告诉全体员工不要进入办公室旁的房间。绝大多数员工不敢越雷池一步。天下总有敢于第一个吃螃蟹的勇士，有一个小伙子斗胆推开了房间大门。门只是虚掩着，不费吹灰之力就进去了。除了一张桌子，房间内几乎空无一物。桌子上放着一张纸，上面写着“请把它交给董事长”。意想不到的事情发生了：董事长当众宣布任命小伙子为销售总监。董事长的眼光果然独到，小伙子上任后，销售部的业绩上了一个新台阶。又过了几年，小伙子进入董事会，成为公司决策层的一员。

勇气，让小伙子收获了令人羡慕的成功。让敢为人先的勇士担任销售部门负责人，他一定会带领手下的团队，以开拓创新的精神在竞争激烈的市场中搏杀。在这个日新月异、变幻莫测的市场中，过去的业绩早已随着历史的烟云而消散，只有全力以赴地寻找新的突破，辉煌与传奇才能被续写。

不光在企业经营领域，人生中也需要开拓创新的精神。人生道路充满着不确定性，既有可遇而不可求的机遇，也有需全力应对的挑战。生性懦弱的人，只看到未来人生中的挑战，因此丧失了继续战斗下去的勇气。未来生活中的磕磕碰碰，成为横亘在他们面前的一道虚掩的门，让他们无奈地原路返回。但凡生活中的强者，都有勇气和信心推开这扇门，怀着“亮剑精神”直面任何情况。也许是上天眷顾，也许是自身努力，他们坚毅的步伐踏出一条路，最终登上了人生的顶峰，享受他人羡慕的目光。

当然，上面所说的还是一种乐观、理想的状况。推开虚掩的门之后，仍需要保持警惕，随时应对可能出现的变局。在你出发的那一刻，周围可能会产生不和谐的音符：有人会对你的行为嗤之以鼻，有人会对你心存嫉妒，有人会用实际行动设置一些障碍。不要害怕这些！这段时期如同地下的蝉蛹，如同竹子头几年的生长缓慢，它是一种蛰伏、一种积累，更是一种历练。熬过这段时期，人生的帆船会披上一层厚厚的盔甲，抵挡来自各个方向的风浪。要感谢这些干扰和阻碍，它们是成长过程中不可或缺的因素，并将人生积淀成一笔宝贵的财富。

面对人生中一扇扇虚掩的门，用勇气去征服它吧！推开之后，会发现一个崭新的世界，或是美好，或是痛苦，不要有任何的悔恨与懊恼，沿着你选定的道路，坚定地、充满自信地一路前行。

弯腰捡起希望

很多人都在抱怨：为什么只能平庸地度过一生？为什么得不到上天的眷顾？其实，机遇就在脚下，有时候就看你有没有弯腰的耐心。如果你抓住那些看似不是机会的机会，人生或许就会迎来转机。

一个人走进荒漠时曾被上帝告知，尽量多地捡起地上的石头。那个人带着疑惑进入了荒漠，一开始他还听从上帝的忠告，只要看到有石子就捡起来。但是，沙漠内严酷的气候，再加上连续行走的劳累，使他对上帝的话语产生了怀疑。终于，他丧失了耐心，不再弯腰捡拾地上的小石子了，并且还扔掉了其中的一部分。他终于走出了荒漠，安全地返回了营地。当他打开旅行包时，不禁惊呆了：原来那些不起眼的小石子，现在已经变成了闪闪发光的蓝宝石。等他再次返回荒漠时，地上已经没有小石子了，他后悔自己为什么不听从上帝的忠告，但是一切已经不可能重新来过。

很多人的人生经历，其实就如同故事中这个探险者。地上的小石子，其实就是人生机遇。遇到机遇时，我们会被表象所迷惑，从而让机遇白白从指尖溜过。人生是不可逆的，当人生的航船从我们眼前经过，不可能再被要求退回到起航处，于是，我们只能望着航船的背影而独自叹息。

还是一则从杂志上看来的事例：一位出生在农村的研究生，第一天到学校上课后，发现教室内的地板上有一些废纸屑。由于还没有到上课时间，所以老师似乎未到教室。他看了看周围，其他同学似乎也没有清扫的意愿。于是，他默默地弯下腰，将地上所有的废纸都捡拾干净，这一切都被坐在教室最后一排的外国教授看见了。上课铃声响了，教授从最后一排走上了讲台，夸奖这位捡纸屑的研究生，并当着同学的面给了他一美元作为奖励。此后的学习中，这位研究生得到了教授特别关照，最终成为首位获得国际会计师资格认证的中国人、著名会计师事务所的合伙人。

故事中的主人公，就是抓住了生活中不起眼的“一美元”，他所做的一切，其实也没有付出很大的代价，只不过是弯下腰捡起纸屑。但是，他朴实的品质却给人留下了印象，由此牵引出带给他一生幸福的“贵人”。有了贵人相助，成功自然水到渠成。可能很多年以后，当时和这位研究生一起上课的很多人，已经泯然于众人、淹没在滚滚的人流中。也许他们还不明白，如果当初他们也像这位研究生一样，抓住这潜在的机遇，或许人生的轨迹将就此改变。但是，人生不会有“也许”“假设”……

再回到文章开头的阐述，相信很多人不会再抱怨自己为什么不会得到机遇的青睐。上天对待每个人基本上都是公平的，成功者其实并不比普通人有着更多的机遇，只不过他们善于抓住转瞬即逝、看上去不是机遇的机遇。而平常人只是生活在没有机遇的抱怨中，由此对人生自暴自弃，进一步迷失前进的方向。如果留心当下、留心自己的脚下，很多“小石子般”的宝石和“一美元”正躺在地上，静静地等待着我们去发现……

“黑夜给了我一双黑色的眼睛，我却用它来寻找光明。”但愿我们每个人都有一双慧眼，善于发现人生中的机遇与希望。当某些不起眼的机遇出现在面前时，请放慢脚步，弯腰将它捡起。不要管周围人的评价和异样的目光，让未来的成功回击一切蔑视和流言。

弯腰不是低贱，而是捡起希望，只要有弯腰的勇气与信心，成功之神将会在未来某个时刻叩响你的人生之门。

心存道德敬畏

德国著名哲学家施韦泽曾说过：“只有我们拥有对于生命的敬畏之心时，世界才会在我们面前呈现出它的无限生机。”心存道德敬畏，使人克服身上的动物性，有助于自身道德人格的完善。但是在现代化浪潮冲击下，道德敬畏逐渐被人们遗忘。为此需要重建道德敬畏，以自律加他律的方式构建美好和谐的社会。

敬畏从其本意可解释为既敬重又害怕，人类之所以要敬畏道德，是因为“道德”规定了人类自身存在的本源意义。从本体论的角度讲，由于具备了“德行”并且依照“道德”的方式实施行为，故而人对自身生存的理解和评价才有了“意义”。无论是物质生活领域，还是精神文化的家园；无论是主观存在的思辨世界，还是客观存在的生活世界，道德都以潜在的方式为这些领域提供着永不枯竭的思想源泉。

道德敬畏究竟包含什么内容？这个问题很难回答。古往今来，道德的含义不断发生变化。但有一点是不变的，那就是人们对于头顶上那片天空，那个无法预测、难以把握的寰宇世界充满着敬畏之心，不论是形象的上帝、神灵，还是抽象的道德体，都对人们的思想和行为形成了一定的约束和限制。德国著名哲学家康德在《实践理性批判》中指出：“有两种东西，我对它们的思考越是深沉和持久，它们在我心灵中唤起的惊奇和敬畏就越会日新月异，不断增长，这就是我头上的星空与心中的道德定律。”头上的星空象征客观的自然存在，心中的道德法律象征主观的理性精神。

我们之所以敬畏星空，是因为星空展示出的浩瀚宇宙让我们感到自身的渺小，然而，一旦想到内心的道德法则，又立刻产生一种超越感性世界的伟大崇高感。

在历史发展的不同时期，人们都有着不同的道德敬畏对象。古代社会中，人们敬畏的对象主要是自然和神灵。中国的道家和儒家等思想对“道”和“德”的解释即体现了一种对自然的敬畏。道家以“道”为天地之本原和万物存在的根据，以“德”为天地万物所具有的本性；儒家将“道”视为人类行为应当遵循的原则，将“德”看作依道而行并有所获得。此外，中国的宗教信仰、习俗更多地还是体现对自然的敬畏，人们的“敬德”“修德”行为主要通过对“冥冥之天”和承载“天命”的先祖的孝顺和祭祀而表现出来。中世纪的欧洲，人们对道德的敬畏主要通过对上帝的崇拜得以展现，在基督教三大美德“有信”“有望”“有爱”，“有信”居于诸德之首，其核心是人基于对上帝权威的认可而相信其所启示的各种真理，进而彻底地和绝对地信仰上帝，让整个生命进入上帝的怀抱。

到了近代社会，敬畏的对象逐渐转变为对形而上学道德法则的敬畏。自近代文艺复兴、启蒙运动以来，无神论逐渐占据了人类意识形态的主导地位，“天命”“上帝”开始为人们所抛弃。人类对道德的敬畏失去了宗教神学支撑之后，开始将道德视作人类自我创造的精神产物。近代思想家通过构筑自然法、天赋权利等伦理准则，使“人”而不是“神”成为道德法则的始作俑者。但是，这种道德法则是非历史性的、永恒的、抽象的，不随特定的历史发展阶段、不同的国家民族而变化的。因此，这样的道德敬畏还不是人类充分利用自身理性思考的产物。

现代社会中，人们开始理性地敬畏自然、社会运行规则和秩序。马克思主义伦理学主张，道德是在人类的主观自我意识与客观社会生产活动相互作用基础上长期发展的历史性产物，现代人类敬畏道德的主要表现形式应当由传统社会的敬畏“天命”和“上帝”转化为敬畏人生、敬畏人民、敬畏历史。经历了两次世界大战的惨烈厮杀，人们逐步认识到：科学技术的发展并不能带来人们理想中的幸福状态；人类无法完全支配自然世界，甚至不能完全主宰自己。人们不再沉醉于征服自然世界的快感中，而是重新认识作为人在世界中的地位和作用，力求形成人类与自然的均衡与和谐。

从老子的道法自然，到康德灿烂星空和内心道德法则的敬畏；从宗教之敬畏上帝或天神，到现代社会人们对普通生命敬畏的回归，道德敬畏几乎伴随人类产生和发展的整个过程。它对个人的道德成长和整个社会道德价值秩序的维系都具有十分重要的作用。

道德敬畏对于个体道德人格的形成具有十分重要的作用。如果没有道德敬畏，便没有道德信念，也就不可能有道德良心和道德信仰。道德敬畏植根于道德主体的天性和内心深处，是人们对善恶正义及社会价值的强烈崇敬和畏惧的情感体验。道德主体的道德行为都是在道德认知的指导下完成的。道德敬畏感作为道德情感的主要内容，是道德认知产生的心理根源。离开道德敬畏这一重要的道德情感因素，道德主体的道德认识就不会真正形成，道德内化的生成也无从谈起。

为了社会的和谐稳定，每个国家和民族都必须培育人们的敬畏之心。社会的运行除了法律制度等硬约束机制外，还需要道德等软约束机制。在科学不发达的时代，宗教信仰与道德交相辉映，发挥着软性约束作用。道德敬畏感就像悬在人们头顶的“达摩克利斯之剑”，给人们以道德的禁令，时刻提醒人们不能越雷池半步，不能去践踏自我的敬畏之物，否则就会遭到敬畏之物的惩罚和自我良心的谴责。

在某些特定的时期，内心的道德律在抑制私欲方面存在着一定的局限性。伴随着经济发展和社会转型，某些人的行为就像脱缰的野马不受道德敬畏的束缚。在强大的诱惑面前，在天使与魔鬼、善与恶的胶着格斗中，道德敬畏常被弃之一旁，在规约人们行为方面显得无能为力。一旦人们对万物的神圣感都消失了，道德也将消亡，那对人类不是福音而是噩梦。近年来相继发生的毒奶粉、瘦肉精、地沟油、染色馒头等事件足以表明：诚信的缺失、道德的滑坡已经到了何等严重的地步。有人说是拜金主义和享乐主义思想摧毁了道德防线，但是从根本上说是人们对道德失去了敬畏之心。否则，为什么在现代化程度更高、市场竞争更加残酷、利润最大化程度要求更高的西方发达国家，此类事件的数量要比我们少得多呢？法国著名法学家马布里认为："道德犹如哨兵，它保卫着法律，不叫任何人违反；相反地，如果缺乏道德，就会使人忘记或忽视法律。"没有普遍的道德自律和价值信仰，社会正常运行的秩序也往往会受到冲击。一个国家，如果没有国民素质的提高和道德的力量，绝不可能成为一个真正强大的国家、一个受人尊敬的国家。

著名学者、哲学家周国平曾说："热爱生命是幸福之本；同情生命是道德之本；敬畏生命是信仰之本。"无论对个人的发展、对社会的有序运行、对国家民族的繁荣昌盛，道德敬畏都发挥着十分重要的作用。只有让道德敬畏的光芒照耀着每个人的心灵，人性中的阴暗才能被一扫而光，和谐社会乃至古代圣哲心目中的"大同之世"才能真正到来。

让我们内心都有着一份道德敬畏吧！让我们每个人都带着这份敬畏去创造美好的明天！

行走在理性与激情之间

理性与激情，如同阴阳轮转一样，游弋于不同的人生阶段、不同的历史时期、不同的学科领域之间。从理性中，我们感受到人性的厚重；从激情中，我们见证了生命的活力。感谢上苍，造就了理性与激情这两种行为方式；而在不同的排列组合中，也成就了五彩斑斓的历史发展和大千世界。

什么是理性，什么是激情？恐怕每个人会给出不同的答案，正如“一千个读者心目中有一千个哈姆雷特”。理性与激情是两种截然不同的世界观、人生观，由此形成两种不同的行为方式。在理性原则的支配下，人们眼中的世界和人生历程井然有序地运行着。因此，人们努力寻找世界与人生的运行规则与秩序，并将自己的行为限定在这些规则与秩序之中。当人们内心中升腾起激情时，世界与人生也就成了偶然的产物。这时，人们通常认为：“心有多大，世界就有多大，人生就可能向着无数的方向发展、延伸。”就这样，人们突破了原有规则与秩序的束缚，书写着前人不敢想象的传奇。

大多数人的一生就是由激情走向理性的过程。年轻时，激情“燃烧”着岁月。年轻人如同一个不稳定的化学元素，不断挑战着权威和既定的秩序。俗话说：“嘴上没毛，办事不牢。”年轻人常常被扣上不成熟、不稳重的帽子。等到年轻人成为新的权威或只能在平凡中度过余生时，激情的火焰会渐渐熄灭，理性的原则逐渐占据思想与心灵的高地。这时，人们走向了心智上的成熟，人生的运行轨迹也逐渐稳定下来，但是思想的火花和智慧的棱角也被似水年华所磨平。

但是，也有部分例外情况，例如，人群中总是存在“小大人”和“老顽童”的现象。对于前者，我感到了深深的忧虑。这些乳臭未干的孩童，还没有品尝到童年的快乐，就在某些人的驱动下，过早地戴上人情世故、沉稳老练的面具。不知道他们长大后回忆童年时，会做何感想。对于“老顽童”，我还是感到一丝欣慰。看似回到生命的起点，其实是一个“正、反、合”的过程，是在一个更高的层面上实现人性的复归。在理性这湾平静的湖水中投入激情这块巨石，一定会掀起阵阵波涛，进而扩散出层层涟漪。

在不同历史时期，理性与激情也会占据着不同位置。在稳定的和平年代，理性占据着主导地位。人类社会在理性支配下一步步走向繁荣与文明。当革命、动荡到来时，激情成为时代的主旋律。革命的仁人志士用满腔的热血，砸碎了那个腐朽的旧时代。激情是推动历史快速发展的火车头，它让理性原则下的量变升华为质变。因为只有突变的断裂性而没有渐变的连续性，人类社会不可能有发展，所以理性下的和平占据了人类历史的大部分时期。但是，我们却不能忽视激情的短暂爆发，否则，人类将在理性主宰下的稳定与安逸中渐渐堕落，更谈不上人类社会的发展。

不同学科中，理想与激情也扮演着不同的角色。起初，学科分类还不是很精细，大部分学者都集中在人文学科领域。这时，个人的灵感与激情成为推动学科发展的主要力量。伴随着文艺复兴、启蒙运动、科学革命，自然科学从人文科学的母体中分娩出来。自然科学讲求精密性与确定性，理性原则自然而然地被所有科学家所推崇。但是，当科学技术高速发展、科技成果产生异化、“唯科学论”逐渐占据学术的主流时，理性原则成为人们的反思对象。当人们越来越觉得理性原则无法解决所有问题（诸如文化、生态环境、社会问题等）时，人们又开始从激情中寻找力量。整个学科的发展史，也就如同个人的发展史那样，经历了“正、反、合”螺旋式的上升过程，并画出一道优美的弧线。

很难评价理性与激情孰优孰劣，因为在不同的学科领域、不同的人生阶段、不同的历史时期，这样的对立转化无时无刻不在进行着。评价理性与激情所带来的意义是无意义的，因为两者是相互渗透和转化的。

完成手头的工作后，暂时终止理性的“电路”；开始丰富多彩的业余生活时，我又开启激情的“开关”。每天，我都行走在理性与激情之间，而我的一生也在这两者间不停地切换。

我逐渐喜欢上这样的行走与切换……

仰望星空

幼年时，我们常常仰望头顶上那片无尽的星空，并有着很多纯真的梦想。随着心智的成熟，关注点开始从星空转移到脚下——只关注眼前的利益。为什么我们没有那份仰望星空的闲情，还需要仰望星空吗？这些问题值得深入的思考。

康德在《纯粹理性批判》中说过："有两种东西，我对它们的思考越是深沉和持久，它们在我心灵中唤起的惊异和敬畏就越日新月异，不断增长，这就是我头上的星空与心中的道德规律。"仰望星空，让我们感到了自身的渺小，由此产生对自然、对道德、对人生的敬畏。虽然随着科技的发展，人类观察到的宇宙已经扩展到数百亿光年的范围，但是依然不敢豪言已经把握全部的宇宙。宇宙如此浩瀚，连我们居住的星球也只不过是其中的一粒尘埃，更遑论每一个个体。仰望星空，开阔了认识自我、认识世界的视野，就如同庄子笔下的河伯见到海若而发出的感叹——"只有见到了真正巨大的事物，才知道自身的渺小"。

仰望星空，纯洁灵魂。除了物质需求外，更需要一个精神家园。身处逆境之时，心情不舒畅之时，浩瀚的星空便是我们希望的寄托。仰望星空，我们发现：不值得为眼前的一些蝇头小利耗费太多精力。排除负面情绪后，有助于在此后的工作与生活中轻装上阵。此外，人的存在需要一个终极意义。仰望星空，感到冥冥之中似乎有一双眼睛，监督着我们的一举一动；似乎存在着一双看不见的手，在不经意间拨动人生运行的轨迹。有了对人生本源意义的解释，可以使那颗浮躁的心释然了——因为已经在可控范围内尽了最大的努力，已经无愧于短暂的人生。

仰望星空使我们明白自身的责任。正如宇宙中每个星球的运行都有各自的规律，每个人在社会中也应该发挥自身应有的作用。许多时候，我们都对自己所从事的工作、目前的生活状态感到不满。这也十分正常，毕竟我们只是芸芸众生中的一员，不可能先天地对人生有一番大彻大悟的认识。但是，当我们明白了对家庭、对社会、对子孙后代的责任后，抱怨情绪就会减轻很多。思想认识指导着一个人的具体行动，有了明确的方向和目标，就会以快乐的心情从事自己的职业，从而度过一段更加幸福的人生。

从更大的范围来说，一个民族、一个国家更需要一群仰望星空的人。虽然个人天生有追逐自身利益的本性，但是如果整个国家中的人都只为自身利益而奔波忙碌，这样的民族、国家是没有持久的发展动力的。一个国家和民族需要一群拥有远大理想、为了公共利益而奋斗的人，这一群体是国家发展的中流砥柱，必将担负起民族复兴、国家繁荣的伟大历史责任。

但是，现在社会中仰望星空的人越来越少了，有时甚至被其他人视为另类。为什么会造成这一现象？有人将原因归之于市场经济的发展带来的物欲横流、拜金主义。但是，无法解释为什么在市场经济更加发达的国家，这样的问题不像我们这样严重。因此，只能从当前中国特殊的社会状况中找原因。处在社会转型期的中国，旧的道德价值规范已经解体，新的道德价值规范还需要建立，由此形成一个道德真空，导致人们的行为在物质诱惑面前失去约束。此外，对于未成年人的道德人格教育还存在缺失。现在的教育体系侧重于对知识的识记，教学的主要目的还是为了应付各类选拔性考试，而对人生、生命意义的教育则较为忽视。由于不再关注“应该成就什么样的人生”“怎样的人生是有价值的、有意义的”等问题，因此我们根本就没有仰望星空的主观意愿。另外，根据马斯诺的需求层次理论，人只有满足了生理需求、安全需求等较低层次的需求后，才能追求自我实现需求等较高层次的需求。仰望星空属于较高层次的需求，因此也不应一味斥责社会的道德沦丧。“仓廪实而知礼节，衣食足而知荣辱。”相信通过物质生活的进一步改善，一定会有人重新仰望头顶上那片熟悉而又陌生的星空。

仰望这片星空，我们明白了人生的意义，更体悟到对他人、对社会的责任，由此升华了自己的灵魂。

我愿永远做一个仰望星空的人！

拥有一颗宽容的心灵

大文豪雨果曾说："世界上最宽广的是海洋，比海洋更宽广的是天空，比天空更宽广的是人的胸怀。"拥有一颗宽容的心灵，可以省却人生之路上的诸多烦恼，拥有属于自己的快乐。

正如我们不可能找到两片一模一样的雪花，每个人的天赋、个性、能力等方面都存在一定的差异。"人是社会的动物"，离开了特定的群体，人几乎不能生存下去。亚里士多德指出："离开城邦而生活的人，不是野兽就是神明。"城邦作为一个带有伦理含义的群体，就被亚里士多德赋予了十分重要的意义。纵览历史，不论是古希腊的城邦、罗马的世界帝国，还是中世纪的封建采邑、近现代的民族国家，人总是生活在一定的共同体内，也只有在群体中个人才能实现自己的价值。生活在群体之中，就要面对形形色色禀赋异于自己的他人。有时候，这种差异让我们感到极度的不适与痛苦。正如佛家所云，"爱别离，怨憎会"成为人生八苦中的两种。想想每天必须面对一个令自己不愉快的人，那真是对个人意志的一种考验。很多时候，只能接受命运的安排，因为无法凭一己之力改变这个环境。每当我们为命运弄人而感到无奈时，宽容就可以发挥很大的作用。纪伯伦曾经说过："一个伟大的人有两颗心：一颗心流血，另一颗心宽容。"用微笑面对那个让你讨厌的人，你得到的将是更多的理解与笑容。"求大同而存小异"，人与人之间的差异和矛盾可以通过沟通与宽容化解。

以上说的宽容还只是停留在"术"的层面，即作为人的一种生存策略。不应满足于这个层面上的宽容，还应该向更高的理想目标迈进，即向“道”层面上的宽容努力。如果说“术”层面上的宽容还因为功利的因素，那么“道”层面上的宽容则出于纯粹道德、善的因素。“宽容不仅是一种雅量、文明、胸怀，更是一种人生的境界。宽容了别人就等于宽容了自己，宽容的同时，也创造生命的美丽。”拥有这样一种宽容，是对人性和灵魂的一种提炼。

有人担心：自己对别人宽容，但是别人对自己刻薄又该怎么办？这种担心不无道理，有时候自己的宽容无法换回别人同样的宽容。理想和现实总有一定的差距——我们不是生活在没有一丝尘垢的理想世界之中，周围的人也不是不食人间烟火的圣人。但还是需要一份理想，只有在理想的指引下，才能逐步改变现实生活中的不如意。依照现代市场经济理性计算的标准，宽容是一项收益与成本不成正比的行为。但是，宽容却播下一颗善的种子，只要土壤、条件合适，一定会长成一棵参天大树。如果把生活中的时间段拉长，即使根据理性计算的标准，宽容也是收支相抵甚至略有盈余。屠格涅夫曾说道：“不会宽容别人的人，是不配受别人宽容的，但谁能说自己不需要宽容呢？”宽容带来了好的人缘，减少工作和生活中遇到的阻力。宽容使我们保持良好的心态，为我们带来了健康的体魄，使我们有更多时间享受高品质的生活。

宽容是有限度和底线的。对于某些原则性问题，如涉及法律责任认定的问题，绝不能用宽容去否定法治原则。对于罪行的姑息，就是对善行的一种伤害。对于犯罪行为的惩罚，是对已经被扭曲伤害的某些社会关系的调整。当然，我们也应该保护罪犯的基本人权，不使惩罚成为一种过度伤害。在当今法治社会的构建中，“以德报怨”固然值得人们尊敬，但是更需要“以直报怨”。只有用法律的“正义之剑”去裁处社会事务，我们的基本权利和幸福生活才能有坚实的保障。

宽容对于个体的生存十分重要，对于一个国家和社会的发展同样发挥着很大的作用。根据西方社会学家的社会成本理论，如果一个社会的各成员之间互相不信任，那么整个社会的运行成本就会大大增加。如果社会运行建立在信任原则之上，那么更多的资源便可直接投及社会生产领域中，中间成本损耗的减少必将导致效率的提升。宽容就是建立信任的“黏合剂”，它可以化解人与人之间那层不可见的隔阂。“人们应该彼此容忍：每一个人都有弱点，在最薄弱的方面，每一个人都能被切割捣碎。”如果社会缺少宽容，人与人之间的协作就很难进行，共同体就面临瓦解的命运。一旦共同体瓦解，个体又将被重新抛入命运的不确定性之中，相信这是大多数人所不愿意看到的。

“海纳百川，有容乃大；山高万仞，无欲则刚。”宽容使我们变得更加伟大、更加坚强。“忍一时风平浪静，退一步海阔天空。”宽容除了理想化的、乌托邦式的意义之外，更将对生存状况产生不可估量的影响。面对他人的刁难，面对即将爆发的矛盾和危机，如果用宽容之心去涵盖这一切，所有的烦恼与冤仇都将在不经意间烟消云散。

我愿拥有这样一颗宽容的心灵，我愿用宽容去面对一切苦痛、升华自己的灵魂！

有个声音叫回忆

回忆就像耳边一曲永远唱不完的歌，不断叩响我的心扉；回忆就像一座隐形的桥梁，沟通着过去、现在和将来。每当聆听回忆发出的声响，灵魂和思绪似乎也飘到了过去。

夕阳下，我走在家门口这条熟悉的小路上，回忆小时候在此经历的种种快乐。遥想当年，自己对于自我、他人、社会、世界等范畴还只是懵懵懂懂，只顾享受当下的快乐。那是一种何等的惬意！不用为说错一句话、做错一件事而烦恼与懊悔；不用为了明天或近阶段的重要工作而紧张与担忧；不用为了个人和家庭生存的重担而寝食难安。只可惜，这样的日子已经一去不复返，无忧无虑的快乐只能留存于记忆中。对于青少年的回忆，勾起对于时光流逝的伤感。年幼时，对于时间的概念似乎可以用“永恒”来概括。那时总觉得时间过得很慢，总是在想：“为什么自己还没有长大?”但明白时间是有限的之后，挥霍光阴的底气和资本就荡然无存。直到现在，我对于时间的流逝已经到了恐慌的程度，越是回忆过去美好事物，这种恐惧的程度就越是加深一点。回忆让我察觉到时间是一辆高速前进的火车，自己被它远远地甩在身后，就算做出任何努力，也无法阻止它全速前进。

岁月是流动不居的，因此不同年龄的人群针对回忆的态度就迥然不同。年轻的时候，对于回忆是那么的不屑。对于青年人来说，一切皆有可能，很多人生的谜题暂时没有最终的答案。正因为将目光的关注点主要落在未来的岁月，很多领域正等着他们攻城略地，青年人因此就不愿意放下手中的事务仔细回忆经历的一切。

人到中年，大多数人的前途和命运都基本上尘埃落定。能不能出人头地，抑或只能庸碌一生？时光已经给出答案。年轻的冲劲与激情，被岁月的年轮消磨得所剩无几，留下的更多是对人生和社会的理性思考。这时，很多中年人会对过去进行回忆和思考，在这回忆和总结中夯实自己事业的基础。“会当凌绝顶，一览众山小。”经历这一番反思之后，大多数人迎来事业的最高峰。所以，中年人对于回忆的态度中包含着更多理性的成分，既有青春年华流逝的伤感，也有为了更好地行走在未来人生道路而做的思考与规划。

“夕阳无限好，只是近黄昏。”虽然不愿意承认自己已经老了，但新陈代谢是任何人的意志都无法抗拒的。除了生理器官上的衰退，个人社会价值的认同感也逐步降低，这也是部分人在退休之后，无法适应闲暇突然“笼罩”的主要原因。这时，老年人的内心还剩下一大堆需要进一步整理的、年轻时代的回忆。回忆给老年人带来时间上的充实感，让他们感受到自己曾经轰轰烈烈地爱过、恨过、享受过、痛苦过、快乐过、忧伤过……几十载风风雨雨，已经被浓缩成一个个或美好、或凄凉、或激动人心、或懊丧不已的片段。老人们小心翼翼地捡拾起这些碎片，像呵护着无价之宝一样珍藏在心中。不过，老人们的回忆已经回归到纯粹的本源，不带有任何功利的目的。过去的恩恩怨怨、是是非非、利害得失，早已经物是人非，老人们已经不大愿意再将情感投注到这上面。更多的时候，他们就像孩子一样，静静凝视着过去的岁月，好像在欣赏一部精彩的影片。

时间能带走的，只是客观有形的物质，却带不走人们的记忆。回忆将生活的底片洗成了灰色，等待着人们的重新解说。也许，记忆中那个令你爱得刻骨铭心和恨之入骨的人，都已经蜕变成一个个简单的符号，就像无机物一样，没有特别的意义。

不知不觉中，已经走到了这条小路的尽头。对于现在来说，刚才的所思所想又成为我记忆中新的碎片。望着绵延的小路，我感慨万千——这条小路好像代表着人生之路，行走过程中没有精力去思考和回忆，只有等到回望时才能领悟到很多人生真谛。

又走在另一条路上，也许新的生活已经在不远处等待着我……

沉淀生命

生命之流中，难免会掺杂着很多杂质。是带着这些杂质无奈地前行，还是暂时停下脚步让杂质慢慢沉淀下来？很多人都会选择前者，因为他们不愿意在生命中做短暂的等待。但是，我更愿意选择后者，因为沉淀后的生命将更加纯洁，更接近人性的本真。

曾经听过这么一个国外故事：青年人汤姆失业后，心情顿时坠入谷底。为了让自己尽早走出眼前的灰霾，他找到镇上的牧师布兰克。布兰克仔细地倾听着汤姆的讲述，并没有给他一个明确的答案，而是把他带进一个古旧的小木屋。小木屋内桌子上放着一杯水，布兰克问汤姆："你觉得杯中的水清澈吗?"汤姆点了点头。

布兰克继续追问："这间小木屋很久没有人居住了，你看桌子上已经布满了灰尘，旁边还有蜘蛛网，为什么杯中的水这么清澈呢?"

汤姆想了一会儿才回答："灰尘已经都沉淀在杯子的底部。"布兰克对他表示赞同："年轻人，你刚才的话已经解答了你目前遇到的困境。生活中的烦恼就如同空气中的灰尘，无时不在、无处不在，这是客观存在的事实。不过，我们每个人对待烦恼的方式却可以决定我们的心境。如果你能像杯中的水那样，将所有烦恼沉淀到生命的角落，这样你的生活将充满阳光。如果你不断地振荡、反抗，即使很小的灰尘也会将你的生命之水搅得一片浑浊，影响你的情绪和生活品质。"

新东方创始人俞敏洪老师的经历，也给予我们很多启发。某年的夏天，他沿着黄河旅行。他将黄河水灌进随身携带的玻璃瓶。奔腾不息的黄河，夹带着沿河两岸的泥沙，因此瓶中的水显得十分混浊。过了一段时间，瓶中的水开始变清，泥沙慢慢地沉淀在瓶子的底部。仔细打量一下，沉淀的泥沙大概只占整个瓶子的五分之一，而其余的五分之四都变成了清澈的河水。

沉淀的物理现象，大概小学生都能够明白其中的原理：由于水的密度较小，而泥沙的密度较大，于是泥沙随着地球重力的作用沉到了水底。不过，当这个原理转移到平凡的生活中，很多人就很难领悟其中的道理。生命之初，因为没有任何烦恼和忧愁，生活就像纯水一样清澈。我们无所顾忌地展示着个性，即使其中落入沙粒，也会很快沉到生命的底端。可是，随着年龄的增长，沙粒越来越多、越来越大，生命之河不再那么清澈。面对沙粒数量和质量上的增长，我们开始了自己的反抗。反抗的结果，并没有改变现状，河流愈发地混浊，我们的搅动反倒给沙粒更多肆虐猖狂机会。这时，我们才明白，无谓的、没有目标的反抗，只会增加烦恼与混乱。当我们停下来本能的反抗时，水渐渐地又恢复清澈。我们淡然地看着沉淀现象的发生，这些不速之客被“以逸待劳”而彻底击溃。我们又开始重新上路，无论进入多少灰尘、沙粒，都不会让它改变生命的色彩……

刚才描述的，是一些生活中的智者对待烦恼、苦闷的态度。不过，他们毕竟只是人群中的少数，芸芸众生大多在生活的烦恼中挣扎、彷徨。我想这或许就是智者与平常人有巨大生活品质差异的原因。其实，从整个生命历程的视角来看，大多数人经历的烦恼与苦难的数量与强度是差不多的。但是，为什么有的人脸上写满生活的痛苦，而有的人的脸上却充满阳光？这主要是因为人们对待痛苦的态度不同。心随境转则烦恼常在，心能转境则无处不自在。如果将烦恼暂时放下来、让痛苦沉淀在心底，不管最终痛苦是否会消散，它们都只能占据我们心里很小一片空间，那大部分的空间就会被幸福充盈。现实生活中，充满着各种诱惑，我们在匆忙中变得更加浮躁。为了实现所谓的“人生目标”，我们不停地压榨自己，拼命地摇晃我们的生活，给自己不留片刻的宁静。生活由此变得一片混浊，眼前的幸福似乎也都带有了痛苦的成分。尤其是身处逆境的时候，我们更容易迷失自我，更会本能地进行无谓的抗拒，于是痛苦、烦恼、焦虑让我们对未来的生活丧失信心。并不是说人不要有人生目标、不要在遇到挫折与逆境时只是采用消极等待的方式，那样也无助于问题的解决。在现实层面，我们应该积极应对、迎难而上。在心理精神层面，我们需要有一个梳理的过程，这个过程就像水中杂质的沉淀现象。短暂地放下与停顿，会让我们恢复应对困难的理性，进而看清烦恼与困难的真实面目，这样，应对之策和解决之道，也就在不远处向着我们招手。

让我们沉淀生命、沉淀心情吧！让心灵在浮躁中得以片刻宁静。把那些烦心的事当作每天必落的灰尘，慢慢地、静静地让它们沉淀下来，用宽广的胸怀容纳它们，我们的灵魂兴许会变得更加纯净，我们的心胸会变得更加豁达，我们的人生会变得更加精彩。

只要“活着”

——读余华《活着》有感

每个个体的“活着”，或许都是一部史诗。见证太多无奈的死亡后，我们才明白“活着”的珍贵。余华的《活着》，就是一部讲述关于“生死”这一沉重话题的小说。简练的叙述手法，让我们体会到，只要能活着，一切就有了希望。

小说主人翁福贵的一生经历太多的无奈与痛苦。他早年是民国时期的地主少爷，享受着衣食无忧的生活。由于嗜赌放荡，万贯家财禁不住他的挥霍。他父亲过世后，这个家庭中道没落，成为寄人篱下的佃农。第三次国内革命战争，福贵被国民党军队抓了壮丁，被迫到战场上当炮灰。伴随着一系列重大变革和事件，灾难像密集的雨点不断降临在他的家庭。一切就像一个巨大的诅咒，女儿、妻子、女婿、外孙……所有亲人都先后离他而去，最后只剩下福贵和一头老牛相依为命。《活着》以一种抽丝剥茧的方式，完成一次对生命终极意义的拷问与探究。

写作的过程中，余华是冷酷无情的，他让书中活生生的人物或无奈或意外地死去。虽然有时带来一点点美好和希望，比如有庆得到长跑第一名、让凤霞嫁人怀了孩子，但此后的悲情就像一朵朵巨大的乌云，很快将生命的阳光死死地遮住。书中的角色以各种方式死去，不给读者任何心理准备，只留下我们的惊愕和嗟叹。

余华是这么阐述他写作的缘起的——“我听到了一首美国民歌《老黑

奴》，歌中那位老黑奴经历一生的苦难，家人都先他而去，而他依然友好地对待世界，没有一句抱怨的话。这首歌深深打动了我，我决定写下一篇这样的小说，就是这篇《活着》。”“活着，在我们中国的语言里充满了力量，它的力量不是来自叫喊，也不是来自进攻，而是来自忍受，去忍受生命赋予我们的责任，去忍受现实给予我们的幸福和苦难、无聊和平庸。”正是这样一种对于“活着”的深刻认识，让我们在书中对生死有了一番过山车式的体验。

按理说，生死是一个沉重的话题，是千言万语都难以讲清楚的，但是作者只用了区区十二万字，就让读者对这个哲学命题有了初步的认识。昏黄的灯光下静静地阅读，心脏随着书中人物的命运而律动。合上书本时，内心似乎多了一些超越欲望、纷争的淡然。现实生活的无情与残忍，远比我们想象得要宽广；而活着，纵使要在肩膀上担负更多生命无法承受之重，我们依然要咬紧牙关默默忍受。这就是生命的力量，它超越了每一个肉体的渺小。

目睹一切死亡后，我们一定会追问生命的意义。既然生命都要无可避免地走向终结，那活着还有什么价值吗？如果一味地看重生命终点时的虚无，就会滑向悲观主义的深渊。相比于整个自然界，单个生命是孤弱和无助的，随时随地可能面对死亡小说中的人物一个接着一个的死亡，不正印证了生命的脆弱吗？企图刻板地探究“活着”的意义，注定只能成为一个笑话。人只是一种存在，它与天地万物一样。人活着为了什么？人活着不为什么，只是为活着本身而活着，不是为了活着之外的任何事物所活着。因此，不要过分探究“活着”的意义，要做的就是勇敢地活下去。也许只需要像福贵那样活着，像那头老牛那样活着。

活着是一种幸福，只要活着，就有了一种幸福和希望。认识到生命的本质，并不是让我们消极地面对人生，而是通过积极有为，让有限的、充满着不确定因素的人生充满精彩。

一直记得这样一句话，世间无所谓幸福与不幸，只有一种境况与另一种境况的相比较，仅此而已。只有经受极度不幸的人才能感受到极度的幸福；经历过死亡的人，才能领悟到活在世上有多美好。这不禁让我想起《我的兄弟叫顺溜》里面陈大雷说的，“没有经历过死亡的洗礼和死里逃生的人，不能理解那一刻我们的心情”。那是他们在久经战乱之后，听到传来日军投降、抗战结束的消息之后的狂喜，不，是悲喜交加。

人只要“活着”，就有实现任何梦想的希望。没有比活着更好的事，也没有比活着更难的事！生不可选，死不该选，唯有硬着头皮活着！只要“活着”，就什么都有了，什么是幸福，什么是苦难，真的都不那么重要了。面对“活着”这个最光荣的使命和最宝贵的权利，还能抱怨什么？因为那些不幸，更从另一个侧面衬托出我们所拥有的是多么的珍贵而奢侈。也许，幸福就是靠不断地经历苦难一点点累积起来的。

《活着》给了我们一个哲理式的结尾——我知道黄昏正在转瞬即逝，黑夜从天而降。我看到广阔的土地上袒露着结实的胸膛，那是召唤的姿态，就像女人召唤着她们的儿女，土地召唤着黑夜的来临。黑夜象征着生命的终结，这是我们每个个体所难以回避的归宿。不过，我们不必悲观和恐惧，因为我们曾经“活着”，曾经自信地、有尊严地“活着”。

掩卷沉思，我明白了这部小说题目的含义——活着吧，只要活着！这是经历了很多悲欢离合、生离死别之后，内心发出的最为真诚、最为炽热的呼唤。

梦想的力量

不经意间，离我第一次走入上海书展已经过去了十个年头，许多美好的场景依然历历在目，恍若发生在昨天。不过，让我记忆最深刻的，却是在书展上遇到的一位父亲，他对于书籍的热爱以及对于未来的梦想与憧憬，至今让我记忆犹新。

那是我第一次走入上海书展。到了书展现场，我就惊诧于眼前的“书山书海”。我就像一个发现金矿的探险者一样，如饥似渴地搜寻、阅读着“精神食粮”。我喜欢古今中外的文学著作，那些文学大师的作品自然就成为我顶礼膜拜的对象。不知不觉中，怀中已经抱了厚厚一摞书，这让我有一种收获的成就感。暂时从“精神世界”中退出来，这才意识到腹中的饥饿。于是，我开始寻找一个落脚的地方，用身上带的几个面包对付这顿午餐。

正当我准备开始我的午餐时，一个男人的声音出现在我的耳畔：“小伙子，麻烦你能不能让出一些地方给我们坐?”

我抬头一看，原来是一对父子，父亲看上去30岁出头，孩子也不过五六岁的模样。我微笑着点头表示同意，让出了将近一半的地方给他们。

我无意中看到父亲手中拿的一些书，那都是一些我喜爱的作家的经典作品。我试探性地问道：“你是不是也喜欢文学?”

对方也看到我手中拿的书，似乎是找到了知音。于是，我们两个文学爱好者找到了聊天的话题。我们越聊越投机，似乎有一种相见恨晚的感觉。平时，我身边的人几乎没有爱好文学的，因此我始终有一种孤独感。今天，我终于找到一位知己，想到这里，我对书展这个平台产生一种莫名的感激。

我们对于文学的讨论暂告一段落，于是又聊到各自生活。我告诉他，自己是一个在读大学生，他的眼睛里立刻闪现出羡慕的目光。我询问他的情况，他告诉我他是一个建筑工人，没有接受过高等教育。

我惊讶地看着他："你是建筑工人？还真看不出来。"

他平静地说："其实，我从小就喜欢看书，学习成绩也很优秀。但我家里的条件不好，为了帮父母减轻负担，高中毕业以后，我就跟着叔叔来到上海打工。因为没有机会接受大学教育，所以我对于你们这些大学生很是羡慕。"

我问他，是不是工作以后，依然没有放弃对书的热爱？

他用力地点了点头，说自己依旧抓住一切机会看书、学习。不过，要坚持这种理想，需要付出很大的毅力。由于日常工作繁重，每天回到宿舍时已是疲惫不堪，真想好好睡上一觉。可是，内心有一个声音就开始呼唤，提醒他要看书、学习。这时，两个不同的"自我"在他心里"打架"，一个鼓励他懒惰，一个鞭策他奋进。最终，后者战胜了前者，在昏暗的灯光下总有他挑灯夜读的身影。除了生理上的考验外，经济上也存在一定的挑战。他每月收入不是很高，剔除生活费，剩下的不是很多。有时候看到一本好书，由于囊中羞涩，他只好忍痛割爱。不过，只要凑够了钱，他就会立刻将那本书"请"到身边。工作十年，宿舍里已经堆积了数百本书，可以说他的收入基本上都花在买书上。身边的同事很不理解，他们说你一个建筑工人还读书干什么，你读的书再多，能和人家大学生比吗？还不如把钱攒下来寄回家。他不理会工友们的嘲笑，依然我行我素。读书之余，他还写点小文章，有一些作品还在刊物上发表了。

我问他，为什么想起来今天带孩子来看书展？

他语气肯定地说："我带儿子来，主要就是想让他见识一下这样的场面，同时也想让他从小就喜欢读书。我为他买了一些名人传记，尽管他现在不识字，不过我可以读给他听，树立他坚强的意志。”

我还问他，今后有什么打算吗？

他带着憧憬说，希望去读一个自学本科。因为他的心中始终有一个大学梦，虽然无法在学生时代实现，但是他一定会朝着这个方向努力。现在工作日趋稳定，希望在学历上能有所提升。或许，读书可能无法一下子改变命运，但是读书可以改变人对于生活的看法、提升个人的人生境界，这是任何其他事物无法替代的。

我用一种钦佩的眼神看着他，这真是一个值得我尊敬的人！他在这么困难的环境中，依旧坚持着心中的梦想。而我拥有这么优越的环境，还有什么理由不努力刻苦呢？

由于他还有急事要走，我只好失望地与他道别。此后，我一直在后悔当初自己为什么不留下他的联系方式……

现在，“中国梦”的号角正响彻华夏大地。“中国梦”的实现不仅仅是在国家民族的层面上，更重要的是每一个个体能够实现自己人生的精彩。这个父亲的身上，就蕴含着一种梦想的力量，他的心里就有着一个真切的“中国梦”。他热爱书籍，对未来充满着自信与憧憬，幸运之神终将有垂青他的那一天。

这么多年来，每当我逛书展时，就会想到这位父亲。我觉得，书展就是一个爱书人的天堂，同时也为每一个参观书展的人注入一股梦想的力量。有梦想的人生，才是有深度、有厚度的人生。

为什么没想到自己

古印度伽那陀，建立了一整套富有创造力的理论体系，向他拜师学习的络绎不绝，手下有门徒数百人。其中弟子米内罗最优秀，被选为伽那陀的助手，侍奉在他的左右。

几十年后，伽那陀的须发花白，走路摇摇晃晃。他觉得自己的大限将近，于是把米内罗叫到身边。

伽那陀有气无力地说："米内罗，我在世的时间不多了，可是我的思想还要有人继承。你能否帮我物色一位优秀的关门弟子？"米内罗忧伤地说："师傅，都怪我照顾不周。您说的事，我一定尽力。"

伽那陀又补充了一句："我心目中理想的继承者，不光要有非凡的智慧和极高的悟性，还要有满腹的自信和无惧的勇气。"

米内罗收拾行装，几天后的傍晚出发。伽那陀看着助手远去的背影，渐渐成为一个黑点。落日的余晖照耀在他的脸上，更显出他的苍老和孤弱。

几个月后，米内罗领回来几个年轻人，他们都是思想界的后起之秀。他们被要求对伽那陀的命题提出自己的不同意见。伽那陀起初听得很认真，后来却变得不耐烦。这几个青年很会见风使舵，看见伽那陀的神态举止，立马改变策略，夸赞伽那陀的理论体系，称自己还十分稚嫩，需要伽那陀进一步指点迷津。伽那陀愈发不满意，毫不犹豫地把这几个阿谀奉承之徒赶出去。

伽那陀把米内罗叫到身边说："辛苦你了，不过你找来的人，我都不满意，其实……"

话还没有说完，米内罗似乎像犯了错误的孩子，连忙把责任揽到身上："老师，您放心，我一定会不辱使命。哪怕是走到天涯海角，我也一定会找到您中意的关门弟子。"

米内罗的再一次离开，让伽那陀一夜未眠。昏黄的灯光下，他看着身边堆积如山的著作，眼角渗出泪花。

此后，米内罗又找来几个人。伽那陀依然不满意，不是因为资质和天赋不够，就是为人方面有问题。当米内罗决心准备再次远行时，伽那陀突然大口吐血，倒在书房内。

医生从几十里外赶来，经过一番诊治，无奈地摇了摇头。伽那陀费力地睁开眼睛，看见一旁早已哭红眼的米内罗，顿时清楚了病情。米内罗语气沉重地说："老师，我对不住您，没想到，我到现在还没有找到合适的人选。"伽那陀叹了一口气说："米内罗，外出寻找关门弟子，难道你没有想到过自己？"米内罗没有想到：师傅这次让他去寻找关门弟子，就是考验他的勇气和自信。本来在师傅心中，米内罗是最适合的人选。只可惜，米内罗的表现一直让他失望，他始终没有勇气举荐自己。这或许是天意吧……

几天后，伽那陀带着遗憾离开世界，而米内罗站在送葬的队伍中，陷入深深的自责……

很多人在人生的岔路口时，都缺少跨前一步的勇气。为什么没想到自己？为了避免遗憾，在挑战和机遇并存时，请勇敢地毛遂自荐，把最出彩的一面展示出来。

走出安逸的圆圈

读完大学后，他获得一份收入不错的工作，上天还赐予他美丽贤惠的女朋友。回想辛酸的童年，他对眼前的一切很知足。

工作几年后，他依旧是公司最底层的职员。同学聚会上，最要好的同学善意地提醒他："年轻是打拼的时节，怎么能裹足不前呢？有些道理几句话讲不清楚，不如参加我主讲的培训吧。"那位同学是小有名气的职业培训师，每年为各类公司开设上百场讲座或培训。他就这样得到一张免费的培训入场券。

培训要持续半个多月，他为此要花掉近一半的带薪假期。这么长时间耗在培训上，有一点不舍得。他做了两手准备，如果培训不对胃口，就执行另一套方案——和女朋友去那个欧洲小岛甜蜜旅行。

第一节课上，他的同学首先在黑板上画了一个圆圈，然后又有一个人站在圆圈中间。他的同学问底下听课的人："大家知道我想表达什么吗？"参加培训的人面面相觑，不知道他葫芦里卖什么药。没有一个人吱声，他的同学转身对着黑板上的圆圈里，添上一座房子、一辆汽车、一些朋友。

画完以后，他的同学又问了一遍刚才的问题，还是没人回答。他自问自答："这是你的舒服区。这个圆圈里的东西对你至关重要：你的住房、你的家庭、你的朋友，还有你的工作。在这个圆圈里头，人们会觉得自在、安全，远离危险或争端。现在，谁能告诉我，跨出这个圈子后，会发生什么？"

教室里静了一会儿，一位学员打破了沉默：“会害怕。”接着又发出另一个声音：“会出错。”这时，他的同学微笑着说：“当你犯错误了，其结果是什么呢？”最初回答的那名学员大声答道：“我会从中学到东西。”

他的同学点着头说：“说得很对，你会从错误中学到东西。离开舒服区后，你学到了以前不知道的东西，增加了见识，所以你进步了。”

他的同学再次转向黑板，在原来那个圈子外画了一个更大的圆圈，还加上一些新的东西，如更多的朋友、一座更大的房子等。画完这些后，他做了一番总结：“如果老是在舒服区里打转，你永远无法扩大视野，永远无法学到新的东西。要使自己人生的圆圈变大，把自己塑造成一个更优秀的人，我们就要走出这个狭隘的圈子。”这下，他彻底打消和女朋友出游的想法，老老实实地听同学讲课。此后半个月间，他的同学用图文并茂、理论与事实相结合的方式，深入浅出地讲解职场生存发展之道。培训结束后，一个很好的机会摆在面前，他毫不犹豫地与此前的安逸生活说再见，选择在崭新环境中重新勾勒人生轨迹，并一步步走向企业高管的位置。

他就是著名的企业经理人杜乐森，也曾是那个不敢跨出一步、满足于当前安逸生活的人。人们只有勇敢地走出安逸的圆圈，才能不断提高自我，才能在职场的惊涛骇浪中破浪前行。

活过很多次

曾有一只猫，它活过一百万次。在它循环往复的生命历程中，曾是国王、水手、魔术师、小偷、老婆婆、小女孩等养的猫。

它的死法千奇百怪，被乱箭射死、被水淹死、被锯成两半、被狗咬死、被勒死、自然死亡……它出生时，每一个主人都对它很疼爱；它死亡时，主人们也都留下伤心的泪水。它看似很幸福圆满，不必为生存担忧烦恼，不必为食物奔波忙碌，就连死后都有人帮其埋葬、料理后事。可是，猫却并不快乐。很多次生命历程中，每一次都不能做真正的自己，都不能自由安排最终的命运走向。没有因为每次死亡而落过一滴泪，因为生前不值得留恋，短时间内也可死而复生，死亡在它眼里变得很微末。

生命轮回多次，每次都停留在猫这个形态上，连它自己都感到有些厌倦了。终于有一次，它不再附属于任何人，而是一只自谋生路的野猫。上天还算眷顾，给了它很威武、很英俊的外表。凭借这美丽的皮囊，它成为很多母猫的追求对象。它们围在它身边，有的送大鱼，有的送上等鼠肉，有的送珍贵礼物，有的为它舔毛，猫却看不起这些“膜拜”者。因为在此前很多次生命中，类似场景也已经历过无数次。

最终，来了一只白猫。起初，白猫显得十分冷淡，好像一位高贵的“冰美人”。它走到白猫身边，告诉它自己活了很多次，得到的只是白猫轻描淡写的一句：“是吗?”这只白猫，敢藐视自己，但是它并没有生气，想通过某种方法让白猫对自己产生敬佩。为此，它表演了空翻绝技，那是在马戏团学到的。白猫依然不为所动，依然是这么冷冷的。它终于不再那么孤傲，说了一句很平实的话：“我可以待在你身边吗？”白猫说：“好吧！”就这样，这只猫从此一直陪伴在白猫身边，它们拥有很多可爱的小家伙。这只活过很多次的猫，再也不提当年之勇，爱白猫和小猫们胜过爱自己。岁月流逝，白猫越来越老，终于在某一天安安静静地走了。这只猫第一次哭了，哭了很多天，直到泪水已被哭干，进而是红色的鲜血。几天后，它一动不动地躺在白猫的身边，再也没有活过来。

最后一次生命终结时，猫终于找到属于自己的幸福。那只白猫升华了它的灵魂，让它感受到生命的珍贵，不必在无奈和乏味中继续轮回。虽然它活过很多次，但每一次都是形同嚼蜡、索然无味，因为它不能自主地去生活、去爱。没有爱的生命是苍白的，而没有自由的生命更是无奈和苦涩的。

活过很多次代表生命的长度，而幸福与否取决于每一段生命历程的质量。行尸走肉的人生、枯燥乏味的人生、备受压抑的人生，即使活得再长久，也只能是一种煎熬。活出自己的精彩、活出人生的滋味，绝对比那种“赖活式”人生要增色不少。和相爱的人在一起，自己爱着对方、对方也爱着自己，哪怕经历太多的曲折和苦痛，回望时也是一种甜蜜。做自己喜欢的事，同时还能成为谋生的手段，这样的人生旅程令人艳羡。

人们不应该去刻意追求生命的长度，而应探索生命的宽度与质量。只要活出自我，能自主地决定人生的走向，我们就不会感到遗憾。

我愿展开宽厚的翅膀，飞向那片充满爱与激情的天堂。相比这一点，活过很多次的诱惑只是一片浮云……

青春感悟

2013年4月，影片《致我们终将逝去的青春》在各大影院热映，勾起“80后”一代对于青春的集体怀念。我也是“80后”群体中的一员，对于影片所反映的主题深有同感。面对即将流逝的青春，我的内心有着太多的感慨与惆怅。

还有不到一个月的时间，我就将迎来自己29岁的生日。倏忽间，20岁生日的烛光似乎还在眼前隐约可见。那个盛夏的晚上，很多亲人陪伴着我度过这个重要的时刻。在众人的祝福声中，我携着勇气踏上了青春奋进的道路。完成大学学业后，我又在千军万马挤独木桥式的竞争中获得这个令人艳羡的职位。崭新的生活图景，就像书页一样在我面前缓缓展开。我怀着虔诚的心情，认真地阅读着社会这本“大书”。不过，骨感的现实很快就让我脑海中丰满的理想变得支离破碎。我整天消耗在琐碎、枯燥的工作中，激情就像潮水退潮一样潜伏到心灵的最深处。此后几年，我就在这习惯性的麻木中度过。

我的思绪又回到现在，没想到自己也是即将“奔三”（30岁年龄）的人。一旦年龄由“2”字头变成“3”字头，或许青春就会像袅袅炊烟渐渐飘远。看着青春骑着快马从我身边疾驰而去，我只能目送它矫捷的身影渐行渐远。

席慕蓉在《成长的痕迹》一文中写道：“很多愿望，我想要的，上苍都给了我，很快或者很慢地，我都一一地接到了。而我对青春的美的渴望，虽然好像一直没有得到，可是走着走着，回过头一看，好像又都已经过去了。有几次，当时并没能马上感觉到，可是，也很有几次，我猛然醒悟：原来，这就是青春！”

青春，就是这样让人捉摸不定。只有当回望过去的精彩时，才知道青春曾经来到过我们的身边。因为身处青春时不懂得欣赏，我们的内心留下遗憾，感觉自己没有充分享受青春带来的美好。每次和同学聚会，都会聊到那时的校园时光。大家的想法几乎都和我相同，那就是校园生活是多么美好啊！而遥想十多年前，我们都还在抱怨学业负担重、学习压力大、考试竞争激烈。于是，我们用文字抒发着对于教育考试制度的不满，甚至感到自己是天底下最苦命的人。可是，这种想法随着踏入社会发生了彻底的改变。

无休止的加班、老板的苛责、客户的刁难、业绩考评的压力……这些元素充斥着社会人、职场人的生活。不付出不可能有回报，付出了也不一定有回报，这彻底颠覆我们以前的思维模式。明知道这样的生活模式在危害着健康、猎杀着幸福，我们却不能加以拒绝。因为有房贷、车贷、家庭开销等巨大的生活成本，它们就如同一个个深邃的大坑，等待着我们用汗水甚至血水去填平。我们只好像蚂蚁或工蜂那样，辛勤地劳作在一间间“格子间”中，苦熬着宝贵的青春。

不过，青春也不完全是灰色的记忆。每当过了繁忙的季节，我总会给自己的心灵放一个长假。收拾好行囊，邀上三五好友，一起踏上远行的旅程。金色的海滩上，我们像孩子一样赤脚狂奔，让奔腾的浪花亲吻我们的脚踝；秀美的青山绿水中，我们恣意地呼吸着新鲜的空气，微微的清风吹散我们的心事。我们在空旷之地大声地呼喊着、尽情地嬉闹着，重新找回那个纯真的自我。

或许，我们不应该因为青春正在逝去而难过。正像《成长的痕迹》一文中所说：“也许事情总是不一定能如人意的。可是，我总是在想，只要给我一段美好的回忆也就够了。哪怕只有一天，一个晚上，也就应该知足了。”不要对未来发生的情况过度地担忧，因为你的忧虑并不会改变青春逝去的现实。更重要的是把握好当下，让现在的快乐成为明天你的美好记忆。与其纠结于青春何时结束，不如拥有一个高质量的青春，让笑声成为你青春的主旋律。

如果说生理上的青春是有时间年限的，那么心理上的青春却可以长期拥有。保持一颗年轻的心，其实你就从另一个层面占有了青春。相反，如果外表是翩翩少年，但是内心的理想与激情却早已破灭，你和垂暮之年的老者又有何区别。我曾经看到一位作家对写作经历的一段自述，他说自己完全沉浸在作品的情节中，好像蜕变成20岁的青年。一个多月的时间里，作家几乎都是通宵，从华灯初上一直鏖战到东方吐白，饿了就吃点零食，渴了就喝点牛奶，困了就在电脑旁打个瞌睡。他说自己好像找回了年轻的感觉，他很久没有这样透支自己的身体。有的朋友劝他要注意身体，毕竟已经不是20岁的小伙子，但是他却乐此不疲，他觉得只要心里是20岁，那他就是20岁。

当然，我不赞成作家透支身体的做法。只是我赞同他那颗年轻的心，那是火一样的热情，只要认准一件事，就毫无顾忌地做下去。我希望能够找回这样一种状态。

虽然青春岁月中蕴藏着太多的苦涩与酸楚，但是相比快乐与幸福，这些都只是一片随风飘逝的乌云，很快会被温暖的阳光驱散。面对即将离去的青春，我也不再迷茫，因为有了这样一份美好的回忆，我的人生早已没有任何的缺憾。

“一句话，一辈子，一生情，一杯酒。”或许，青春就能从这些细枝末节中被我们感悟……

不要将自己看得太重

还是先讲一则寓言故事吧。大家都知道沙漠中最为常见的交通工具是什么，没错，就是骆驼，很多人正是骑着这种非常耐渴的动物走过一片片干燥的沙丘。故事中的那只骆驼，身上并没有载着人类，而仅是停着一只小小的苍蝇。骆驼日夜前行，凭借着良好的方向感，终于通过杳无人烟的沙漠。苍蝇却享受搭便车的惬意，不费吹灰之力就行走了很远的距离。它用略带讥笑的口吻说："谢谢骆驼大哥！没有你闷着头憨憨地走，我这个天才也就不会这么快通过沙漠。"

骆驼转头看了看苍蝇："你不说话，我还没有发现你呢。此前几天你待在我身上，我根本浑然不觉。现在你要离开，根本不需要向我道谢。你的分量对我来说忽略不计，驮你我根本不费力气。你别把自己看太重，你以为你是谁。"

越是渺小的东西，越是会把自己想象得很高大、很重要，故事中的苍蝇就是如此。不过，一些大人物有时候也会因为把自己看得太重，遭受意料之外的羞辱。

英国著名剧作家萧伯纳在莫斯科访问时，遇到了一个活泼可爱的小姑娘。她长得白白胖胖，一双水汪汪的大眼睛炯炯有神，头上扎着一个大蝴蝶结。萧伯纳和这个孩子玩了好久，似乎她就是自己的孩子。临别时，萧伯纳用带有显摆的口气对小姑娘说："今天同你玩的是世界有名的大作家——萧伯纳。"可是，小姑娘却不买大牌的账，用萧伯纳的语气回敬他：

“今天跟你玩的是苏联小姑娘娜塔莎。”

如果说萧伯纳只是在话语上没有占到便宜，那么下面这个名人却真切地感到自己在他人心中的地位。

著名表演艺术家英若诚生长在一个大家庭中，每次吃饭，几十号人都围坐在大厅中一起吃，场面好不壮观。

有一天，可能是虚荣心在作祟，他决定跟家人开个玩笑。于是，他在吃饭前将自己藏在一个不被注意的柜子中。他脑海中想象着后面的场景：众人乱得就像一锅粥，像没头苍蝇一般满屋子找他。等到大家的脸上显出有些绝望的表情，他再从柜子里从容地走出来，家人乐呵呵地傻笑着。

设想归设想，现实却不是一个人的主观意志所能决定的。他躲到柜子里很长时间，也没有听到外面发生任何异样的声响。他将柜子推开一条很小的缝隙，顺着缝隙观察外面的情况。大家都很镇静，好像什么也没有发生。他经常坐的那个座位空着，好像是对他的一种无声的讽刺。偶尔会有人提到他，不过别人很快认为他是有事不能回家吃饭。晚饭在规定的时候结束，大家酒足饭饱后渐次撤离饭桌。等到所有人离开，他才有气无力地从柜子里出来。桌上只剩下残羹剩饭，他只能用这些充饥。

名人尚且如此，更遑论我们这些芸芸众生。我经常会听到朋友们在抱怨，说他或她的老板怎么不厚道，自己累死累活地为公司创造效益，就像一头默默耕耘的老牛，但是工资卡上的数字却不会有预期的增长。真想辞职不干，看老板在自己离开后会陷入怎样的窘境。

很多人还真的将这些想法付诸实施，不过他们遭到和英若诚同样的命运。老板的企业并没有陷入瘫痪，每天依然有条不紊地运转。反倒是辞职者陷入找工作的苦战，不得不重新包装自我，将自己“售卖”给新的老板。

从这些事例中，我反复告诫自己：永远不要把自己看得太重要，否则就会大失所望。

其实不将自己看得过重，也可以为繁杂的心灵卸下负担。正因为对自己期望不是过高，也不会因为得不到而苦恼。

米兰·昆德拉有部小说叫《生命不能承受之轻》，讲得就是生命中有太多事，看似轻如鸿毛，却让人难以承受。其实很多情况下，我们就是将自己看得过重，如果对自己的估价能有所降低，又何来这难以承受之轻？

人生的三种时态

过去时、现在时和将来时，这是每个人必须经历的三种时态。对于这些不同的时间段，我们应当持不同的态度，即对过去时小心地收藏，对现在时努力地把握，对将来时则憧憬中带有一份淡然。

过去时是已经体验过的那段时光，它被我们前行的身影甩在后面。从我们呱呱坠地开始，过去时就不断延伸着它所掌控的范围。小时候，我们用好奇的眼光看着周围的世界，探求着未知的秘密。进入社会后，我们感受着人间的冷暖，在挫折和磨炼中不断成熟。回望过去，就是在回望我们个人的生命史。虽然有过成功，有过失败，有过开怀大笑，有过伤心流泪和黯然神伤，但是这些经历都是我们人生的一笔财富，值得我们好好珍藏。过去对现在和将来有着强烈的借鉴意义，一个轻易忘记过去的人很可能在现在或将来重演着过去的惨痛回忆。因此，我们需要好好梳理过去，让那些成年往事闪耀出光芒，点亮我们前进的脚步。

收藏过去的另一个含义，就是不过分拘泥于过去时，适度地放下过去时中的细枝末节，不被曾经的失败和挫折绊住前行的脚步。相信很多人都有后悔的经历，感叹自己为什么不在那个关键的时候再果断一些、勇敢一些，如果那样的话也就不会像现在这个样子。停止这些无谓的悔恨吧！它们无助于任何状况的改善，反而会让你在感慨和后悔中畏缩不前。收藏过去，就是适度地放下。“逝者如斯夫，不舍昼夜。”过去的岁月就像孔夫子眼中的滔滔江水，不会有任何的停歇。与其纠结于那些曾经的机会，还不如思考如何再创造机会。放下过去，我们前行的负担就会减轻很多。带着过去留下的宝贵经验，我们就应该思虑如何在现在时中攻城拔寨、勇往直前。

现在时永远是短暂的、片刻的。当你努力去抓住它时，它已经在你的背影中，成为过去时的一部分。所以，我们对待现在时应该有一种只争朝夕的精神。变动不安的现在，容不得我们等待与彷徨。我们只有不断地努力与进取，才不会让我们再次陷入悔恨的恶性循环之中。未来是不确定的，其中既有风险，也有很多机遇。未来为我们标明了很多条发展路径，等待着我们去选择。很多人都有喜新厌旧的心理，总认为自己选择的道路不是最佳的路径。由此，他们岔到了另一条轨道上，开始新的探索。可是一段时间后，他们又产生了之前的感受，再一次亲手打破了原先的选择。就这样，他们不断地放弃、不断地选择，由此彻底迷失自我。因此，现在时中充满着诱惑，我们需要有抗拒诱惑的免疫能力。认定方向之后，我们就不应该再有另寻新欢的想法。不要认为另一条路上有更大、更值钱的“宝藏”，只有在现在时中不断用汗水浇灌你事业的“田地”，你才会在收获的季节摘取属于你的“果实”。

走过现在时，我们就要迈入将来时。将来时是一块未开垦的处女地，永远带给人们想象的空间。看着前方广袤的空地，任何人都会在脑海中憧憬出一幅美好的画卷。当然，这并没有错——心怀梦想与憧憬的人生，才是一段值得尊重和享受的人生。不过，憧憬不应该成为让人心生烦恼的执着。对于未来的收获，我们需要抱有一份淡然的心境。能够收获成功的果实，当然是可喜可贺的事；如果未能如愿以偿，我们需要以一种平常的心态去面对。或许，我们从现在就要对将来时设定正反两个自变量，由此我们才不会在失意来临时手足无措。不要让最终的结果夺去你的快乐人生，将来的事，就让时间的法官来裁决吧。或许上帝为你关闭了一扇门，却为你打开了一扇窗。

人生的三种时态，最终都会归结于过去时这一种时态。当这个时刻到来的时候，我们完全不必过度地悲伤和哀愁。因为一段有内涵的人生，已经让我们活出了人的尊严。

过去时、现在时和将来时，人生就在不停地切换中上演着属于我们自己的传奇剧……

行远路的智慧

每个人都曾有过走远路的经历，那似乎遥不可及的终点、处于衰竭边缘的体能，让我们有一种孤弱无助的感觉。可如果将这段漫长的路途，分解成一个个比较容易达到的目标，旅程的折磨感是否会因此有所减轻？

读大二的那年暑假，一位室友邀请我去他的家乡做客。那是一个小山村，交通有些闭塞。坐了一天一夜的火车，又在有些残破的长途汽车上颠簸了三个多小时，随后的路程只能靠我们的双腿去完成。这条山路并不好走，路上的小石子硌得双脚生疼。我从小就生长在都市之中，从未走过这样的路，很快脚底就磨出了水泡。

我身边的室友却没有露出明显的疲态，从他有些轻盈的步伐中，感觉这段行程对他似乎是一种享受。我感到有些不解，他的体能状况并不比我好多少，怎么会如此轻松呢？

毒辣的太阳照在身上，似乎要吸干身上的每一滴水珠。我不停地补充水分，但喉咙还是有种火烧的感觉。我步频越来越慢、步伐越来越小，眼看就坚持不下去了。

室友知道我快不行了，他想出转移注意力这一招。路边的一块巨石、几棵老树、一座破庙，他都能够讲出一些趣事来。这些故事离奇古怪、跌宕起伏，我渐渐忘记旅途的疲惫。还意犹未尽之时，室友拍了一下我的肩膀：“到我家了，后面的故事请听下回分解。”

一幢砖瓦结构的屋子，赫然屹立在我的眼前。而西方的天空，已经被落日的余晖染得鲜红。

室友打来了清凉的井水，我把略有些浮肿的双脚泡在里面，顿时疲劳减轻不少。室友脱掉鞋袜，也把他的脚浸在水中。我问他：“今天你怎么耐力这么好?”他用手搓了搓脚背说：“其实也没什么，你还记得我讲过的故事中那些情景和事物吗？因为从小就在这里长大，我对这条路上的一草一木早已熟烂于心。因此，当我每次走这条山路时，我就在心里把路分成了好几段。每一段路的终点，都有一样标志物。正是每一个标志物变得清晰，我才不会被路的漫长所吓倒。有了精神上的支柱，走路时我也不会感觉那么累。”

我这才明白，原来室友采用了目标分解的方法。相同的方法，曾经帮助日本马拉松选手山田本一获取世界冠军。

1984年的东京国际马拉松邀请赛中，原本并非夺标热门的日本选手山田本一，出人意料地夺得了世界冠军。自然，他成了媒体追逐的对象。当被问及是如何取得桂冠的，他淡然一笑说：“用智慧战胜对手。”一句看似平淡的话，显然不能令当时的人信服。人们认为他是在故弄玄虚。马拉松运动中力量因素占据很大的成分，智慧占据的比重很小，用智慧战胜对手，或许是这位冠军选手的一种客套话。

不过，山田本一的传奇并不是昙花一现。两年后的意大利国际马拉松邀请赛，山田本一再次独占鳌头。记者当然想挖掘这位双料冠军背后不为人知的故事，他们再次把相同的问题抛给他。山田本一是一个很低调的人，他依然给出了同样的答案“用智慧战胜对手”。这个答案让记者们很失望，一篇精彩的深度报道只能就此作罢。

“用智慧战胜对手”的真实内涵，终于在山田本一的自传中得到破解。他说每次比赛前，他都会将比赛路线仔仔细细地勘测一遍。他会把沿途比较醒目的标志记录下来，比如银行、大树、比较奇特的房子……正式比赛时，他就以百米冲刺的速度奋力向第一个目标冲去，随后又以相同的速度向着下一个目标进发。42千米的赛道，被他巧妙地分割成一小段一小段。

正是这一个个并不难达到的小目标，让达到终点变得不会如此艰难。

有了明确目标，我们就会将行动与目标进行对照，找出其中存在的差距。要达到目标，就要像上楼梯一样，一步一个台阶，把大目标分解为多个易于达到的小目标，脚踏实地向前迈进。在每一个目标达到之时，更进一步增强了我们完成总目标的信心。每前进一步，达到一个小目标，就会体验到“成功的喜悦”，这种“感觉”将推动他充分调动自己的潜能去达到下一个目标。我们行动的动机就会得到维持和加强，从而努力克服行动中的一切困难。

生活中很多人做事会半途而废，不是因为难度太大，而是觉得距成功太遥远。他们不是因失败而放弃，而是因心中无明确而具体的目标而倦怠甚至失败。如果我们懂得分解自己的目标，一步一个脚印地向前走，也许成功就在眼前。

行远路的过程中，我们需要找寻能够很快达到的路标；而人生的旅程中，我们也应该明确下一步努力的方向。这样，我们才不会在行走中迷失方向，失去取得最终胜利的信心。

拥抱人生智慧

——读《菜根谭》有感

伟大的哲人培根曾说过："历史使人明智，诗歌使人智慧，演算使人精密，哲理使人深刻，道德使人高尚，逻辑修辞使人善辩。"通读《菜根谭》全书，我犹如和作者进行一场穿越时空的对话，倾听他精炼的人生智慧。

"谭者，谈也，性定根香。"明代隐士洪应明就是取此句之奥义，将自己的积年之作命名为《菜根谭》。该书是融儒家、道家、释家意蕴于一体的智慧结晶，人生奥秘和终极情怀跃然于书中，每条语言字数不多，但融入了人生最深的感悟。全书由原文、译文、评点三项组成的条目一共360个，上至治国、平天下，下至修身、治家，人世间的大道无所不包。正因为书中包罗万象、发人深省，因此古人对此书这样评价："嚼得菜根香，百事可做。"

读《菜根谭》需要良好的环境与氛围，周边过于嘈杂、心态过于浮躁，是无法读懂书中的深义的。《菜根谭》需要静静地读、细细地品，这样菜根才会越嚼越香，心智才会越来越高。最好是在夜深人静的时候，泡上一壶清茶、点上几支清香、放上一段优美柔和的音乐，我带着虔诚的心情翻开书页。读到精妙之处，我常常会心一笑，似有迦叶尊者拈花一笑的意境。夜已深沉，知名或不知名的虫儿在远方"吱吱"地叫着，隔壁房间是家人匀称的鼾声，我就着这样的天籁，重新找回那个真实的自我，轻轻地擦拭心灵上的尘埃。

几乎任何人都可从书中找到有用的妙语警句：政治家能觅到治国安邦之策，比如“议事者身在事外，宜悉利害之情；任事者身居事中，当忘利害之虑”。企业家能寻到立足商界之则，比如“宠利毋居人前，德业毋落人后，受享毋逾分外，修为毋减分中”。教育家能找到教学育人之方，比如“教弟子，如养闺女，最要严出入，谨交游”。佛家能悟到超脱随缘之道，“释氏随缘，吾儒素位，四字是渡海的浮囊。盖世路茫茫，一念求全则万绪纷起，随遇而安，则无人不得矣”。真可谓仁者乐山，智者乐水，各取其需，各得其所。

俗话说：“做人难，难做人。”从我们降生世界开始，就面临着做人的难题。无数的历史典籍，都会不厌其烦地教诲我们为人处世之道。《菜根谭》当然也不会忽略“做人”这个人生第一要务，它是这样说的：“做人无甚高远事业，摆脱俗情便入名流，为学无甚增益工夫，减除得物累，便臻圣境。”短短的一句话，便为我们勾勒出如何为人处世的图景。很多人眼中，人生最大的意义就是取得他人无法企及的成功。正因为抱着这样的思想，他们就如同被套上重重的枷锁，吃力地行走在人生的旅途中。其实，做人并不一定非要取得什么丰功伟绩。历史上能够有所成就的人终究只是少数，大多数人只能沦为凡夫俗子。我们不应受到那些励志类书籍不恰当的蛊惑，让心灵沾满名利的污秽。只要摒除外物的诱惑，便可以达到至高无上的境界了。其实只要能做自己喜欢做的事，人生就被我们赋予了意义。真的没有必要为了所谓的成功扭曲自己，一切随遇而安。

也许人们会说《菜根谭》这类古籍有特定的时代背景，在科技高度发达的今天，早已失去现实的意义。我却不这么认为，甚至觉得有这种想法的人是对这本智慧之书的轻慢。单就它的文字表述，就好像一碗清新的心灵鸡汤。《菜根谭》词句简练明隽、婉约优美，它亦骈亦散，融经铸史，兼采雅俗。它似语录，却有语录所没有的趣味；似随笔，却有随笔所不易及的整饬；似训诫，却有训诫所缺乏的亲切醒豁；且有雨余山色，夜惊钟声，点染其间，其所言清霏有味，风月无边。它没有华丽的辞藻，却将人世间为人处世之道讲解得淋漓尽致，那些经过千百年锤炼过的精髓才是它真正意义的所在。

书中还有很多处文字，精炼地表述着宽容、真诚、善良、淡泊、辩证的品质和境界，对于精神空虚的人们来说，无异于一剂良方。正如英国作家狄更斯在《双城记》开头写道：“这是一个最好的时代，也是一个最坏的时代。”相比古人，发达的科技给了我们舒适安逸的物质生活。可与此同时，科技也剥夺了古人曾有的精神家园。因为工作生活节奏太快，人们少了与自然亲近的时间，少了思考人生与未来的悠闲。这个时候，我们真应该静下心来好好读一读《菜根谭》，它如一溪清泉，能涤去我们焦躁的尘灰，化解我们心灵的积烦，净化我们的心灵，为我们带来善意的忠告和警策。这样一本启迪心智、开发慧根的书籍，又怎会有过时的那一天？“一千个读者的心中就有一千个哈姆雷特。”相信每一个翻开《菜根谭》的读者，都会在读完后收获颇丰。它就像一位饱经世事、睿智谦和的长者，毫无保留地传授着人生之道。只要用心去读，就一定有所裨益。

东方已经开始吐白，我翻着《菜根谭》略微泛黄的纸张，度过这个不眠之夜。漫漫人生之路，有这样一本书的陪伴，我不会再感到彷徨与迷茫。我愿与智慧为伍，与灵魂共舞，嚼着菜根的淡淡清香，从容淡定地驶向远方。

取水的智慧

三个和尚没水喝的小故事，大家都应该听说过。下面，我将讲两个内涵迥然不同的故事，或许我们能够从中汲取一些人生的智慧。有时候，我们换一种思路，就会迎来海阔天空。

山上的寺庙中有胖和尚、中等身材的和尚和瘦和尚三个人，他们每天轮流到山脚下的小河挑水。与那个中等身材的和尚挑来的水相比，另两个和尚挑的少了很多。另两人请教中等身材和尚有什么秘诀，他淡淡一笑，询问两人挑水走哪条路。胖和尚首先说，因为不大习惯走山路，他总是选择那条相对平坦、易行的大路。为此，他要多走不少路。去的时候体能还凑合，可是回来时明显感到体力不支。他只能勉强地坚持，结果桶里的水洒出来不少。

瘦和尚接着说，因为走小路可以节省不少时间，所以他就选择这条崎岖的道路。去的时候也没有什么，只是回来时因为山路的难行，他很难保持身体的平衡。综合下来，他取回的水量和胖和尚也差不多。

听完其他两人的话，中等身材的和尚才讲出了他的方法。其实，他也没有秘诀，只是综合了其他两人的选择。去的时候水桶空着，他走小路节约时间和体力。回来的时候水桶已满，他宁愿走大路，虽然时间被耽搁一些，但是不会因为难以掌握身体平衡而把水洒出。

很多情况下，我们往往陷入一种思想上的偏执，即只考虑一种因素而忽略另一种因素。就像故事中的胖和尚和瘦和尚，因为关注重点的不同，他们都没有取得理想的结果。那位中等身材的和尚却是综合考虑了各种变量，让挑水之行变得相对轻松惬意，同时也获取一个最佳的收益。世上非此即彼的状况并不存在于大多数情况中，采用折中一点的方法，我们可以收获更多成功的果实。

上面故事中主角的思维模式，依然停留在一个比较保守的阶段。因为在他们的观念中，山下有水源，所以每天只能辛苦地奔波在山上和山下之间。水源真的是唯一的吗？看完下面的故事就会有一种豁然开朗的感觉。

相邻的两座大山中，分别住着两位和尚。两座山之间有一条小溪，这是他们不可或缺的生命之源。因为每天都要到小溪边取水，他们很快成了朋友。三年的时光，就这样从指缝中悄然滑过。有一天，一位和尚没有下山挑水，另一位和尚望着空空的对岸，内心有些惆怅。他想当然地认为，可能是他睡过头了。第二天、第三天、一个星期、一个月……相同的情况不断发生，那个和尚再也没有到河边挑过水。这个和尚开始担心，朋友会不会生病了，否则他不可能一个月不来挑水。他决定马上去河对岸的山顶，看看有什么可以帮助朋友。

他怀着一颗忐忑不安的心，来到对面山顶的寺庙。庙门微微敞开着，他敲了敲门，听到一声洪亮的“请进”。看到好友之后他大吃一惊，他脸色红润、气宇轩昂，正在习练刚柔相济的太极拳。看他的模样，不像是生病。心中的好奇让他忍不住问道：“你怎么一个月没有下山挑水，难道你有其他的水源?”他的好友和善地说：“你说得没错，我现在就带你去看我的水井。”

他们缓步来到寺庙的后院，好友指着一口井说：“这是我三年来努力的成果。我每天做完功课后，都会抽空挖上两锹土，即使时间十分有限，我也一直坚持着。终于在一个月前，这口井中冒出清澈的水。就这样，我不必费尽周折地下山挑水。节省下来的时间，我可以练喜欢的太极拳。”

换一种思维看待问题，很多困境和迷局都可以得到很好的破解。上一个故事中，那个和尚就敢于打破取水只能去山下的成见。既然山下有水，为什么山上没有？思维能够走出这一步，具体的实施也就变得水到渠成。

思维决定行动，不被某种思想束缚，我们就可以在成功的道路上走得更远。很多大师和成功人士，就是在头脑风暴中更勇于突破某种成见和固化思维。有了吃第一只螃蟹的精神，任何困难和挫折或许只是暂时的。云开雾散之时，这些勇士和智者就会见到灿烂的阳光。

第二辑　紫藤花开

我们在亲人以及其他许多人的呵护中慢慢成长。在这个过程中，我们体味着温暖亲情、真挚友情、浓郁爱情。正因为有了真情的包裹，我们才能一步步成为完整的、独立的个体。

爱的能量

爱是人间最真挚的情感，具有看不见的能量。爱的能量，让一个弱小的人变得强大，让胆怯的人变得勇敢，从而让整个世界充满温情。

从生理的角度来说，个体的力量是微不足道的。“人定胜天”只能从精神上鼓舞人的意志，如果轻易相信它，那么很可能被这种致命的自负所伤害。不过，造物主也赋予我们一件充满能量的“器物”，那就是爱。爱像其他物质一样，也有自身潜在的能量。爱的能量平时就储存在身体中，只不过平时没有它的“用武之地”。一旦有需要，孱弱的个人会在它的驱使下爆发出惊人的能量。

有一位印度教徒步行前往喜马拉雅山的圣庙朝圣。由于路途比较漫长、山路崎岖难行、氧气含量相比平原稀薄了很多，整个朝觐之旅显得十分艰难。虽然只携带很少的行李，可路程还未过半，他就已经举步维艰、气喘如牛。他不得不暂时停下行走的脚步，让仅有的体力不至于过快地流失。行走的过程中，他用渴望的眼神注视着前方，期盼心中的“圣地”尽快出现在眼前。

就在他艰难行走的前方，一位母亲正背着她的孩子艰难地前行。她看上去只有30多岁，同样已经累得气喘吁吁、汗流浃背，可是她的双手还是紧紧保护着背上的孩子。

印度教徒经过这位母亲的身边时，用同情的口吻对她说：“你好，你身上背着孩子一定很累，请问需要我的帮助吗?”

这位母亲却说："你身上背的是负担，而我背的是我儿子，是从我身上掉下来的一块肉，为了他我可以舍弃一切。所以，我不感到疲倦，也不要你的帮助，谢谢。"

印度教徒察觉到自己的话语有些冒失："对不起，请恕我刚才的言语有些冒昧。你为什么要背着儿子去朝圣?"

母亲脸色沉重地说："我儿子得了绝症，医生已经对此束手无策。不过，我还是抱有一线生机，所以我带他来到圣庙，希望神灵保佑他度过这场劫难。"说着，这位母亲加快了步伐，很快将印度教徒甩在了身后……

故事虽然很简短，但是其中蕴含的事理却让人深思。也许在磅秤上，活人或者没有生命的物体都有其重量。但是从亲情的角度来说，那位母亲的话却让人看到母爱的光辉。因为她背的是儿子，就不会像没有生命的物体那样被当作负担。

如果说上面的故事的情节不是很离奇曲折，那么下面一则报道则会让我们产生心灵上的震撼：在一个交通事故的现场，一位母亲看到自己的孩子被压在车轮底下。她不顾一切地冲到车边，瞬间将数吨重的卡车托了起来。浑身鲜血的孩子在第一时间被救了出来，也正是这一"托"，把孩子的生命从鬼门关拉了回来。读到这里，我不禁潸然泪下。想象一下，这样的场景多么让人忘怀啊！一边是柔弱的、平时手无缚鸡之力的女士，一边是笨重的、"张开血盆大口"的卡车，多么悬殊的力量对比！不过，正是在这样一个危急的时刻——一个命悬一线的时刻、耽误任何一秒就可能夺取车轮下的孩子生命的时候，爱的能量找到了释放的理由，大量的能量在母亲的体内聚集，她完成了一件平时不可能完成、一般的大力士也无法做到的事情。

爱的能量让人变得更加强大，那如何让这股能量充满全身？那就是树立感恩的意识和宽容的胸怀。想想从你出生以来，你接受了多少人的帮助，这其中既有你熟悉的人，也有你未曾相识的人。我们受之于他人的东西实在太多了，以至于很难在一辈子内偿清。想到这点，内心对他人、对社会的感恩之情就会油然而生。有了感恩的心理，往往就可以同时具备宽阔的胸怀，容天下难容之事。因为认识到得到的已经很多，就不会对眼前的一些不公心怀怨恨。排除了怨恨、嫉妒的负能量，爱的正能量就能充满心灵，进而影响到周围的人。社会需要正能量，而正能量就来源于每个人。

罗曼·罗兰曾说过："爱是生命的火焰，没有它，一切变成黑夜。"爱的能量让我们的生活变得更加温馨，让整个社会变得更加和谐。爱的能量是不会轻易消失的，它永恒的火焰与不灭的光辉会常伴在我们身边，它必将长久地滋润着这个世界。

寒风中的温暖

“寒风摧树木，严霜结庭兰。”岁末年初，往往是一年中最寒冷的时节。

寒风中，街道旁的行道树收藏起一整年积蓄的生机，落叶从枝杈上飘落，光秃秃的树干等待来年春天的到来。往日在耳畔响起的鸟鸣，也渐渐销声匿迹。冬天让世界暂时安静下来，不过似乎缺少什么元素……

由于要处理一些单位事务，我不得不在周末早晨离开温暖的被窝。路过一个小吃摊，我要了一个粢饭团和一碗豆腐花。摊主手脚麻利地包着粢饭团、从桶内盛出一碗豆腐花，整个过程还不到一分钟。虽然他和妻子的衣着都很单薄，但不停地忙碌还是让汗珠从额角缓缓渗出。

正在我大快朵颐时，摊主毫无征兆地捂住腹部，好像很痛苦的样子。老伴急忙掏出一个药瓶，迅速将几粒药片塞进摊主嘴中。服药后，摊主的脸色稍微好了一点。老伴心疼地说：“老胃病又犯了，要不今天你回家休息吧，这里我一个人能行。”摊主摆了摆手说：“不行，你身子也不好，我回去你撑不住的。”摊主只在凳子上坐了不到一刻钟，又立即重新开始张罗生意。他的脸色依然有些苍白，显出吃力的样子。

我心里有一种感觉：这家人是幸福的，因为有一种精神支撑着他们，让夫妻二人共同面对生活中的挑战。自始至终，两人的脸上都洋溢着淡淡的微笑——那是发自内心的微笑。有了爱人的相伴，任何生活中的磨难都不算什么。

离开小吃摊，我迅速向公交车站赶去。车站旁，我看到一对年轻的情侣手挽着手。男生为女生系好一条美丽的羊绒围巾，女生也为男生戴上一副皮质手套。男生对女生说：“祝你好运，但愿我们都能找到工作。不论今后发生什么事，我都会陪在你身边。”女生点了点头说：“谢谢你的鼓励。虽然家里人不支持我和你在一起，但是我不会听他们的。面试结束后，我们老地方见。”公交车来了，两人分别上了不同的线路，为未来的幸福生活而奋斗。

看着这对年轻的情侣，不禁让我又开始相信爱情。现在年轻人的爱情观，已经发生了很大的变化，再加上父母的干涉，纯美的爱情似乎成为稀有之物。“没有房子、车子、票子，休想娶我的女儿。”虽然这样的家长只是少数，却也造成一种很坏的影响。没错，经济条件确实是婚姻稳定的基础，但是金钱买不到幸福，这在很多人身上得到应验。刚才两位年轻人的话语，让我认识到爱情并非只停留在文学作品中。和自己心爱的人一起走过后面的人生，那是多么幸福的事啊！我在心里默默地祝福着这对情侣。

天气依旧寒冷，但内心却有春天般的温暖。一老一少两对伴侣，让我领会到爱情的力量。有了爱人相伴，这个冬天不会再孤单、不会再寒冷。

母亲的健忘症

母亲今年才五十多岁，但是岁月的沧桑却让她的记性急剧减弱。为了我这个儿子，为了这个家庭的良好运转，母亲要考虑的问题实在太多，已经操碎了心。每当看到母亲因为遗忘而陷入迷茫的景象，我内心就涌起一阵酸楚。

说实话，母亲是有些溺爱我的。从小到大，我就生活在她营造的温馨的港湾中。37 岁的时候，她所在的纺织厂关闭、停办、合并、转产，紧接着就是再也闻不到“大锅饭的香味”。由于父亲也同样面临下岗失业的窘境，她毅然到私营老板那里打工。为了争取更多收入，她接下两份工作，因此没有一天休息日。拿到工资后，她立刻会满足我物质上的要求，因此我常常“榨干”她可怜的收入。每当我受到委屈时，母亲也总是我倾诉的最好对象。听着母亲安慰的话语，我的烦恼和苦闷也被母爱的微风吹得烟消云散。那时候，母亲的记忆力还可以，因为生存的压力逼迫她要绷紧自己的神经。

母亲盼星星、盼月亮，望眼欲穿地等到退休的年龄，而我也大学毕业找到一份稳定的工作。多年压在母亲肩膀上的重担，终于从她身上卸下来。正当我准备用自己的工资孝敬她时，一件意想不到的事情发生了。很早以前，母亲就一直感到腰疼、头晕、恶心，但她只是默默忍受着。终于有了时间和精力，在我和父亲的强烈要求下，母亲到一家市级医院做了全面检查。结果出来后，我和父亲都感到震惊，母亲竟然到了肾衰竭的边缘。经过住院治疗，母亲的病情总算被控制住，没有进一步发展。由于药物作用，母亲变得健忘，很多事情常常是一个转身就记不起来了。

每次外出时，我和父亲总要等候母亲很长时间。母亲不是一个很爱打扮的人，很多时间都被她浪费在找东西上。找寻的物品千奇百怪，有时候是钱包，有时候是房门钥匙。经过一番折腾，这些“猎物”总是会出现在一个角落。有时候，我用略带责备的语气对母亲说：“就不能把这些东西放在一个地方吗?”母亲对我的提议表示赞同，但是下次放东西时，她总会忘记我的“叮嘱”。由此，找东西的“闹剧”又重新演绎一遍……

母亲的健忘症有时是可怕的。有一次，母亲差点将洗洁精泼在摆在灶台旁的几样蔬菜上。我见状立即叫住了她，这才阻止了一场“灾难”的发生。我问她刚才要干什么，她竟然回答不知道，并对刚才的行为表现出一脸无辜的样子。在我的启发下，她才想起来自己到厨房是为准备洗碗，没想到碗没有洗成，还差点白白损失这些蔬菜。还有一次，母亲竟然将烧好的菜端进我的卧室中，并准备放到我的床上。我一个箭步冲过去，从她手中将“凶器”夺了过来，这才避免床单享用“大餐”。原来，她准备将烧好的菜送到客厅餐桌上，但是她却将卧室误认为是客厅，将我的小床误认为餐桌。每次“作案未遂”后，母亲的脸上总是显露出歉意。看着她的样子，我也“扑哧”一声笑了出来……

母亲的健忘有时让我感到心酸。我从来没有给母亲过过一个像样的生日，现在自己已经有了一份收入，我希望弥补这个遗憾。为了给她一个惊喜，我事先并没有告知她。母亲生日那天，一个点着蜡烛的生日蛋糕和一束鲜花出现在她眼前。对于这两个“不速之客”，母亲的脸上写满了困惑。她问我今天是什么日子，在没有得到确切回答时还祝我生日快乐。我哭笑不得，把蛋糕端到她的面前说，我有这么老吗？看到蛋糕上55这个数字的蜡烛时，她才恍然大悟。还有很多时候，明明我已经和她说过某件事，但是总要反复忍受她的“提问”。每次她问我时，我总是对她说：“这件事我不是已经对你说过吗?”

当然，母亲也有不健忘的时候。每当天气预报中出现气温下降的消息，她总会在第二天提醒我注意及时增加衣物。还有一件事让我记忆犹新，那是我参加一次重要的考试前，高强度的复习压力让我的记忆力明显下降，并出现精力不集中的现象。母亲听人说一种补药有安神醒脑、提高记忆力的奇效，经过几天的努力，终于在一家专卖店买到了这种补药。

母亲正一天天老去，看来她的健忘症是不会有所改观了。不过，她依然是我敬爱的母亲，哪怕有一天她连我也不记得了。相信，这是普天之下所有子女的心声。

奶奶，您在天堂还好吗

敬爱的奶奶：

您好！您在天堂还好吗？这么多年来，我一直在思念您。您对我的关爱，不会被时光带走。今天，我将拿起手中的笔，表达对您的怀念，抒发心中的感激之情。

年幼时我体弱多病，父母又时常不在身边，照料我的重担就落到您身上。清楚地记得那个寒冬的夜晚！不知什么原因，我高烧体温升到40度，身体不停抽搐。父母因公出差在千里之外，不可能短时间内赶回来。您先给我服用一些退烧药，依然没有效果。您抱起我冲出家门，甚至连门也来不及上锁……

蒙眬中，看见您吃力地背着我，朝医院方向快步走去。寒风凛冽，将您花白的头发吹得散乱。您不断地加快步伐，终于赶到离家最近的市级医院。

挂号、付款、打针、输液……您在忙碌中度过这个不眠之夜。第二天早上，我慢慢睁开眼睛，发觉您正趴在一旁熟睡。年幼的我不知您付出的辛劳，依然调皮地揪您的耳朵。您被弄醒后，没有责怪我，依然关切地问我感觉如何。我看见您眼圈发黑，仍缠着您为我讲故事。您强忍着劳累，为我打开那个精彩的世界。毕竟还有几分寒热，伴着您的故事，我又一次进入梦乡……

在您的悉心照料下，我输液一星期后终于恢复健康。这时，嘴馋的毛病又来了，吵着、嚷着要您为我买最爱吃的豆腐花。父母已从外地赶回来，听到我这么说，父亲狠狠给了我一巴掌。我被打蒙了，坐在地上哇哇痛哭。您对我父亲说：“孩子还小，满足他的要求吧。”说完后，您安抚我说：“吉吉，你耐心等着，我马上就回来。”

再次见到您，我发现您头上有一条伤口，鲜血还在往外渗透。您像变戏法一样，从背后拿出两杯豆腐花。我内心隐约感到，您是在帮我买豆腐花的过程中受伤的。幼小的心灵第一次感到愧疚，我拿出餐巾纸，为您擦拭伤口上的鲜血。看到您眼中闪着泪花，没想到小小的举动竟让您产生这样的感触。您对我说：“吉吉真懂事，这么小就知道体谅奶奶。快点吃豆腐花吧，不然要凉了。”我让您先吃一杯，您不肯，几番谦让后，我和您一同享用这平价的美味……

后来从父亲口中得知：您因为高血压发作，昏倒在回家路上，头上磕出一条伤口。醒来后，发现刚买的豆腐花撒了一地，为了不让我失望，您又买了两杯……

上小学后，您肩负接送我上下学的重担。每天早上，您牵着我的小手，将我安全送到学校，看着我走进教室才离开。放学时，接送的人群中有一个慈祥的老人，焦急地从学生中搜寻自己的宝贝孙子。每次在考试中取得优异成绩，我总会第一时间告诉您。由于我在班上成绩名列前茅，您逢人就说：“我孙子今后一定有出息。”

但是，您没有等到我出息的那一天。我永远不会忘记那个黑暗的夜晚！那天下午，您没有像往常那样谈笑风生，只是默默地牵着我的手往前走。我问您哪里不舒服，您说没什么，只是感觉有些累。回家后，您又开始忙碌，准备一家人的晚餐。就在这天晚上，您被父亲送进医院。直到现在我还有些埋怨老天，为什么要带走这个慈祥善良的老人。您因为脑出血永远离开了我。一个十岁的孩子，第一次体会到丧失亲人的痛苦——站在您的遗体前，我眼泪不住地往下流。看着您慈祥的面容、想到您这么多年无私的付出，我陷入巨大的悲痛中。追悼会上，伴着哀乐，我再次用泪水抒发哀痛，然后死死地望着您的遗体，直到遗体被殡仪馆工作人员拉走……

这么多年来，我经常在梦中与您相会。您捧着一碗豆腐花，慈眉善目地看着我吃完。您用双手抚摸我的头，每当我抬起头时，却发现您不见了。我觉得您依然还活着，在那个世界幸福地活着……

奶奶，我终于用行动证明您的“预言”。从重点中学到重点大学，随后又得到一份稳定的、有发展前途的工作。每次扫墓时，都会向您“汇报”最近的情况，似乎又看到您的笑脸，听到您的夸奖。我相信，您一直在天上看着我。我一定不会辜负您的期望，不断取得新的成绩。

奶奶，您在天堂还好吗？您在尘世间受了这么多苦，应该在天堂中享享清福。最后祝您在那个世界天天快乐、永远幸福。

您的孙子：嵇振颉

2014年10月17日

由垂钓想到的

一个春光明媚的下午，我独自漫步于公园，舒缓平时紧绷的神经。天空中，五彩的风筝随风摇曳；草地上，幼童伴着父母的呼唤蹒跚学步；空气中，弥漫着一丝闲情和恬淡。我在一旁静静地听着、看着，享受着这难得的悠闲。

人来人往的河边，几个专注于垂钓的人引起了我的关注。心中掠过一丝疑问：周围的环境算不上宁静，怎么会引来喜爱僻静的垂钓之人？不过，这个念头只在脑海中停留了很短的时间，很快就有所感悟：他们也许不在意最后的"果实"，而注重垂钓的过程吧。

我不擅长垂钓，也不懂垂钓之术，只是简单地认为垂钓是为了愉悦身心、陶冶情操。至于努力之后的结果如何，可能无须强求。垂钓的时候，整个世界仿佛只属于他一个人，享受这样一种心境，那真是无比惬意！

这让我想起了人世间最美好也最具争议的事物——爱情。古往今来，多少文人墨客用手中的笔、火热的激情讴歌着爱情。爱情是一个永恒的主题，它让多少人魂牵梦绕，又让多少人肝肠寸断。即使对于爱情有着很多的研究，各种爱情之花在人世间不停地盛开，人们依然无法对爱情下一个完整的、一致的定义。或许，对于什么是真正的爱情，我的观点也可能是片面的、肤浅的。在我的心中，爱情就是一种心心相印，即毫无条件、毫无所求地在心里爱着一个人。无论身处何地，无论结局如何，相爱的双方都会在心里时刻牵挂着、想念着对方，哪怕在这个过程中只会带来痛苦与哀愁，也绝无退缩的可能。爱情有时是苦涩的，但苦中更带着回味久久的甜蜜。爱情可能是短暂的，也可能是永恒的。如果两颗心始终紧紧地贴在一起，无论经历什么风雨，爱情之花终有结出果实的可能。相爱的过程中，来自外界的干扰因素实在太多，但是我以为只要两人相爱，就不要害怕这些“不速之客”的打扰，就该风雨兼程、无怨无悔，就如同河边静静垂钓的人们。即使天公不作美、辛勤的付出并不能马上换来丰硕的成果，他们依然不顾周围人的眼光，只管一意孤行地前往，不为别的，只为自己当初无悔的选择。

垂钓之竿紧握于手中，收放自如、干脆洒脱；爱情则深藏于心，以爱为竿、以情为饵，无论愿与不愿，存在便有存在的理由。

垂钓之人约束不了的只是自己的行为，而陷入爱里的人控制不住的还有自己的或许并不快乐的心。

垂钓享受的是一个过程、一种愉悦的心情。而爱情收获了什么？最美好的莫过于“死生契阔，与子成说。执子之手，与子偕老”；最洒脱的也许就是“得之，我幸；失之，我命”吧！

一个人可以控制自己的行为，却无法驾驭自己的心。柔和的表情之下，该藏着怎样的惊涛骇浪！

爱的传递

按照绝大多数人的想法，谋到一份体面舒适的工作，此后再成立一个幸福美满的家庭，绝对是一条让人羡慕的人生路径。可是，陈婷却在毕业时做出一个大胆的决定——回到自己家乡支教。没想到，这个决定引起一阵风波。

陈婷的家乡是一个交通闭塞的小山村，那里的人几乎一辈子没有机会走出大山。几年前，当陈婷被这所全国著名学府的热门专业录取时，整个小山村顿时沸腾了。学习期间，陈婷遇到了翔——一个同样来自农村的帅小伙。两人相识于图书馆中，见到陈婷的第一眼，翔就被这个女孩的气质所吸引。终于，翔的努力得到了陈婷的芳心，两人确立了恋爱关系。由于都是出身于贫寒家庭，因此两人都将大量的时间花在了学习上。通常情况下，两人会在图书馆内指定的区域内一起看书，并用眼神表达着对另一方的爱意。爱情之花在平淡和不经意间慢慢盛开。两人几乎垄断院系里所有的奖学金，在其他人眼中，这就是天造地设的一对，绝配得让人羡慕加嫉妒。

不过，就是这样一对情投意合的男女，却在毕业时出现感情裂痕，起因就是陈婷这个出人意料的决定。那是一个飘着小雨的下午，陈婷把翔约到宿舍旁的咖啡馆，打算把自己的想法向男友“摊牌”。翔穿着一件笔挺的西服，看起来是即将要参加一场正式的面试。他温柔地对陈婷说：“婷，下午 4 点我还要参加德勤最后一轮的面试。如果成功，我就可以进入万人景仰的四大会计师事务所。以后，我每月就将有上万元的收入，今后的生活也就不需要担忧了。”

陈婷点了点头：“我来自农村，对于物质生活不是很讲究。能够和你在一起，我已经感到很知足。今天找你来，主要想告诉你一件很重要的事，希望你能支持我。”

翔握住陈婷娇嫩的双手，两眼直直地看着她说：“你我之间还谈什么支持不支持，有什么想法快说吧。”

陈婷轻声地说：“我已经下定决心，今后回老家的乡村小学支教，可能永远不会回到这座城市，你愿意和我一起去吗？”

翔好像一下子没有听明白，愣了好长一段时间才说：“婷，我没有听错吗？难道你还要回到那个穷乡僻壤的地方？”

陈婷肯定地说：“是的，我一定要回去。难道你不同意吗？”

翔面露难色地说：“婷，我还是希望你再考虑一下。你我都来自穷苦的家庭，都希望凭借自己的努力改变命运。现在，终于有机会实现梦想，而你却要极不理智地亲手毁灭这个梦想。婷，我不希望今后看到你后悔无助的模样。”

陈婷的双手从翔厚实的手中挣脱开：“翔，我明白你的意思。看来，我们的志向还是存在比较大的差异。在你的心中，读书找工作就是为了光宗耀祖、追求更加美好的生活。当然，你的想法也没有错。只是，我觉得一个人活在世上，不应该只考虑自身的利益，还应该多考虑那些需要帮助的人群。我这次回去支教，就是为了将一份爱心传递下去。如果你不理解，那我们就此分道扬镳吧。不过，我还要谢谢你这几年来对我的照顾和爱意。”

翔有些着急：“婷，我们都冷静一下好吗？”

“好吧，我们先各自思考一段时间。希望你给我一个满意的结果。”说完，陈婷起身离开咖啡屋，只留下一脸茫然的翔。

尽管面试以后，翔很快接到德勤寄来的OFFER（录用通知书），但是眼前的录用通知书却让翔没有一丝快乐。横亘在翔面前的是一个两难的选择，如果选择工作，那就意味着将失去陈婷；如果选择陈婷，那自己从小的梦想或许就很难有实现的那一天。在陈婷和工作之间、在爱情与事业之间，翔痛苦地摇摆着、挣扎着……

一个月的时间内，翔始终无法联系到陈婷。翔明白：陈婷一定是在躲着自己。在没有陈婷的那段日子里，翔的内心始终是空落落的，找不到一丝感情上的寄托。朦胧中，翔的眼前又出现一个头戴小红帽、脸上带着甜甜笑容的女孩，可是当翔走上去准备握住她的手时，这个曼妙的身影却消失了……

一个月后，翔的手机上收到了一条陌生号码发来的短信，让他在两天后的早上七点等在火车站的东北出口。翔感到很奇怪，这个约见自己的神秘人物会是谁呢？本来，失魂落魄的翔不想去那个地方，但是他隐约感到这次见面很重要，不能就这样随便放弃。

翔等待了近一个小时，没想到陈婷却穿着一件格子衬衫出现在他面前。再次见到陈婷，她的脸上多了一份淡定和自信。陈婷没有多说什么，只是给了翔一张开往内陆的火车票。经过了一天一夜的火车，外加十几个小时的汽车颠簸，陈婷和翔终于到达了一个小山村。下了汽车，陈婷拉着翔来到了一座小山上，并在一座墓碑前停下了。陈婷从包中取出一些供品，并用打火机点燃了三支香，随后她对墓碑说："张老师，今天我特地来看你，并且还要告诉你一个重要的决定。以后，我就将长期扎根在这里，完成你没有完成的事业。希望你在天有灵，保佑这里的孩子长大后都能有出息，逐渐改变这里的面貌。"

翔惊异地看着陈婷做的一切，他不解地问她："婷，你带我来这里究竟是为什么？还有你口中的张老师又是谁？"

陈婷告诉他，张老师是自己小学阶段的老师兼班主任。由于是农村小学，教师资源严重不足，仅有的 3 名老师承担着 5 个年级 15 个班的各科目教学。有一天下午，离学校不足百米的林区不知什么原因起火，凶猛的火舌很快就蔓延到教室。很多学生没有经历过这样的紧急时刻，一个个都呆若木鸡，不知道该如何处置。危急时刻，张老师和其他两位老师立刻开始营救行动，将困在教室中的几十名学生一一救出来。最后，教室里还剩下两名女生，张老师毫不犹豫地将其中身材瘦弱的女生抱了出去。正当他准备去救另外一名女生时，房屋的主梁坍塌了下来，张老师和那个女生最终都葬身在火海中。那个被救出的女生在熊熊燃烧的教室旁声嘶力竭地叫喊着张老师，但是张老师始终没有出来。此后，她就发誓要好好读书，不辜负张老师的遗愿，并在学成后回到这个学校，完成张老师未竟的事业——将山区中的孩子们培养成有用之材……

翔听得有些入迷了，眼泪不知不觉地从他的脸颊滑落，他问陈婷："那个活下来的女孩现在在哪里?"

"我就是那个最后被张老师救出来的女孩。那个和张老师一起遇难的女孩，就是他的女儿。他为了救我，竟然舍弃了他最心爱的女儿。我对不住他啊!"陈婷的眼泪滴落在张老师的墓碑上。

张老师的墓碑上，开着一朵淡黄色的小花，似乎在对着陈婷微笑……

就这样，这所乡村小学又多了两位年轻有为的教师，孩子们的读书声变得更加响亮，爱的暖流也在默默传递着……

父亲的谎言

看到儿子对未来充满信心，悬在那位员工心中的巨石终于落下。眼前的这对父子让王强若有所思：不论一个人当前的处境多么恶劣，只要内心存上一份希望，就为未来的成功预留了可能性。希望，是开启命运之门的金钥匙。

王强出生在一个农村家庭，正是那次学校组织的交流学习，彻底改变了他的人生轨迹。通过参观、考察，王强意识到此前的自己如同井底之蛙，外面的世界远比自己想象得要精彩。他立志要通过自己的努力，到城市里谋取更大的发展。就这样，从小学到高中他一直品学兼优，并以优异的成绩考取名牌大学。大学毕业后，他没有按部就班地到企业谋取一份白领的差事，而是自己创办一家建筑装潢公司。创业的道路是坎坷的，但是王强也在此过程中享受着快乐，收获着胜利的果实。经过多年的摸爬滚打，王强逐渐在这个行业站稳了脚跟，企业员工的数量从几人扩展到几百人，每年的营业额也从数万元到数千万元。回望整个创业历程，王强感到目前的成就无愧于当初立下的志向，无愧于父母对自己的期望……

这天下午，王强手下的一名普通员工叩响他办公室的大门。虽然手头有工作要处理，但王强还是很耐心地接待了他。这位员工看上去有些内向，进门后规规矩矩地向王强打了一声招呼："王总，您好，我叫陈德明，是设计二组一名普通员工。您工作这么忙，真不好意思打扰您……"

王强看到陈德明说话有些紧张，连忙安抚他："没事，手头的事可以稍后处理。我现在正好有些空隙，有话你就直说吧。”

陈德明深深地吸了口气，壮了壮胆子说：“王总，我有事相求于您。到公司工作已经快五年，虽然没有职务上的提升，但对我来说依然是一段愉快的经历。因为工作的缘故，我和妻儿不得不分居两地。我教育儿子，一定要在学习上更加勤奋努力。只要付出足够的心血，你也可以像爸爸一样取得成功。于是，我编造了一个谎言，谎称最近升职担任设计小组负责人。希望您原谅我的谎言。”

陈德明的话让王强体会到一个做父亲的苦心，他又怎么会责怪这个员工：“没事，你的心情我能够理解。你说吧，需要我做些什么？”

陈德明：“我儿子的学校已经放暑假，下周一他母亲将带着他来看望我。为了给孩子的成长树立榜样，他们还将来公司。王总，您能否让我暂时当一天‘小组负责人’，并让车辆和同事配合我演好这场戏？由此产生的费用，可以从我工资中扣除。”

王强的内心发出一种不可抗拒的声音，好像在命令自己：一定要配合这名员工演好“这场戏”，因为这关系到一个孩子的前途命运。

王强答应了员工的请求，并请他不要为费用的事情操心。

时间很快来到下周一，陈德明的儿子在母亲的带领下，高高兴兴地来到王强所在的公司。陈德明度过了进公司以来最为风光的一天。这天中，他主持了几个工作会议，被身边的同事前呼后拥。参观结束后，陈德明和妻儿还到附近最高档的一家餐厅就餐，当然，这些费用也全部由王强支付。

几天后，陈德明送妻儿离开了这座城市。就在他返回公司后，王强将他叫到办公室，向他讲述自己的成长经历。王强还感谢陈德明用行动再一次让自己明白：点亮孩子心中对于生活的希望是多么重要，这足以成就一个孩子的成功人生。不论孩子今后走到哪里，不论他今后经历什么艰难挫折，这点希望的火星就如同一盏指路明灯，照耀着他在漫漫人生路中不断前行。

此后，王强更加关注陈德明，关注他在工作中的表现。一年之后，他如愿以偿地当上所在工作小组的小组负责人。王强心里明白：正是通过他身上做父亲的责任，让自己重新认识了这个普通的员工。既然他这么有责任心，就一定可以胜任小组负责人的岗位职责。

王强知道，尽管自己帮着一位父亲编造了谎言，但是他愿意这么做……

感人的呼唤

前段时间，隔壁搬来了一对老夫妻。奇怪的是，每天只看到老太太进进出出、忙里忙外，而她的老伴却深居简出、未曾露面。不过很快，我就得到解开这个“怪事”的机会。

一天晚上，我正在卧室里紧张工作。临近年底，单位里的事情特别多。那一大堆的工作总结和汇报如同嗷嗷待哺的幼崽，等待着我去构思、撰写。写点东西，总需要一个相对安静、不被打扰的环境。可是白天的工作时间里，根本不具备这样的条件，因为被会议和各类琐事包围着，根本没有喘息的时间。无奈，只好牺牲个人的休息时间挑灯夜战，争取在截稿日期前成文。写文章在别人看来是一桩苦差事，我却乐在其中，特别在成稿之时，那种成就感是不言而喻的……

正当我凝神静思之时，隔壁传出了一个老年妇女的声音，尽管隔着厚厚的墙壁，但是声音毫无减弱地传递到我的耳朵中。这个干扰声让我的意识流出现中断，灵感这个神龙见首不见尾的“稀有之物”似乎离我越来越远。我气愤地敲了敲书桌，隔壁的声音似乎在无视我的情感，继续源源不断地输入听觉器官：

“老伴，你还记得四十五年前我们相识的场景吗？那时候，你 20 岁，我还只有 18 岁。你在工厂大门口看到我，眼睛那个直勾勾啊！当时，人的思想还比较保守，你不愿意其他人知道我们之间的关系。于是，你只能在暗中保护我、呵护我，用行动向我表明你的爱意。这一切，我都看在眼里。

我们像地下工作者一样相爱着，这种状态一直持续了3年。3年后的同一天，你才用话语说出内心的感受。看着你真诚的眼神，我立即答应了……”

对方没有任何回答，于是老太太继续说下去：“可是，你的父母却因为我们家的出身有问题，反对我们俩的婚事。你死活不同意，和你父母吵着、闹着，甚至最终和他们断绝了关系。终于在两年后，我们组建了自己的家庭。”

老太太停顿了一下，似乎在为老伴的付出而感动：“婚后，你对我十分照顾，几乎包揽了全部的家务。你对几个子女教育也很成功，现在他们都在各自的领域里小有成就。我们的任务已经完成，现在到了安享晚年的时刻……”

老太太还在不断诉说她和老伴幸福的婚姻、家庭生活，我实在听不下去，因为这些言辞听上去有些肉麻。我心里有几个疑问：为什么她突然想起来说这些，是精神受到刺激，还是另有隐情？此外，为什么只有她一个人在唱独角戏？她的老伴为什么对她的诉说无动于衷？

第二天早上，我决定委婉地将自己的想法告诉老太太，希望她说话的声音轻一些。老太太倒是很通情达理，对影响到我工作表示了歉意。我又将心里的这些疑问抛给她，她没有任何犹豫，将事情的真相告诉我。

五年前，儿女孝顺他们，出钱让她和老伴到某著名风景区旅游。前几天的行程还算顺利，秀丽的自然风光让他们似乎年轻了很多。意外总是来得很突然，让人完全没有心理准备。最后一天的行程遇到了大雨，车辆在泥泞湿滑的山路里行驶着。突然，车子似乎失去了控制，老伴很快意识到危险即将降临，本能地张开双臂，保护身边的妻子。车子侧翻入公路旁的山沟里，车上的伤亡很严重，但是老太太因为老伴的保护只受了轻伤。老伴可就没有这么幸运，他受了重伤昏迷不醒。虽然经过抢救保住了性命，但是却变成植物人，失去了生活自理能力。五年来，老太太一直任劳任怨地照顾着老伴，期盼他有一天能醒过来。昨天下午，她听别人说，真情的呼唤或许能将植物人唤醒，世界上也有过这样的先例。于是，她就在老伴床前叙述着他们从恋爱到结婚的经过，期盼着奇迹能够发生……

听了老人的讲述，我的眼眶有些湿润：多么真挚、动人的情感！这远比电视剧、影片、小说中的情节感人！老太太和她老伴都倾注着全部的心血爱着对方、关心着对方，不计回报地付出着，这或许就是婚姻与爱情令人神往的真谛。

我也在心里祝福着这对老夫妻，希望这样的奇迹能够发生。不过，不论结果如何，他们都是幸福的，因为他们都找到了一个人，一个值得爱和被爱的人，人的一生能够得到这样一个人，就足够了……

此后，隔壁还会传来不是很响的呼唤声，尽管声音很轻，但是同样令人震撼。我想，这就是人世间最美的赞歌、最动人的音符……

爱花的女孩

记忆中，有一个爱花的女孩，她标志性的微笑滋润着我的心田。每次路过花店，都能看到她忙碌的身影——不是精心地呵护花草，就是将其递给憨厚的男生。或许，她本身就是一朵散发着幽香的小花……

几年的大学时光，我一直沉浸在书本的海洋中，并没有像其他男生一样追求情感上的幸福。在大学报到前，我就被父母多次叮嘱，一份改变家庭命运的责任让我丝毫不敢有所停歇；或许，我被一些充满着煽动性的励志书籍彻底“洗脑”，认为这个世界上除了成功就是失败，而成功的唯一路径就是不断努力，不能被周围任何美好的事物诱惑。于是，我心甘情愿地走入“两耳不闻窗外事，一心只读圣贤书”的境地，让学习占据生活的全部。班里的美女其实不少，我也曾经收到过一些纸条。可是，这些爱的“火花”，被我顽固的意志扼杀在萌芽状态。我就像一个“与世隔绝”的“隐士”，生活在属于自己的世界中。

周围的几个要好的哥们，早就看准了“目标”及时出击，用死缠烂打的手段将“猎物”“擒获”。周末，他们都有了各自的安排，撇下我这个“孤家寡人”。我依然冥顽不灵，逍遥自在地“蜷缩”在寝室里，并对哥们的“见色忘友”“深表愤恨”。

天色渐渐昏暗，肠胃一再对我发出警报，让我不得不放下书本，去食堂解决温饱问题。路上，我突然发觉一旁的商业街上新开了一个花店，很多鲜花摆放在门口，微风拂过，飘来阵阵清香。这时，一个不到20岁的女孩出现在我的视线里，热情地招呼着买鲜花的顾客。她长得很清秀，似乎曾被清水过滤，瘦弱娇小的身材，让人顿生怜爱。光顾花店的，大多是有了心上人的男生，他们买花都是为了讨女生开心。女孩精心地为男生们挑选着鲜花，似乎那些鲜花是送给她自己的一样。男生们心满意足地拿着花束离开，女孩则用清纯的目光护送他们离开，眼神里充满着幸福……

这时，她看到我在一旁痴痴地看着她，脸上荡起了一丝红晕。她招呼我说："同学，你不想为她买一束鲜花吗？"

我礼貌性地说："谢谢，我暂时不需要。看得出，你很爱鲜花，否则不会这样精心地呵护它们。"

女孩轻声地说："你过奖了。我只是觉得，花草也像我们一样，有着需要被尊重的生命。每次在照料它们时，我似乎能够听到感激的声音。"

我被女孩这句诗情画意的话语打动了，多么单纯的女孩！她竟然能够听出花草发出的声音！如果没有对花的挚爱，能够有这样的感受吗？长期埋藏在我内心的想法，瞬间有一种倾吐的强烈感觉，只是碍于面子，那些话到了嘴边却没有说出。

于是，我成了这家花店的常客，每次我都会让女孩为我挑选一束最好的鲜花，谎称是送给我爱的那个她。看着她瘦削的背影，我感到很满足。鲜花在她的拨弄下，似乎也带有了灵气。我还特地买了一个花瓶，将买回的鲜花小心地供养起来。每次回到寝室，花瓶中的花朵就像这个长相清秀的女孩一样欢迎我。我静静地凝视它，枕着它的芳香进入知识的海洋……

渐渐地，我和她熟悉了起来。通过闲聊，我知道她来自一个贫困山区，目前正在另一所高校求学。为了补贴学费，她来到这家花店兼职。薪水不是很高，不过能基本满足每月的生活所需。花店的工作有些枯燥，可是她却做得有声有色。花店的玻璃橱窗总是被她擦得一尘不染，就像她那颗美丽的心灵。有时，我问她会不会对日复一日的工作感到疲惫。她便反问我："天天都可以闻到花香、看到花朵绽放，有谁会累呢？"

那天，我第一次在她的脸上看到了忧伤。我问她原因，她说刚接到老家的来信，说妈妈得了重病，急需要用钱。说着说着，她的眼泪就流了下来。我掏出了身上所有的钱，递给了正在落泪的她。她不管怎么样也不肯收，并对我的好意表示感激。最后，我把这几百块钱硬塞到她的手里，她才没有拒绝。不过，她还是让我留下了地址，等她有钱以后，一定会还给我。

几天后，她就从花店消失了，替代她的是一个有些木讷的男生……

再次走进花店，我感到怅然若失，我的眼前依然闪现着她的身影。内心埋藏的那句话，终究还是没有说出来……

我向那个男生询问她的去向，那个男生的脸上写满了疑惑……

或许，她只是一个过客，只是在有限的时间内点亮了我的星空……

她一直没有出现，而我的心却一直念着她……

三年后，我面临大学毕业。由于求职的艰辛，工作还没有着落，这让我焦躁不已。这时，我收到了一封信和一张汇款单。

汇款单的数字就是我借她钱的数额……

从信上的字迹看，这一定是出自一个女孩之手……

我按照信中的约定，来到了那个熟悉的地方，倏然，那个瘦削的身影又一次出现在我的眼前……

只是这次，她显得更成熟、更有气质……

30年后绽放的爱之花

“爸爸，以后这辆车就是你的。”拿到这把车钥匙，“父亲”感动得老泪纵横。就在这一刻，他多年来播撒的爱之花的种子，在儿子的心头绽放，并结出了丰硕的果实。

他叫路易斯，一直没有孩子。他和妻子好几次联系孤儿院，希望领养一个“小天使”。可孤儿院送来的孩子，不是智力有问题，就是身体有残疾。就在这时，杰克走进路易斯的家门。

杰克是路易斯挚友迈克的独生子。迈克的妻子在产子后去世，而迈克又在27岁被查出肝癌晚期。死亡不会让迈克恐惧，唯一放心不下的是杰克这个孩子。他才2岁，正需要父母的关爱。母亲走了，他又当爹又当妈，结果积劳成疾。一旦他也走了，这孩子由谁来照看？他想到了好友路易斯，他们是一起长大的好朋友，把孩子托付给路易斯他很放心。

迈克伸出那双苍白的手，握住路易斯说：“我就要走了，杰克还小，需要人照顾，我把他交给你好吗？”

好友即将离去，路易斯心如刀割，他毫不犹豫地答应了迈克的请求。在迈克的葬礼上，路易斯暗暗发誓：一定要把这个孩子抚育成人。

就这样，杰克成为路易斯的“儿子”。有时候，杰克会问父亲迈克去了哪里，路易斯骗他说父亲去了很远的地方，等他长大后就会回来。他像对待亲生儿子那样，让他沐浴在爱的暖阳中。三年后，路易斯的妻子在一次车祸中意外身亡。路易斯哭成了泪人，他的世界似乎陷入一片阴暗中。

只有5岁的迈克安慰路易斯："爸爸，你不要这么伤心，还有我呢。"这是杰克第一次喊爸爸，他似乎一夜之间长大了。

杰克8岁的时候，路易斯带他去看一次车展。各种品牌的汽车将展会点缀得熠熠生辉。路易斯很想拥有一辆雪佛兰1957年款的汽车，可是当时的经济条件根本不允许。离开展会时，路易斯还频频回头张望那辆展台上的雪佛兰汽车。杰克看在眼里，对路易斯说："爸爸，等到30年后您过生日时，我送你一辆这样的汽车。"这年，路易斯30岁。

路易斯根本没有把儿子的话放在心上，他认为孩子只是说说而已。随着时间推移，路易斯早就忘了这个承诺，却一直挚爱这款车。每当马路上有雪佛兰1957年款通过时，他总会驻足站立一会儿，眼神中充满着渴望。直到杰克用力地拉了拉他的手，他才从入神的状态中走出来。

杰克18岁的时候，路易斯把他的身世一五一十地告诉他。为了给他一个充满阳光的成长环境，他一直隐瞒着事实。杰克一下子愣住了，无法接受这个事实。他离开了这个家，这个让他十几年来一直依恋的家。

几年的时间里，路易斯没有杰克的音信。他认为杰克不会原谅他的欺骗，可能这辈子再也见不到这个孩子。可4年后，他收到一封远方的来信，寄信者是杰克，请求他宽恕当初的任性。他现在大学刚毕业，处在事业奋斗的关键期，所以不能马上来见他。等到他事业有成，他就会回到这个家，感谢父亲多年来的养育之恩。

又过了一年，杰克带着未婚妻凯瑟琳回到家中。更让路易斯没想到的是，杰克兑现了30年前的承诺。"爸爸，您这么多年来让我生活在温馨中，早已在我心中播下一颗爱的种子。这颗种子已经发芽、开花、结果，今天就是您收获的时节。"此时，杰克已经是一家外贸企业的高管，年薪已近千万美元。两年前，他花了重金买了这辆收藏版的老爷车，因不到时间就一直放着，直到"父亲"60岁生日才送给他。

30年前的承诺，在30年后变成了现实。爱的阳光，让人们能够穿过幽暗的岁月，把人生中的苦难与挫折熬成花朵，那是开在心灵深处的善良之花。

101 岁女教师重返讲台

安妮是英国一名女教师，80 多年前首次登上三尺讲台。现在，她又以 101 岁的高龄，再次回到这个熟悉的地方，用她身上的光芒点亮一颗颗迷茫的心灵。

她 15 岁时，母亲身患重病去世，父亲伤心欲绝，喜欢上酗酒，经常打骂安妮和弟弟。有一天他喝得酩酊大醉，口齿含糊地对安妮说："你不要去上学了，留在家照顾弟弟。"安妮坚决地说"不"，立刻重重挨了一巴掌。她哭着冲出家门，路上遇到老师。她跟着老师回家，老师慈祥的目光、香喷喷的饭菜，让受伤的心灵得到抚慰。

父亲把家搬到离学校很远的地方，不过有了老师的关心，她宁愿每天步行八千多米、倒两次火车也要去上学。为了不迟到，天蒙蒙亮就从家里出发……

一年后，父亲因酒精中毒离开了人世。她和弟弟成了孤儿，老师把他俩接到家里。老师有两个孩子，经济条件并不富裕，可是她宁愿亏待亲生骨肉，也把好东西留给安妮和弟弟。一个念头在安妮心中萌发：长大了我也要当老师，就像老师那样，把这份关爱继续传递下去。

接受两年教师培训后，19 岁的安妮开始了她几十年的教学生涯。她把全部心血扑在教育事业上，如同一位精心的花工，温润、栽培每一株幼苗茁壮成长，铸就学生们善良、宽厚、正直的品格。她教出很多优秀的学生，有的成为政界名人、有的成为商界领袖、有的成为学术界的翘楚，更多的普通人则热心于公益事业，为社会做着力所能及的贡献。

60 岁时，安妮从教师岗位上退休。丈夫在两年前过世，儿子移民去了美国，她独自一人生活，不过日程表却排得满满的。免费辅导贫困学生，为学校做公益讲座……岁数更大了之后，她不得不离开心爱的讲台。101 岁时，安妮住进盖茨黑德养老院，每天由专人照料生活起居。

这天下午，一位中年人来看望母亲——和安妮同住一屋的室友。中年人是一家非营利组织的负责人，最近在搞一个帮助失业人员的公益项目。由于筹措到的资金有限，不能支付给任课老师报酬。正是这个原因，一直找不到合适的教师。母子俩谈话被安妮听到，她步履蹒跚地走到中年人面前说："我教过几十年的书，反正现在闲着也是闲着，你看我行吗？"

眼前银发苍苍的老太太，让中年人很犹豫。安妮这么大的岁数，万一讲课中发生意外怎么办？安妮并不灰心，反复表达想任教的意愿。最后，中年人被这份执着所感动，答应了安妮的请求。为确保万无一失，他做了周密的准备：上课时，派专人守候在教室内，药箱内备着安妮日常服用的药物和其他急救药品。

安妮被工作人员搀扶着走上讲台。教室内座无虚席，只是这些"学生们"都不认真：有的窃窃私语，有的玩弄手机，甚至还有人趴在桌上睡觉。这些人长期失业，成天就想着吃喝玩乐。逼着他们来听课，会心甘情愿吗？

安妮有几十年的教学经验，决心用精彩的讲课内容，把听课者的注意力吸引过来。她不用空洞的理论说教，而是结合亲身经历和名人的事例鼓励失业者振作起来。精彩的故事，再加上安妮的语气语调，着实让听课者沉醉其间。几次课后，再也没人开小差。很多人都愿意来听课，因为话语中充满百岁老人的睿智。

意外情况，也曾经在课堂出现过。有次课上到一半，她感觉胸口很闷。她强忍着不适，尽量不表现出异常。坚持到下课后，她这才去服药。脸色白得像蜡，学生们都担心她的身体状况，好些人自发送她回养老院。

这天下着鹅毛大雪，几位学生拦下一辆出租车，小心翼翼地将她抬进车厢。到达养老院后，学生们也一路把她背到房间内。看着这些学生的变化，安妮打心眼里高兴，觉得自己的付出是值得的。

这期培训结束后，失业者们都成为安妮的“忠实粉丝”。学员迈克的话很有代表性：“安妮老师的记忆力非常好，而且脑子清楚，她就是一部活历史。当她讲课时，我们大家都觉得是一种享受。她的讲课不空洞，让我明白了未来努力的方向。”

安妮被人们赞誉为“伟大的安妮”，她用几十年的光阴，点亮很多人生活的光明与希望。尤其是她101岁还坚持走上讲台，这种无私付出的精神令人敬佩。

带着“纸爸爸”去旅行

“爸爸，我们来到冰岛的蓝潟湖，这儿风景美吗?”

“爸爸，这里是举世闻名的盖歇尔间歇泉，你看整个喷发过程多壮观啊!”

“我们现在身处金碧辉煌的罗浮宫内，这里陈列着从古埃及、希腊、埃特鲁里亚、罗马到东方各国的艺术品，还有数量惊人的王室珍玩以及绘画精品。”

蓝潟湖畔、盖歇尔间歇泉旁、罗浮宫内，杨金娜动情地对“爸爸”做着解说，泪水悄然从眼角滑落。

金娜的爸爸在17岁时来到美国，曾打过零工，做过些小生意。后来，他经营一家干洗店，一周工作六天，每天工作十几小时，睡眠不到六小时。干洗店开在唐人街内，当地很多华人都愿意光顾。一家人的生活，渐渐步入正轨。为了这个家庭，爸爸没时间去旅行。好几次，金娜和母亲都劝他休息，可是他一边答应，一边把这茬忘在脑后。

金娜是个懂事的孩子，学习刻苦努力，最终考上了哈佛大学国际金融系。爸爸因为女儿而自豪，为这个和好友喝酒庆祝，甚至喝到呕吐。此前，爸爸很少沾酒，这次却酩酊大醉。被人抬回家时，嘴里还咕哝着什么。仔细一听，都是对金娜的赞美之词……

毕业后，金娜进入花旗银行工作。她好几次对爸爸说：“我已经有了工作，您老就不要再这么忙碌。”爸爸乐呵呵地说：“傻孩子，爸这么拼命还不是为了你吗？以后花钱的地方很多，趁现在身体还撑得住，我要多挣几个钱。”金娜的工作很忙，没有很多时间陪伴爸爸。每月她会给爸爸三千美元，以弥补内心的愧疚。爸爸却把这些钱都存好，一分钱也没动过。

过度的劳累，让爸爸患上了胃癌晚期。拿到化验报告，金娜的心在滴血。爸爸生命的最后阶段，金娜请了长假，白天连着黑天地陪在爸爸身边。他一天天消瘦下去，不过依旧把笑容留给女儿和妻子。弥留之际，爸爸说出心中的愿望：“这一辈子辛苦劳累，我没有什么怨言。唯一的遗憾，就是没机会出去走走。哎，要是再给我几年就好了。”

爸爸的话含糊不清，金娜却听得很清楚。这些话像一根根钢针，直刺她的内心。爸爸过世后，金娜为此一蹶不振。她辞去工作，把自己反锁在屋子中。她在不断地思索，如何才能满足爸爸的遗愿。

无意中，她翻到爸爸的一个日记本，上面记载着他工作生活中的点点滴滴。里面的很多事让她感动，比如小时候自己弄湿了尿布，爸爸竟用肚子上的热量把尿布捂干。还有一次，爸爸梦到自己有危险，奋不顾身地冲上去，结果一头撞到床头，疼痛让他从噩梦中醒来。这样的事实在太多，这本日记，仿佛让她觉得爸爸就坐在旁边。

日记本给了她灵感：何不按照爸爸的身高比例，做一个纸质的“爸爸”？她四处寻找爸爸的照片，却发现他近年来很少照相。最终，她找到一张爸爸在公园拍的留影。照片中，爸爸穿着一件灰色上衣，还没有显得那么苍老。她把照片送到数码工作室，一张惟妙惟肖的纸“爸爸”就此诞生。这张薄薄的彩色纸片，在金娜眼中就是爸爸的化身。

她带上纸“爸爸”，登上前往欧洲的航班。为了这次环球旅行，金娜把所有积蓄都投了进去。大半年间，金娜和纸“爸爸”去过很多地方：只剩下大半个骨架的罗马斗兽场，依旧以雄伟之气魄、磅礴之气势而著称；巴洛克风格建筑的伦敦圣保罗大教堂，以其壮观的圆形屋顶而闻名，还有巴黎的地标建筑埃菲尔铁塔、数百年斜而不倒的比萨斜塔、史克卡瀑布……在世界各国的美景前，都留下金娜和“爸爸”的身影。

很多网友都被金娜的行为所感动，接受媒体采访时，金娜深情地说：“爸爸为我付出了那么多，我却没有在他生前报答，这是我终生的遗憾。现在我就是在完成爸爸的遗愿。他在天之灵，一定会听到这些、看到这些。”

多留些时间陪陪我们的父母，用孝心谱写最美的华章，回报他们的辛劳，温润他们的心灵。

老伴，让我再温暖你一程

“老伴，你再等一会儿，儿子马上开车接我们回家。”说这话的时候，何大爷的泪珠充盈了眼眶。

何大爷和老伴都是63岁，老家在抚顺，已经在沈阳居住了20多年。子女们工作都很忙，只有在节假日才回家探望老人。何大爷腿脚不便，还有多种慢性疾病，日常生活都是由老伴照顾的。可是老伴的身体也不好，患有心肌梗死，身上一直备着救心药。每次她去离家较远的地方买东西时，何大爷总是替她担心。好几次，他提出陪老伴一起去买东西，都被她婉言拒绝。

这天傍晚，何大爷一直吃的高血压药快没了，老伴冒着严寒去药房买药。她出门时，何大爷正在家里读报。电话铃尖锐地响起，传来的信息惊得他差点把话筒掉在地上。来不及锁门，他就往事发地赶去。

这是沈阳入冬以来最冷的一天，气温降到了-24℃。走在大街上，寒风像刀子一般刮过行人的脸庞。何大爷顾不上寒冷，顾不上腿脚不便，用尽所有的力气，赶到了事发地点。此时，大约是晚上6点半。

老伴躺在地上，双目紧闭、面无血色。“老伴，你这是怎么了？”何大爷撕心裂肺地叫起来。他不停地摇着老伴，好像想把她从熟睡中弄醒。可是，她再也不可能醒过来。

警察告诉何大爷事情的经过：17点40分，路人看到老伴突然倒地。好心人拨打了“110”和“120”，5分钟后，救护车和警车依次赶到。一番急救后，老人并没有从深度休克中醒过来。就在半小时前，医生宣布老人已经死亡，死因初步确认为心肌梗死。通过老人身上新买的药，警方找到了药房，再通过会员卡上的信息找到何大爷。警察将新买来的药交到他手中，上面还残存着老伴的气息。

“老伴，你怎么只顾为我买药，你的救心药呢?”何大爷一边说，一边去掏老伴上衣左侧的口袋，发现里面没有药片。原来，老伴出门前忘了带药。都怪自己，为什么不提醒老伴，是自己害死了老伴!

救护车要把老伴的遗体拉走，何大爷说什么也不答应。“我们老家在抚顺，我想让她叶落归根。”众人只得顺从他的意志，他打电话让儿子开车来接他们。

等待过程中，何大爷对老伴讲起生前的点点滴滴：“老伴，还记得我们第一次见面吗? 我提早一个小时就赶到，而你却晚到了一个多小时。那天也很冷，冻得我回家就感冒了。不过，这点不算什么，上天把贤惠的你赐给我，我还有什么抱怨呢?”

“老伴，大儿子出生，差点要了你的命。为了节省医药费，你执意不肯剖腹产。儿子折腾了好几个小时，才来到这个世界。当时，我在产房门口等得都急死了……”

何大爷不停地说着，紧紧抱着老伴，不时整理下老伴的头发，搬动下老伴的腿。老伴的嘴没闭严，他轻轻用手帮她把嘴合上，还抚摸她的嘴唇。何大爷出门时没戴手套，不到10分钟双手就冻得发红。周围的路人纷纷劝他：“大爷，这天儿太冷了。人死不能复生，你再待下去自己就会出事的，快点起来吧!”可何大爷只是点点头，嘴里嘟囔着：“没事，不要紧，我再陪陪她，一会儿车就来了。”

20点39分，何大爷坚持了两小时后，一辆黑色桑塔纳停在他身边。车上下来一位中年人，脸上带着无尽的哀伤。儿子小心翼翼地将母亲遗体抱起，缓缓送入车的后排座位上。在众人搀扶下，何大爷花了近一分钟才颤颤巍巍站起来。由于长时间寒风中坐着，已被冻得浑身僵硬、脸色苍白，走路一瘸一拐。

车内，何大爷依然不停地抚摸老伴用生命买来的药。望了一眼后排座位上的老伴，泪水瞬间如潮水般涌出……

老伴以生命为代价，表达对何大爷深深的爱。而何大爷在寒风中苦苦等候两个多小时，同样用一颗挚爱的心温暖老伴最后一程。这可能就是所谓的“死生契阔，与子成说。执子之手，与子偕老”吧。

妈，我就是您的儿子

2006年8月，他经人介绍认识了石家庄姑娘雪儿。雪儿端庄秀丽、性情温和，让他一见钟情，两人很快坠入爱河。

他是一名军人，很多时间都离家在外。平时，他们用书信表达爱意。雪儿还给他寄好吃的，寄亲手织的毛衣。就在两人准备步入婚姻殿堂时，噩运却突然降临。

2008年11月，雪儿突然头痛欲裂，看东西也变得模糊，经检查确诊为恶性脑瘤。医生告诉他，雪儿需要马上动手术，不过即使手术成功，存活一年以上的概率也只有30%。他咬牙拿出多年的积蓄，还向亲朋好友借了好几万元，这才凑够五十万元的手术费。他对脸色苍白的雪儿说："哪怕只有1%的希望，我也要全力以赴。"几天后，雪儿进行了开颅手术，他焦急地等候在手术室外……

手术后，雪儿一切恢复正常。只要度过半年的危险期，雪儿就不会有大问题，医生的话让他悬着的心慢慢放下来。谁曾想三个月后的一天半夜，部队营房的电话铃声急促响起。雪儿再次颅内大出血，正在医院抢救。他只得踏上南下的火车，车窗外漆黑一片，犹如雪儿灰暗的未来。

雪儿生命的最后时刻，他终于来到她的身边，紧紧握住那双冰凉的手。午夜时分，雪儿走完短暂的人生历程。雪儿的母亲郭秀兰陷入巨大的悲痛，瘫倒在地上失声痛哭。一夜间，年仅48岁的郭秀兰苍老了许多。准岳母的境遇，他看在眼里。料理完雪儿的后事，他对郭秀兰立下誓言：

"妈，以后我就是您的儿子，会照顾您一辈子。"

起初，郭秀兰不想给未过门的女婿添麻烦。他三番五次地劝说，终于把郭秀兰接到部队驻地。空下来时，他就陪在她身边，洗衣做饭、说话聊天、排解忧愁，像对待亲生母亲一样。

时间一天天过去，郭秀兰的精神状态依旧有些恍惚，时不时地会冒出几句胡话。有一天半夜，他模糊地听到有人在喊他的名字。他急忙打开灯，发现郭秀兰在房间里瞎转悠，嘴里一遍又一遍地叫着他。他抱住郭秀兰说："妈，你怎么啦？我就在你面前。"她置若罔闻，依然无意识地说话。他将她送到医院，经诊断是抑郁症，医生叮嘱他不能再让她受到任何刺激。从此，他对她更加细心照料，想着法子让她高兴。

转眼间五年过去，郭秀兰的精神状态有了很大好转，她时常念叨："这个没过门的女婿，比自己的亲儿子还要亲。"然而，他的婚姻大事成了她的一块心病。很多人劝说他，先跟前女友的母亲断绝关系，不然没法介绍对象。事实验证着朋友们的话。他曾与一位洛阳女孩相亲，得知他赡养前女友的母亲，对方立刻与他分手。看着女孩远去的身影，他一点也不后悔："宁可一辈子找不到对象，也不会抛弃我妈。"

为了使他能找到对象，郭秀兰曾离家出走过 3 次，都被他找了回来。上苍不会亏待好人，经战友介绍他认识了河南姑娘王倩。王倩被他的事迹感动，答应和他一起照顾郭秀兰。婚礼现场，他拉着王倩对郭秀兰说："妈，以后我们一起服侍您老。"

中年丧女是不幸的，但遇到他这个好人，或许是郭秀兰前世修来的福分。"妈，我就是您的儿子。"他身上的那份大爱与担当，永远闪耀着人性的光芒。

用爱编织的婚纱

在四川省宜宾市天长地久婚纱影楼里，覃钰萍一家人的脸上绽放出灿烂的笑容，尤其是覃钰萍的母亲，笑得最甜、最幸福。

覃钰萍刚年满18岁，是一名大一学生。周末下午，她陪伴母亲到公园里散步。天空中，五彩的风筝随风摇曳；草地上，幼童伴着父母的呼唤蹒跚学步；有一对新婚夫妻，正在河边拍摄婚纱照。看到眼前幸福甜蜜的情景，母亲向覃钰萍讲述年轻时恋爱、结婚的经历。讲到最后，母亲感慨地说："结婚时，由于经济的原因，我没有机会拍摄婚纱照。现在岁数大了，不可能再去弥补这个遗憾了。"

说者无意，听者有心。母亲的这句话，深深地印在覃钰萍的心中。两个月后，将迎来父母结婚二十周年纪念日。因此她决定，亲手为母亲做一件婚纱作为礼物，给母亲一个惊喜。

除去吃饭和日常花销，覃钰萍几乎没有闲钱。她抽空逛了轻纺市场，得知做婚纱的原材料至少需要五百元钱，这相当于她一个月的生活费。想去快餐店打工，可是这学期的课很多，她抽不出大块的时间。去校外散发传单，风里来雨里去，辛苦忙活也挣不了多少钱。苦恼万分时，一个消息让她看到了曙光。

学院的信息窗内贴出一张通知，鼓励学生义务献血。她毫不犹豫地报了名，可是体检标准中对体重有要求，过瘦的人是不能献血的。她惴惴不安地站上电子秤，刚好过了90斤的"红线"。不过献完血后，她觉得头有点晕，嘴唇发紫、手脚冰凉，脸上一点血色也没有。一旁陪同的老师连忙过来询问她的身体情况，并要陪她去做进一步的检查。她婉言谢绝了老师的好意。一旦检查出什么问题，肯定要惊动父母。她不想再让他们为自己操心。

从商场买回做婚纱的布料，覃钰萍一刻也不愿耽搁。相比普通衣服，做婚纱是一件很复杂的事。做婚纱的事，只能等到忙完功课后进行。常常到了夜深人静，她才开始一针一线地缝制，时光仿佛倒流到小时候。很多年前，就在昏黄的灯光下，母亲将毛线和布料变成她身上的衣物。她就坐在母亲旁边，静静地看着眼前身子佝偻的慈母。耳濡目染下，她学会了编织技术。她小小的年纪，就能织出很多漂亮的图案。现在，她是怀着对母亲的爱做的这件婚纱，再苦再累，她也不会放弃。尽管第二天一早还要上课，她还是常常熬到两三点。室友们半夜起来如厕，还能看到她忙碌的身影。

原来覃钰萍每个周末都会回家。自从做婚纱以后，她一连一个多月都留在寝室。父母担心女儿，好几次打电话过来。她善意地欺骗父母说，自己在学校复习功课。为了节省开支，她买了一大箱方便面。一个多月过去，她又整整瘦了近十斤，体重只有80斤出头。眼看就要完成婚纱，她因为劳累过度昏倒在寝室。室友们手忙脚乱地把她送进医院，并要通知她父母来学校。她无力地挥动着双手，依旧隐瞒父母自己的情况。静养了几天后，她从医院里出来，又重新投入做婚纱的事中。到了月底，一件简约时尚的婚纱终于从她的手中诞生，这件婚纱饱含着女儿对母亲纯纯的爱。

更大的惊喜还在等着覃钰萍。室友婷婷把她做婚纱的事，告诉了开影楼的父亲。父亲也被这位女孩的孝心和执着所感动，答应免费为覃钰萍一家拍摄婚纱照。

结婚纪念日前，覃钰萍把做婚纱的事告诉了母亲，并让他们几天后到天长地久婚纱影楼。电话的那一头，母亲的声音明显有些哽咽。她没想到一句无意的话，让女儿付出这么多。

第二天早上，覃钰萍看起来有点疲惫。为了复习功课，她在前一天晚上复习到凌晨三点。只睡了四五个小时，但她依然陪着父母来到影楼。覃钰萍小心地捧出亲手制作的婚纱，母亲是含着热泪穿上的。父亲也换上西服，稍微上了点妆。镜头前，覃钰萍搭着父母的肩膀，留下最美丽的笑容。

覃钰萍说："这次爸爸妈妈拍了婚纱照，还拍了全家福，我感到很幸福。我只是在尽孝心，没想到会有这么多人帮助我完成心愿，真感谢大家。"

正是这份孝心，让她克服了重重困难，圆了母亲的一个心愿。

孝心是甘甜的雨露，用它滋润的人生之树会更加葱郁，用它滋养的灵魂之光会更加明亮。这一点，其实，无关世俗的命运，只关乎心中的那份爱。

用爱化解坚冰

记忆中，爷爷对奶奶很冷淡，好像她是他素不相识的陌路人。“相濡以沫”这个词，对他们来说完全不适用。

家里的“财政大权”握在爷爷手中。奶奶想买点东西，都要像下级“请示”上级那样，对爷爷“点头哈腰”一番。遇到爷爷心情好的时候，奶奶还能得到满意答复，不过，这种情况却少之又少。更让我疑惑的是，爷爷每次把钱给奶奶后，总会在一个小本本上写着什么。他总是那么神神道道，不让别人看到本子上记的是什么。因为好奇，有一次我趁爷爷不注意，悄悄打开那些本子，上面密密麻麻记着一串串数字。那时我还小，还不懂那些数字代表什么意义。

长大以后，我才知道爷爷原来是在记账。他把每一笔给奶奶的钱，都翔实地记在账本上。我问奶奶，爷爷为什么要这么做？一家人不说两家话，分得这么清楚干吗？奶奶没有吱声，好像不愿说出背后的隐情。

到了爷爷奶奶的金婚纪念日，父亲和几个姑姑商量要好好庆祝这个重要日子。小姑姑提议，让两位老人家重新拍一次结婚照，弥补几十年前的遗憾。爷爷嘟哝着说：“拍那个做什么，又要浪费钱。”奶奶在一边劝说：“老头子，这也是孩子们一番心意，再说我也想体会一下穿上婚纱的感觉。”爷爷白了她一眼，没有再说什么。

拍摄结婚照时，爷爷的脸始终绷着。无论摄影师怎么引导，他都不肯给出笑容。更要命的是，他和奶奶始终不愿意搭在一起，两个人自顾自地站着。这是一幅奇怪的画面，似乎带着一种讽刺。随后在饭店中，爷爷的话也很少。他特意让父亲告诉他这顿饭和婚纱照的费用，这样好在账本上留下一笔。

没想到这年冬天，爷爷突然中风住院。虽然脱离了生命危险，后遗症却是腿脚变得很不利索。原先他喜欢到处走走，出院后只能窝在家里。父母工作很忙，照顾爷爷生活起居的重担几乎完全压在奶奶身上。她端屎端尿、烧饭做菜做家务，没有任何怨言。因为长时间不出去，爷爷的脾气变得暴躁，经常无端训斥奶奶，把奶奶端来的饭菜倒掉，使小性子故意不吃饭。奶奶像哄小孩子一样，哄骗着爷爷吃饭。

一晃十多年过去，在奶奶的精心照料下，爷爷身体恢复得很好、红光满面，体重增加了十多斤。这一年，又迎来他们钻石婚纪念日。这次，爷爷提出要好好庆祝一下，没想到奶奶却突然倒下了。

这天傍晚，奶奶依旧像平常那样操持家务，不过她脸色很难看，老是说自己头疼。就在这天夜晚，奶奶因脑溢血被紧急送入医院。两天后，奶奶永远闭上了慈祥的眼睛。医院通知我家人来结清医疗费，爷爷竟然跟着父亲一起去付款处。交了款，爷爷又掏出一个本子，向护士借了笔，把付款金额记在账上……就在他写完最后一个数字时，他突然晕倒在地。

爷爷醒来时，已经躺在重症监护室里。他的嘴里，依旧念叨着那个记账本。我把那本封面有些残破的本子拿到他面前，他一页一页地翻着，同时嘴里不停地读着上面的内容："老太婆买大饼，1 块 5……老太婆给孙子买点心，10 块 5……老太婆临终医疗费，3 564 块……"

我生气地问爷爷，还记这些做什么，奶奶都已经走了，难道你还要问她讨吗？爷爷却自顾自地说："一共是 12 356 块 9 毛 8 分，这 60 年里，她总共管我要了这些钱，可是她却把一生都献给了我。这点钱，根本无法补偿她的付出，这笔账啊，我该怎么还啊！"原来，爷爷早已对奶奶心存无尽的感激。

爷爷临走前，告诉我他对奶奶这么冷漠的原因。原来，爷爷从小就有一个青梅竹马的意中人。无奈因为家庭的原因，这段美满的姻缘被扼杀在摇篮里。后来在父母之命、媒妁之言的推动下，他开始这段长达几十年的婚姻。从那以后，爷爷把所有的怨恨都宣泄在奶奶身上……

可是奶奶用一生的陪伴、细致入微的关怀，彻底融化了爷爷心中那块巨大的坚冰。即使他再冷漠，也无法抵挡这股暖流。

最终，爷爷和奶奶被合葬在一个墓穴中，相信他们会在另一个世界中重新开始幸福的人生……

用爱唤醒“睡美人”

他叫沈岚，2009 年到台州打工。三年后，他遇到在加油站工作的小梅。两人很快心生爱意，从此开始频繁交往。那年，沈岚 26 岁，小梅 19 岁。

恋爱中，两人经常结伴出行，台州很多景点都留下他们的欢声笑语。交往一年后，两人一起回了趟老家，见了彼此的家长。沈岚的父母看到小梅，满意得直点头，而小梅的父母却对沈岚不满意，主要是因为嫌他穷。小梅很坚决地对父母说：“无论沈岚是贫是富，我都愿意跟着他。”听到这句话，沈岚感动得当场落下眼泪。他在心里发誓，既然小梅选择自己，就永远不能放弃她。回到台州后，两人就住在一起。为了方便女友上下班，沈岚省吃俭用帮她买了辆电瓶车。每天中午，小梅都要赶回租住的房子给沈岚做饭，两个人一起吃饭、聊天。

那天吃完午饭，小梅收拾完房间后，骑电瓶车回公司上班，沈岚因为要上夜班所以继续睡觉。正当他迷迷糊糊之际，刺耳的手机铃声响起。手机屏幕上是一个陌生号码，随后是一个男人的声音：“你好，我这里是台州市交警总队。李梅刚刚出了车祸，你快到事故地点来一下。”

沈岚一股脑从床上爬起来，连房门也来不及锁就跑出去。来到事发地点，只见地上有一大摊鲜血。他又得到一条消息，小梅被送进第一人民医院，深度昏迷，还没有脱离生命危险……

“轰——”的一声，整个世界顿时暗了下来。沈岚狠狠地扇了自己几个耳光，对自己为小梅买电瓶车的事而自责。赶到医院，医生递来一张冷冰冰的白纸，竟是一张病危通知书。他顿时腿一软，跪在地上扯住医生的裤脚说："求求你们，救救小梅！我不能失去她……"

手术一直做了三天，小梅终于被从死亡线上拉了回来。可是因为伤得太重，她变成植物人的可能性很大。沈岚陷入极度沮丧之际，一条新闻报道让他看到曙光：国外有一对夫妻，丈夫因为车祸变成植物人，十几年来妻子在丈夫耳边不停地诉说，最终让丈夫苏醒过来。于是，爱情片的经典桥段，就在台州市第一人民医院的病房内真实上演：沈岚一边忙着为小梅清洗身体、活动四肢、做一做按摩，一边嘴里不停地说着：

"小梅，你还记得那次我们一起去长潭水库吃鱼头吗？你一个人就吃了半份，把我都吓到了……"

"小梅，你最喜欢叫我猪岚，因为'猪栏'的同音嘛……"

"小梅，你记不记得，我们说好的，今年过年就回老家结婚、生孩子，然后过我们甜美的日子……"

说这些话的时候，沈岚显得庄重、认真。他坚信，小梅一定会在某个时刻醒来。由于连续的陪夜和不停说话，他的眼圈发黑、嘴唇干涩、声音嘶哑、体重轻了十多斤。沈岚的父母来医院劝他："她现在变成这个样子，以后你可能一辈子要照顾她，你再考虑一下吧。"沈岚有些生气地说："爸、妈，你们怎么能这么说？无论小梅今后怎么样，我都会陪在她身边。"说这话的时候，小梅的父母也在旁边，他们被这个男孩的执着所感动，连说女儿找对了人。

小梅的眼睛半张，眼珠一动不动，茫然地望向远方。时间一天天过去，不管沈岚讲得多投入，小梅还是没有反应。不过，沈岚没有放弃，哪怕只剩下理论上的希望。

三个月后，沈岚像往常一样和小梅说话。突然间，小梅似乎有了反应。沈岚连忙喊她名字，她的手指也微微动了动，眼睛还轻轻眨了下。"小梅，你终于醒了！"沈岚在女友的脸颊上留下一个轻轻地吻，无意间沾到女友的泪水。医生见此情形，眼睛顿时有了光彩："奇迹！真是奇迹！小伙子，是你的真爱感动了上苍!"

"有爱，有责任，为爱痴狂。"沈岚的微信签名，让我们看到这位年轻人的痴情与责任。在真爱的面前，死神和病魔也要退避三舍。爱，总会创造意想不到的奇迹。

抓住孩子“胃”的“妈妈便当”

你是否听说过有人将“便当”做成各种卡通或动物造型？没错，就有这样一位母亲，普通的食材在她手下能变幻成各色花样。这些诱人的美食，牢牢地抓住孩子的胃，不一会儿就被一扫而空。

她叫李铭，今年38岁，是一家外企的营销总监。她大学毕业后拿到美国某著名高校研究生的全额奖学金，完成学业后进入这家外企工作。多年学习、生活的磨砺，锻造了她女汉子的性格。平日里，她手下指挥着一帮大老爷们。风风火火、雷厉风行的个性，让任何繁杂、棘手的事务，都能被她三下五除二地解决。不过她付出了巨大的时间成本，工作、加班成为她生活的主基调，丈夫和孩子常常大半个月都见不到她的人影。不过为了支持妻子的事业，丈夫辞掉原先颇有发展前途的职位，换了一份相对清闲的工作，这样可以有更多时间照顾家庭和孩子。

她心里对丈夫一直存有愧疚，感到唯有挣更多的钱才对得起他的付出。她开始拼命压榨自己的身体，一天中只睡四五个小时。她的付出获得丰厚的回报，她的年终业绩再次拔得集团公司的头筹。就在领奖的那一刻，她眼前一黑，随后就失去了知觉……

醒来时，她听到孩子的哭闹声。儿子奶声奶气地说：“这不是我的妈妈，妈妈比这个阿姨漂亮。”孩子不懂事的话，深深扎痛了她的心。这一年来，她早上出门时，孩子还在睡梦中；晚上回家时，孩子已经入睡。因为长时间见不到她，孩子都淡忘了她的模样。孩子还这么小，需要母亲的陪伴。而自己只顾工作，根本没有尽到一个母亲的职责。钱永远是赚不完的，可孩子成长的关键时期却一去不复返。看来要把工作放一放，多点时间陪陪孩子。

康复出院后，她向公司递交了辞呈。她没有马上去找工作，而是选择和孩子在一起。孩子在她耳边抱怨，爸爸做的便当不好吃。听到孩子的这个要求，她决定学习厨艺。从小到大，她从来没有做过一顿饭。为此，她从网上下载了大量的烹饪视频，买了通俗易懂的烹饪书籍，系统地学习烹调知识。有了一定的基础后，她开始试着烹调给孩子充饥的小食。可第一次做菜，就让她洋相百出：因为掌握不好火候，菜烧得糊成了一团；放入菜中的调料没有均匀地搅拌开，导致有的地方咸得发苦，而有的地方却淡得无味。新鲜的食材，就在这位菜鸟手下变成了“废品”。面对这团黑乎乎、散发着奇怪气味的食物，孩子小嘴一咧说没有胃口吃。

理论和实践果然有差距，她只得请教多年掌勺、烧得一手好菜的母亲。在母亲的亲手调教下，她做的菜开始有模有样。可是，孩子依然不愿意多吃。怎么才能调动孩子的胃口，她为此绞尽脑汁。这时，孩子打开电视，又开始看他喜欢的卡通片。上面的卡通人物，牢牢地吸引着他的眼球。她眼前一亮，何不把便当也做成这些卡通形象？她开始尝试这个想法，把饭菜捏成一个个特定的造型，可这不是一件容易的事。一次次的失败，让她好几次想放弃。可是想到儿子可爱的模样，她又继续探索。终于，用米饭制作的超级马里奥造型，逼真地呈现在她的眼前。孩子不再拒绝这样别致的便当，很快将碗里的美食如风卷残云般吃光了。

有了这次成功的经历，她继续研制其他的造型。从超级马里奥开始，她至今已创造出包括 Hello Kitty、功夫熊猫等一百余种色彩缤纷、造型各异的午餐便当。她和孩子间的关系也变得越来越亲密，不会再发生孩子认不出她的情况。一年后，她再次步入职场，她没有像以前那样闷头工作，而是分出一块时间陪孩子，做孩子喜欢的“妈妈便当”。

网上晒出的一份份的“妈妈便当”，凝结着一个母亲对于孩子的爱。相信孩子长大后，一定会将这些深深地印在脑海中。

做了一天NBA球员的白血病患儿

NBA犹他爵士队的训练场上，出现了一个小男孩的身影。他有板有眼的动作，显露出他身上的篮球天赋。谁曾想这个孩子，距离死神的召唤已经不远。

男孩名叫吉布森，今年才五岁。在父母潜移默化的影响下，他喜欢许多体育运动，篮球是他的最爱。刚过一岁的时候，他就喜欢和父母一起看篮球比赛。刚刚学会走路时，他就坚持睡前练习一小时投篮。他投篮的用球不是正规大小的篮球，而是作为儿童玩具的皮球，篮筐和篮板也是特制的。经过几年练习，他的命中率很高，十个球能命中七八个。他心中渐渐树立一个梦想，那就是长大后成为像乔丹那样的篮球巨星。但是只有等到六岁才能加入少年篮球联盟，他为此感到十分焦急。

他原本可以和其他孩子那样，追逐着心中那个梦想。可是在四岁那年，灾祸降临在这个孩子身上。他开始出现脸色苍白、虚弱乏力、多汗的症状，不论在活动或是休息时，都觉得气促、心跳加快。每天下午，他还会出现体热现象。颌下、颈部、锁骨上、腋下及腹股沟等处出现浅表淋巴结的肿大，口腔、鼻腔、牙龈等处有不明原因的出血。父母带他去医院检查，被诊断为白血病中晚期。如果要治愈，必须进行骨髓移植。吉布森是罕见的Rh阴性血型，匹配成功的可能性极低。父母只好对孩子隐瞒这个消息，因为他们怕这个幼小的心灵无法接受这样的事实。随着治疗的深入，吉布森的身体愈发虚弱，但他每天晚上依旧在进行投篮训练。父母在一边看着孩子吃力的样子，不忍心说出实情，只能躲在孩子看不见的角落里暗自垂泪。他们还几次劝吉布森："儿子，如果身体吃不消，就少练一点吧。"可是吉布森却很倔强地说："不，我一定要多练习。我到六岁的时候，还要去参加少年篮球联盟。"有一次因为用力过猛，吉布森的身体失去重心，重重地摔在地上，手臂上擦破一大块皮。对于一般人来说，这只是微不足道的皮外伤。可对于身患白血病的吉布森，这是丝毫马虎不得的重伤。用了好些药物后，出血现象才得到抑制。鲜血将吉布森的衣服染红，他并没有流露出害怕或恐惧的表情。父母极为惊诧：孩子这么小的年龄，竟然为了心中的梦想不畏惧任何艰难险阻。

吉布森又流露出希望成为 NBA 球员的想法，父母的心被狠狠地扎了一下。他们知道：孩子很可能因为得不到骨髓移植而夭折，在他生命最后的时光，是否应该满足他这点小小的愿望。吉布森的父亲给犹他爵士队写了一封信，信中大致内容说："他的儿子吉布森十分喜爱篮球运动，每一天都在为进入 NBA 的梦想而努力。但他患上了白血病，因为血型的原因可能无法治愈。现在以一个父亲的身份，恳请球队老板接纳儿子去球队训练，哪怕只有一天也可以，这样也能完成孩子心中的夙愿。"信是寄出去了，吉布森的父母却丝毫不抱希望。自己只是一个名不见经传的小人物，对方一家 NBA 球队会理睬自己的诉求吗？没想到两个星期后，吉布森家收到有犹他爵士队的老板亲笔签名的回信。对方答应了吉布森父母的请求，还提出和小男孩签订一份合同。签订合同，这不就意味着儿子正式成为犹他爵士队的队员？尽管只是一天的队员，那也是很多热爱篮球的孩子梦寐以求的事情啊！他们把这个消息告诉吉布森，这个五岁的男孩不顾身体的虚弱，高兴得蹦了起来。

儿天后，吉布森在父母的陪同下，来到犹他爵士队的办公室，和俱乐部老板签订了一份只有一天的合同。几分钟后，吉布森穿上属于自己的 1 号球衣上场，和爵士队球员们一起打比赛，甚至还在比赛中完成一个"扣篮"。骑在这些篮球明星的肩膀上投篮，吉布森更觉得不能因为正在治疗而放弃梦想，笑容绽放在这个只有五岁的小男孩脸上。公众们通过电视镜头，记住了这个男孩的阳光开朗。很多人都在为吉布森祈祷，希望他能战胜病魔，长大后成为一名真正的篮球队员。

在疾病面前，生命显得那样脆弱。可是因为梦想，生命不会因为即将走向死亡而变得暗淡。有梦想，就大胆去追逐，哪怕前方有重重的险阻。

母亲，请您慢些老去

小时候，总是对那些神魔鬼怪心存恐惧。现如今，对这些鬼魅之事不会再勾起什么畏惧，可我依然有害怕的东西——那就是怕母亲一天天变老，最终离我而去。

母亲把所有的爱都倾注在我的身上。下岗之后，她打了两份工，工资全部补贴家用。好几次，她都晕倒在上下班的路上。尽管母亲如此拼命挣钱，家里的经济条件依旧十分拮据。她只能扳着指头过日子，可在我身上她却不吝啬花钱。每每想到这一点，我心中就带着一丝酸楚。母亲把大好青春年华都奉献给这个家庭、奉献给我。

我工作的那一年，母亲正好到了退休的年龄。她终于可以从繁重的工作中解脱出来，拥有大把可供支配的时间。我对母亲说："以后这个家庭的重担落到我的身上了，您就等着享清福吧。"好几次，我让母亲出去旅游，她都因为怕花钱而一口拒绝。在她眼中，尽管我已经工作并且有了一份稳定的收入，但依旧是一个还没长大的孩子。她还在为我的终身大事操心，要办成这件事，需要积累相当的物质基础。母亲只能继续省吃俭用地过日子，从牙缝里省出一分一毫。就连我每个月孝敬她的钱，她也分文未动，替我在银行里存着。她说这是传统，哪个母亲不希望儿子未来生活幸福呢？

每天晚饭后，只要时间允许，我都会陪母亲在小区周围散步。从前，都是母亲走在前，而我急匆匆地跟在后面。现在这样的先后顺序发生了变化，母亲的步子开始跟不上我的。我只能等在前面的路口，看着母亲缓慢地挪动着脚步。“人老腿先老”或许这就是母亲衰老的标志。可她还不到六十岁！外面七八十岁的大妈，还在公园或一些开阔地上畅快地扭着广场舞，而她却出现衰老的症状！一阵清风掠过，将母亲的头发轻轻吹起。以前母亲一头飘逸秀发，如今已是半黑半白，而且白发大有盖过黑发的趋势。从外表上看，母亲比实际年龄要老上十岁，这是她长期操劳的结果。她为我这个不大懂事的孩子操碎了心！

母亲的记忆也在迅速衰退。很多事情，没过一会儿就会从她的记忆中消失。好几次，她茫然地站在房间中，不知道自己进来做什么或找什么。遇到出远门，我一定要有很好的耐心——因为不可能一次就顺利地从家中出发。常常刚到小区大门，母亲会突然想起忘了什么东西在家里，气喘吁吁地回去取来，却发现又把另一样东西落在家里。

再过二十年，母亲的状况会更加不如现在，我真的很难想象这样的境况。我只能在心中企盼，这一时刻晚点到来。因为处在事业发展的关键阶段，经常加班的节奏让我有种窒息的感觉。不过即便如此，我还是抽出有限的时间，多陪陪生活有些空虚的母亲。她并不缺物质上的东西，但是需要来自我的精神上的慰藉。

我害怕失去母亲，因为她是我最亲的人。

请您慢些老去，好让我有更多的机会表达孝心。

爱，让小树苗壮成长

上天总会对一部分人那么苛刻，让他们的人生道路显得坎坷和崎岖。有的人为此而抱怨、沮丧，由此陷入自暴自弃的境地；有的人却没有悲观绝望，而是暗自积聚能量，等待着爆发的那一天。导致这天壤之别的，或许就是那份浓浓的爱。

他是一个不幸的孩子，小时候患上了脊髓灰质炎。看到兄弟姐妹们无忧无虑地在空地上奔跑、嬉闹，心中就会羡慕和嫉妒。很多时候，他把自己关在屋子内。老师让他回答问题时，他也总是低着头一言不发。他试图用这种自我封闭的方式，逃避他人的嘲笑和异样的目光。

又一个春天到来，冬天萧条的景象被生机盎然的春色所取代。院子前有一大片空地，父亲决定种一些树苗。父亲满脸笑容地对孩子们说，你们每人栽种一棵树苗，谁栽的小树长得最好，谁就会得到一份最希望得到的礼物。栽种树苗的那一天，兄弟姐妹们蹦蹦跳跳提着装满水的水桶，小心翼翼地端到树苗旁。清水湿润了有些干燥的土壤，渐渐弥散到地下的树根。兄弟姐妹们的树苗长得很快，树杈上很快出现成片的绿色。因为行动的不便，他眼见别人的树苗越长越高、越长越旺盛，而自己的那棵树苗却萎靡不振地“蜷缩”在地上。没过多久，他就丧失了信心，于是，他开始很少给树苗浇水，也懒得去打理它。

不过，这只是暂时的落后。几天后，他百无聊赖地来到院子。无意中，他看到自己的那棵树苗有了明显的变化。树上的叶子是那么繁茂，伴随着缕缕微风，正在优雅地摆动着，宛若一位美女正在舞蹈。树干也比前一段时间粗实了不少，丝毫不输给其他人种的。

一个月后，父亲又把孩子们叫到了身边，当众宣布最终的胜利者，他是最后的赢家。父亲有诺必行，为他买了一件他最喜欢的礼物，让他度过了一个欢乐的周末。这么多年来，他从来没有那么高兴。这个周末成为他人生的转折点，他不再悲观绝望，而是乐观地面对生理上的残缺。他相信，自己并非一无是处，就像这棵一开始落后的小树苗。

很快，他发现背后的隐情。那天晚上，他辗转难眠，到屋外透透新鲜空气。他看到院子里有一个黑影，一开始还以为是窃贼。借着皎洁的月光，他看清了那个人的模样。原来是父亲正在向自己栽种的树下浇水。他瞬间明白，原来这并不是什么幸运事件，而是父亲默默付出的结果。他没有让父亲发现自己，而是不声不响地回到自己的房间，窝在被子里悄悄地流泪。

他感到一股巨大的力量在体内慢慢升腾，超越了身体残缺带来的不便。而这股力量的来源，便是自己伟大的父亲和满满的父爱。

几十年的光阴很快过去，他没有让父亲失望。他是第二次世界大战期间同盟国阵营的重要领导人之一，对塑造战后世界秩序，挽救美国经济危机发挥了重要作用……没错，他就是美国任职时间最长的总统——富兰克林·罗斯福。

正是因为他的父亲，让他那棵小树苗茁壮成长。而背后那份浓浓的关爱，也让罗斯福幼小的心灵得到慰藉。从此，他这棵原本有些歪斜的“树苗”，也被有力地扶正，有力地向上生长，直指蔚蓝的天空。

爱是生命最好的养料，哪怕只是一勺清水，也能使生命之树茁壮成长。很多成功的花朵与果实，也是在爱的浇灌下，不断地萌发着、绽放着，演绎着属于自己的精彩。

因为爱，所以说谎

我们从小受到这样的教育——说谎话是不好的、是坚决要避免的行为。可是有一种说谎却被认可，那就是爱的谎言。为了我们所爱的人，有时候我们不得不编织一个善意的谎话。透过这些话语，是那份浓浓的亲情。

我的笔友老李离开了人世，走得很突然，完全没有征兆。印象中，老李的身体一直很健壮，平时几乎没有头疼脑热，每次诗会或创作中心的活动，都活跃着他矫健的身影。一切灾祸都在猝不及防中降临。几个月前的体检，老李被查出肝脏部位有问题，需要到医院做进一步检查。这一查不要紧，结果确诊为肝癌晚期，医生说老李可能只有三个月的生命。

老李和爱人相濡以沫几十年，从来没有红过脸、拌过嘴。接到这张几乎宣判老李“死刑”的化验单，她的心在滴血。她只能躲在角落里放声痛哭，这样的事实，放在谁身上都无法接受。可是在老李面前，她只能装作无事，谎称只是患上了慢性肝炎，治疗几个月就会康复。老李听后情绪很乐观，安慰老婆不要过分为自己担心。他挥动一下胳膊说：“我的身子骨还硬朗着，这点病不算什么。我还希望和你一起过金婚乃至钻石婚纪念日呢！”

治疗紧锣密鼓地进行着，化疗、放疗、服用各种辅助药物，老李积极地配合治疗。他似乎还不知道自己已经得了绝症，依旧带着笑容面对每一天的阳光。病房里每天都有哭声，一个个生命就在这方天地内被终结，让人不禁感叹人生的无常。可是，老李对此却视而不见，他还劝妻子要注意休息，不要因为照顾自己而累垮身体。一番话说得老李的爱人心中酸酸的，他的人生即将走到终点，可是他还在考虑着别人！

终于到了老李弥留之际，他握着妻子的手说："其实，我早就从你不经意的表情中知道了一切。可是为了不让你过分伤心，我只好装作若无其事。一开始我还有点害怕，毕竟死亡对每一个人来说都是无法承受的。我要做的就是开心地过好每一天，同时也不要拖累身边的人，尤其是我最爱的人，更不能让她因我而难过。"原来，老李也在说谎，他是为了让妻子不难过而说谎。

儿子从千里之外的深圳赶回来奔丧，他长跪在父亲的灵牌前，久久不愿起来。他这才知道，父亲生病住院的几个月，母亲一直没有把真相告诉他，谎称父亲和她身体都还可以，家里的事不需要惦念。母亲之所以说谎，就是怕影响他的工作。可是，做儿子的却错过了在父亲生前尽孝的机会。他没有责怪母亲，只是在心中留下了永远的遗憾。

其实，儿子也对父母说了谎。大学毕业后，他没有回到家乡从事一份安逸、稳定的工作，而是和几个同学到遥远的深圳创业。他们创办了一家网络科技公司，几经沉浮，终因经验不足而关门歇业。这次失败的经历，让他白白地损失了几年的时光。他没有把这个消息告诉父母，只是说正在一家外企工作，每月收入过万，年内还有望晋升为主管。他怕父母为自己担心，所以才把创业失败的苦涩全部咽进肚子里。就在赶回家奔丧的前一刻，他还在为找到新工作而四处奔波。他没有因为一次失败丧失信心，而是想先找一份工作，积累更多工作经验和人脉关系，为下一次创业积蓄力量。在这个伟大的时代，留给有志青年的机会很多，他相信自己最终会取得成功。只是这条道路会十分艰辛，他只想独自承担，而不愿意让父母操心。

老李、老李的妻子和儿子，他们都因为深爱着对方，才选择了不说真话。那个肯为你善意说谎的人，一定是最爱你的人，不然，他不会费尽心思地说谎。这种所谓的欺骗，正是深爱一个人的表现。

因为爱，我们才选择隐瞒真相；因为爱，我们也愿意承担因为说谎而付出的代价和痛苦。

亲情，就是一种循环往复

世间的万事万物都是一种循环往复，父母和子女之间的亲情亦是如此。

小时候，子女是父母手中精心培育的“种子”。在无微不至的呵护中，儿女们渐渐成为一棵棵参天大树。父母就像一把牢固的大伞，将一切飞沙走石挡在外面。因为少不更事，儿女并没有体会到为人父母的不易。当他们有了自己的子女时，这种感觉会更加强烈。

不过，这一切在父母年老时，行为双方会发生一次戏剧性的倒置。诗人雷平阳曾这样描写他年老的“母亲”：

母亲，就在昨夜，我看见你
坐在老式的电视机旁
歪着头，睡着了
样子像我那九个月大的儿子
我祈盼这是一次轮回，让我也能用一生的
爱和苦，把你养大成人。

诗人充满诗意的笔触，是对现实生活高度的凝练和升华。在我们身边，这样的事例比比皆是。外祖母今年已年近九十，患上了阿尔茨海默症，彻底失去基本的生活自理能力。外祖母常年住在阿姨家，生活起居也全由阿姨和姨夫照顾。十一长假，父母和我来到阿姨家看望外祖母。

中午，阿姨用小匙舀满肉糜和青菜，送到外祖母嘴边。外婆的双手抖得很厉害，整个人的平衡也掌握不好。“嘴张大，再大一点！”阿姨轻声唤她。费了好大力气，外婆终于吃进去，阿姨帮她擦了擦嘴，突然觉得刚才自己发出的声音是那么的熟悉，又是那么的遥远。“嘴张大，再大一点！”几十年前，外婆大概用汤匙给年幼的儿女喂饭时，就是这样唤他们的。阿姨或许不曾想到，几十年后会有这样的一天，她儿子也要把汤匙举到她嘴边。亲情的循环就是生命的循环，充满着温情，同时又是那么残忍。

推而广之，我们和亲人间的亲情有着类似的循环往复。诗人雷平阳曾经这样写“亲人”：

我的爱狭隘、偏执
像针尖上的蜂蜜
假如有一天我再不能继续下去
我会只爱我的亲人——这逐渐缩小的过程
耗尽了我的青春和悲悯。

亲人是值得我们一辈子爱的人，年轻时我们还无法领悟这一点。那时，我们的精力是旺盛的，留恋于外在的精彩世界。亲人们只在一旁静静地守候着，似乎被我们暂时遗忘。当纷繁的世事已成过往，人生也从蜿蜒曲折的小溪汇入宽阔的河流，不再如年轻时那般激烈而张狂，原先浓缩的亲情，亦将一点点弥散开来。

我感谢身边的亲人们。经济困难的时候，他们无私地帮助我；在我处在人生低谷时，他们的鼓励总是适时出现；百无聊赖时，他们的问候和关爱，让我的心中充满温暖。这就是血浓于水的亲情。我希望在后半生中，用自己的全部延续着亲情的循环。

手中拿着几本相册，里面夹着我和父母及亲人们的合影。透过上面截取的精彩瞬间，我回忆着这些充满温情的时刻。合上相册，心中默默许愿：一定要在今后的人生中定格更多的美好时光。

记住回家的路

家，是一个人心灵的港湾。无论我们在外面受到了什么委屈，我们都能够在这方空间中得以慢慢疗伤。回家的路，也永远充满着温馨与憧憬。只要记住这条路，人生就有了归依，心灵也就多了一份依靠。

记得幼年时在外受到欺负，心中就期盼回家的时刻。父母慈祥关切的眼神，冲淡了我内心的无助。回家的路，永远是那么平坦而美丽，擦拭着我心中的伤口。父母是最好的倾听者，他们不厌其烦地听着我无休止、语无伦次的讲述；父母也是最好的导师，他们透彻的分析让我避免类似的情景再次发生。

工作后，回家时的心情依然是愉悦的。家就像一块巨大的磁石，让我自愿地放下手头似乎忙不完的工作。甩下已经戴了一天的面具，终于可以做回自己。我似乎听到了妻子关切的问候，似乎看到了女儿无邪的笑容，似乎闻到了餐桌上可口饭菜的香味。回家的路，其实还是蛮艰难的，长时间的等待、拥挤的车厢，一次次考验着我的体力与耐心。但是，当接收到五官传来的那些美好讯息，任何的抱怨都烟消云散。终于回到家中，一切的美好又一次上演，好像在慰劳我一天在外面辛苦的打拼。虽然有些平淡，但是平淡之中也能品味出难以言状的幸福。

家，不仅是一个有形的空间，更是一个包含丰富内涵的概念。每个人的灵魂与心灵，都需要一个抽象层面的“家”。平时的生活里，我们就像一个个在外拼搏的“游子”渐渐迷失真实的自我。这时，我们的心灵疲惫了，需要做一些休整，于是心灵之家召唤我们回去。在这条回家的路上，我们慢慢拭去心灵上的灰尘，对自我进行一个重构。回家的方式与途径是多种多样的，既可以是和智者的直接对话，也可以是借助书籍等媒介摩擦出智慧的火光。一杯清茶、一曲轻音乐、一颗闲适的心，我们这就开始了回家之旅。这趟旅程不会很拥挤，因为它只属于我们自己。到家的那一刻，我们感到一种无比的惬意，因为那里是我们的根，可以让我们体悟到人生的终极意义。虽然回家会放慢我们在俗世中前进的脚步，但是我们需要按下人生的暂停键，让心灵有一个喘息。只要能记住回家的道路，我们的人生就不会孤单、不会迷茫。

我喜欢《回家》这首萨克斯名曲，它的层次感清晰分明，音质柔和不显刺耳，却极富穿透力。它那清纯悠扬的清音效果和抒情的高音，给我以无限美好的遐想与向往。每当我在欣赏这首乐曲时，我就会想起回家的路，想起家中那一切的美好。

“唯有门前镜湖水，春风不改旧时波。”家的概念永远会扎根在我的心中，就如同诗中所说不改旧时波的“镜湖水”。记住了回家路的人是幸福的，因为他拥有了一把开启幸福的钥匙。即使回家的路是那样坎坷，他依然在这条道路上不断前行。

父爱如山

门口有一棵老树，犹如一位耄耋长者静静地立在庭院外。苍劲的树干深深地扎根在地下，风儿拂动它的枝蔓和叶片，火辣辣的太阳在它头顶上悄悄凝视。它就这样守候着春去秋来，不为世事的浮华所动。

我跟父亲的隔膜由来已久，他就像一块冰冷的石头，让人没有接近的热情。他的脾气很大，记得小时候我打翻一个碟子，碎渣溅了一地，父亲二话没说，抡起做饭烧火用的藤条，对着我就是一顿好打。瞬间，一条条鲜红的杠杠，在我稚嫩的皮肤上出现。我强忍着泪水，不让它流出眼眶，心中只有怨恨。父亲打得累了，这才到一边休息。这时，母亲缓缓走过来，我顿时扑在她怀里号啕大哭。母亲帮我抹干泪痕，而父亲只是坐在一边，嘴里吐出缕缕烟圈。

多次遭受皮肉之苦，让我怀疑自己是不是父亲亲生的。时光悄悄流逝，父亲的坏脾气并没有收敛的趋势。那次，他坐在床边，闷声不响地抽着烟，嘴里不时吐出一缕缕烟丝，那烟丝竟比头上的花发还要密。“你就一天到晚不让我省心，真是活腻了……”父亲咬牙切齿地说。母亲眨巴着她那满是斑点的眼睛，默不作声，老泪，悄悄地淌。

原来，母亲为了争一小块菜地，跟邻居家时有矛盾。母亲是一个顾家的人，这块田地是她的命根子。可父亲竟胳膊肘往外拐，帮着邻居把母亲大骂一通。母亲十分委屈，她这么做不仅没有捞到好，反而得到父亲的咒骂。看到母亲可怜的样子，我立马和她结成“统一战线”，将“进攻火力”

对准父亲。母亲在一旁啜泣，年过半百的她颤抖着肩膀，两手深深嵌进花白的头发，说了句："你别再说我了，我也不知道自己还有几年活头……"父亲不再吱声，一场家庭战争暂时偃旗息鼓。我握住母亲黝黑苍老的手掌，心里早已泪涌成河。

我的老父亲啊，你这个臭脾气何时才是个头，何时才能对爱你的家人好一点？

母亲年纪大了，时常想着在外的儿，隔三岔五催我回家。我开车回到家门口时，老枣树似乎在向我点头挥手。用餐的时候，我帮父亲添饭，他虽尴尬，对我却没有像以前那么冷淡。他仍旧抽着、吐着他的烟圈，我也不再阻挠，跟他碰了一碗酒，偷偷地打量着他……几年不见父亲，我竟不像过去那样厌烦他。在外打拼多年的我，突然明白一个男人养家的艰辛。生活的压力，让父亲不得不收起儿女情长，我彻底读懂了父亲。

父亲是个泥瓦匠，靠出卖体力为生。小时候，一个工友急匆匆地背着父亲回家，我看到他的腿打着石膏，脸上是灰蒙蒙的泥土。父亲施工的时候从支架上摔下来，大腿粉碎性骨折。那时的我还小，看着父亲痛苦地抽搐，竟一丝不为所动。

后来那些年，父亲的伤痛像海浪一样一波又一波地袭来：他的手指被切割机切断过，他的腰部受过损伤，他的脚板失去过知觉，他的眼睛时常钻进水泥，他的指缝常常嵌进石灰……面对伤痛，他永远不会吭一声，继续扮演着他的"黑面神"。

真不知道那些酸涩的年月里，他是怎样熬过来的？面对家人的不理解，他又是怎样挺过来的？人非草木，孰能无情。只是，父亲的爱，太过深沉，太过隐晦，让无知的我理解得太晚。

我亲爱的老父亲，这么多年来，你用自己的肩膀挑起了一家人的希望。就像门前那棵老树，在一股股狂风中默然伫立。他手中的香烟，就像一个老朋友，在没有月亮和繁星的夜里，静静地聆听着一个老人的生平点滴。

而今，眺望窗外，老树依依，年华匆匆，我捻起一支烟，学着当年的父亲的模样，吐出一个又一个烟圈。年华似流水，老树出新芽，我抚摸着岁月的年轮，似乎领悟到人生的精髓。

那个陪你一辈子的人

弄堂口的第一户人家，是一对年逾古稀的夫妇。每天他们都相互搀扶，走出略显沉闷压抑的房间，出来透透新鲜空气。就是这样平凡而感人的场景，真实地诠释着什么叫相濡以沫。

似乎没看到子女来看望他们，或许他们根本就没有养儿育女。按理说，独守空房的老人应该是寂寞的。膝下怡儿孙、享受天伦之乐，是精神生活相对枯寂的老人们最大的慰藉。不过，他们的脸上依然洋溢着笑容，在阳光的映照下，这笑容显得那么灿烂。

出门的时候，两人的手就这样习惯性地握着。也许在年轻的时候，是老爷爷抓着老奶奶的纤纤玉手。每个人都有正值风华正茂的时候，这是人生中最为留恋的时光。十指相扣的那一刻，爱情就被演绎到如同烈焰般炙热。现在两人都老态龙钟，头发白了，牙齿掉了，背也驼了，脸上的皱纹也像一道道隆起的山脉。唯一不变的，是他们手牵手的习惯。这时，是老奶奶握着老爷爷的手。老爷爷在几年前得了帕金森综合征，双手不住地颤抖，路也走得歪歪扭扭的，需要一个人扶着才能缓慢地前行。“当心点、走慢点。”老奶奶的一声声叮嘱，每次让我听到时都感到很温暖。

几个月前，我与妻子因为琐事闹矛盾。我了解妻子的脾气，她是一个认死理的人，谁要是得罪她，基本上只有别人认错的份儿。不过这次，我却没有像以往那样选择退让。职场中，我不敢有丝毫懈怠，总觉得身上有一座座大山压得我喘不过气来。回到家中，本想借助虚拟世界好好放松一下，谁料却遭遇“母夜叉”的“河东狮吼”。这下彻底戳到我神经的最痛处，什么地方都不能放松，这日子还让不让人过了？针尖对麦芒的结果，就是两人迅速陷入冷战。

第二天早上，我带着一肚子怒气走出房门。这是一个不平静的夜晚，我只能蜷缩在冰冷的沙发上。这时，我又看到这对老夫妻，他们手挽着手慢慢地走着，依然说着重复过千百遍的话。刚才还想“顽抗到底”的心，瞬间软了下来。是啊！和妻子有什么较劲的必要？在她风华正茂的时候，我一无所有，她却不顾父母反对，义无反顾地跟我走到一起。现在生活渐渐安逸下来，她却丧失了最为宝贵的美丽容颜。刚毕业那会儿，我空有一腔抱负，希望凭借初生牛犊不怕虎的冲劲，闯出一番事业。不过，理想和现实的落差总是如此之大，我一次次狼狈地从“战场”上撤退，颇有丧家之犬的“风范”。每次，妻子没有责怪的意味，陪我一同度过失败初期最为艰难的时期。现在，我的事业虽然算不上成功，但是相比初入职场时要进步不少。我不该因为工作上的不顺利，就埋怨这个一直陪伴我的人。

当我把上面的想法向妻子袒露后，她不再为难我什么。她就是一个刀子嘴豆腐心的人，或许单凭这一点就值得我一辈子珍重。

弄堂里的老夫妻就这样平淡地生活，并不像文学作品那样轰轰烈烈。不过，他们就是我和妻子学习的榜样。爱情不需要曲折离奇、生离死别，只要一生相伴、心心相印就足够了。

墙上的印痕

那一年我才十六岁，原本处在冬眠状态中的叛逆基因好像在此刻被彻底激活，并以不可遏制的势头浸润我身体的每一滴血液。它具有那么强大的诱惑力，让我忍不住投入它的怀抱。

我对周围的一切似乎都看不惯，就像一只浑身长刺的刺猬，微小的不如意都会引起我的反抗。我在那一刻彻底蜕变成愤青，对世间的任何不平都到了无法忍受的地步。因为对于自身能力不恰当的估计，总认为自己能够改变一下周围的环境。当反抗遭遇挫折时，我的自负瞬间走到它的对立面——自卑。我开始躲避周围的一切，希望这样保持“出淤泥而不染”的状态。

浑浑噩噩的状态，让我与曾经心爱的书本分道扬镳。原本我的成绩名列前茅，很短的时间内退到末尾。面对惨不忍睹的分数，我没有任何负罪感，反而哈哈大笑。父母并没有责备我，他们担心我精神上受了刺激，才会在这样的情形面前做出如此反常的表现。这个时候，他们选择静观，而不是主动介入。

一天放学，我遇到初中同学小杰。他一身名牌的打扮，让我艳羡不已。在我的印象中，小杰家的经济条件并不好，初中时穿得很寒酸。怎么才一年多，就变化这么大？是不是他父母做生意发了财？他的回答否定了我的猜测，原来他在一位大哥手下混，不仅经济上翻了身，而且每一天都过得很滋润、很舒坦。看着他红润的脸色，我向他表达也想加入的意愿。

他说可以帮我问问看，很快给我答复。

深夜间，我在床上辗转反侧。按捺不住的激动让我决定起来走走，走过客厅，灯竟然亮着，父亲正背着手看着一面墙。那面墙上，贴着我从小到大获得的荣誉证书和奖状，足足有四十几张。这时，一股别样的想法涌上心头：原来我也曾优秀过，上面的每一张证书和奖状，都记载着一段难忘的回忆。可是我现在却亲手毁掉这一切，这是为什么？难道我期盼的理想世界，真的是那么美好的伊甸园吗？

父亲的背已经有些微驼，不再像过去那么伟岸。白发渐渐爬上他的发梢，岁月肆意地在他的外表上留下痕迹。想到这里，我的鼻子酸酸的……

我决定明天向父亲表达我的想法，我觉得这应该是一次征询，而不再是最后通牒。

第二天一早，我又一次来到客厅，突然发现墙壁上少了很多东西。没错，少的就是那些荣誉证书和奖状。它们什么时候从墙上消失的？又是谁这么干的？当我正在心中推断时，父亲缓缓从一旁走来，和蔼地对我说："墙上的奖状和证书，都是我撕去的。从你这个阶段的表现来看，你想过一种崭新的生活。既然是和过去决断，你也不是从前的你，那何不把这些过去的东西都抹去。"

我一时无语，脑海中，我已经删除了和小杰去"混"的想法。

父亲接着说："如果你还想回到从前的生活，那么我可以把这些荣誉和光荣的象征还给你。"

墙上留下一些印痕，就在昨天，这里还被证书和奖状覆盖。我忍不住大声说："爸，我错了，我不再那么任性了。您还是把这些都还给我吧。"

父亲的脸色终于多云转晴，他用一种特别的方式，挽救了陷入迷途的儿子。

我依然深深地记得墙上的印痕。正是这些印痕，将我从陷坑中拉出来，重新回到属于自己的康庄大道。

让爱的种子在心田开花

表叔每月向农村老家的两个孩子汇款，帮助他们完成学业。我询问他这么做的原因，他没有正面回答我，而是给我讲了一个故事。

表叔13岁的时候，他父亲因病去世，撇下母亲和三个孩子。表叔家的生活本来就过得紧巴巴的，父亲去世就意味着顶梁柱塌了，未来更显得令人绝望。村里民风淳朴，看到这户人家遇到困难，纷纷找上门来想给予帮助。可表叔的母亲是一个坚强的女人，她不想依靠别人，那样会让她感到人格尊严受到伤害。她谢绝乡亲们的好意，料理完丈夫的后事，她忍着悲痛擦干眼泪，用自己柔弱的肩膀扛起家庭的重担。

那个年代劳动生产率低下，收成好坏就看家里是否有重劳动力。家里没有男人，表叔的母亲累死累活也赶不上别人的进度。到了秋收时节，别人的田地上热火朝天，收获着一年来汗水换来的果实。可表叔家的土地上，却显得冷清与落寞。表叔的母亲拼尽全力，产出也没有乡邻的四分之一多。这么点粮食，怎么够家人糊口？更何况表叔正处在身体发育期，食量在一天天增大。当他肚子饿得咕咕叫，用渴求的眼神望着母亲时，她的心里很不是滋味。她所能做的，就是尽量减少自己的饭量，把从牙缝里省下来的粮食，留给她的几个孩子。因为吃得很少，她经常会出现晕厥的现象，有时是在家中，有时是在地里，有时是在回来的路上。几个孩子看到这个现象，都把碗里的饭一声不响地扒向母亲的搪瓷碗。苏醒过来后，她看到碗里多出来的米饭，又悄悄地把饭盛回锅里。孩子们在长身子，不能饿到他们，她的心中就这么想着。尽管很饿，但她的嘴唇没有多沾一粒饭。

希望却总是在不经意间到来。一天下午，表叔百无聊赖地看着乡邻用牛车运送粮食。牛车蜿蜒好长一段路，上面拖着金灿灿的稻谷。由远到近，由模糊变得清晰，就好像一片金色的海洋。奇怪的是，牛车经过家门口时，却突然变得歪歪扭扭、不稳当起来。摇晃产生的离心力，让上面的一些粮食掉落下来。赶车人似乎不在乎掉落的粮食，依旧挥动手中的鞭子驱赶着辛苦拉车的牛儿。他们越走越远，最终消失在远方的地平线上。

地上的粮食，难道不是上天的恩赐？表叔立刻叫来他的弟弟、妹妹，找出几个编织袋，快速捡拾地上的谷穗、玉米棒……很快，他们手中的袋子被装满。他们整整捡了两个多小时，这才把所有的东西都运到家中。

母亲这天正好外出，晚上才赶回家中。家里眼看就要断粮，她只好去娘家借一点。可就是这点口粮，也维持不了多长时间。母亲卸下身上的米袋，呼哧呼哧地喘着粗气。当她看到家里突然多出这么多粮食，立刻把几个孩子叫来。她厉声责问表叔，这些粮食是从哪里来的？是不是你们到别人家偷得？表叔说是家门口捡的，母亲不相信说怎么会有这样的事？当时每家每户口粮都很紧张，怎么会对掉在地上的粮食视而不见。她不由分说，一个巴掌打在表叔的脸上，顿时留下五个指印。尽管觉得很委屈，可是表叔没有必要辩解，强忍着泪水不让它流出眼眶。

一连很多天过去，村里都没有哪家粮食失窃的事件，母亲这才相信表叔说的话是真的。此后，相同的事件又在家门口上演。因为是捡来的，所以一家人心安理得地享用着。就是这些粮食，让一家人撑过了很长时间。

十年后，表叔以优异的成绩考入大学。去报到的那天，很多乡亲们都来送行。这时，一位老奶奶告诉他事情的真相。原来，乡亲们知道母亲的脾气后，觉得既然直接帮助不合适，那就不如暗地里伸出援手。那些粮食，是他们故意洒落到地上的。听完老人的讲述，表叔的泪水再也控制不住。如果没有他们的帮助，还会有自己的金榜题名吗？

大学毕业，表叔留在城里，有了一份稳定的工作。日子越过越好，可表叔却吃水不忘挖井人。他的心里还惦念着家乡的父老乡亲。他几乎每年都会回老家，尽管家乡的面貌有了一定的变化，可是依旧在贫困线附近挣扎。他就想到资助正在读书的孩子，这些孩子才是这片土地的希望。

爱的这粒种子，就这样悄悄地在表叔的心中种下，慢慢地开花结果。现在，他将这份爱传递下去，相信不久的将来，爱的花朵一定会开满整个田园，散发着沁人心脾的香味。

煲汤

用心去煲一锅汤，品尝到的不仅仅是美味，更有一份浓浓的真情。疲劳时喝上一口浓汤，或许就是人生最大的幸福。

隔壁新搬来一户人家，夫妻二人带着一个七八岁的孩子。住进来的第一天，男主人就叩响我家的大门。他涩涩地递上一包糖果，说以后我们就是邻居，还请多关照。闲聊中，得知他妻子身患慢性疾病，不能从事体力劳动，每天只能在家静养。挣钱养家的重担，全部压在这个中年男人身上。他在一家零件加工厂工作，每月的工资很微薄，还要倒三班，听着就有点让人心酸。

一天晚上开信箱，我发现邮箱中有一封寄到他家的信。就这样，我第一次进了他的家门。

男主人还未归来，屋中只有女主人和孩子。我首先说明来意后，把那封信交到那个30岁出头的女人手中。她迫不及待地拆开信，原来是一封来自她故乡的家书。虽然现在通信设施如此发达，但是依然有人通过这种最为古老的方式传递对亲人的关切。女人看着看着就落泪了，或许她已经很久没有“听”到父母的声音。尽管只是停留在纸面上的文字，但是父母的容颜仿佛就浮现在她的眼前。爱唠叨的母亲、沉默的父亲，他们同样牵挂着远方的女儿。

这时，我闻到一股香味，看样子是从厨房里飘过来的。这么晚还在煮东西，那么锅中的美味又是留给谁的？女主人轻轻地说，是给在厂子里辛苦工作的他。

好奇心驱使我到厨房里看看，揭开锅盖，里面煮的是骨头汤。女主人说：“这汤她已经煮了几个小时，就是为了等他回来吃饭。我还在里面放一些中草药，想给他补补身子。他每天的工作强度很大，多吃点肉、多补点营养才能撑得住。我们家经济条件不好，不可能去买人参、燕窝等高档补品，所以只好食补了。”

话音未落，男主人响亮的脚步声在楼道内响起。一家人终于开饭，我禁不住这诱人的香味，也盛了满满一碗汤。汤不咸不淡，肉的鲜味久久停留在我的味蕾中。我对男主人开玩笑地说：“你真有福气，有这么一个会做菜的妻子。想我的那位，基本上什么菜都做不好。我真羡慕你。”

男主人也感激地说：“是啊，家有贤妻，即使我在外面再苦再累，也觉得十分值得。”女主人则在一边害羞地说：“和他在外面辛苦工作，我这点付出算什么。这煲汤的秘方，是我的母亲传给我的。而我母亲，又是从祖母那里学来的。很小的时候，我就看到母亲会很有耐心地坐在炉灶前，花上整整一天煲一大锅汤。我问母亲，为什么这汤要花这么长时间，这么一动不动多无聊啊！母亲说她是用心在做汤，因此不但不觉得枯燥，反而心里还感到喜滋滋的。幼年时我还不理解母亲的话，成家后才明白其中的深意。为了你所爱的人，就是花上再多的时间，也是值得的。每天看到他吃得香喷喷的样子，我就感到很满足。我不能帮他在经济上分忧，所以只好在精神上关心他，为他创造一个温馨的家。”

女主人的话，让我觉得很受用。夫妻之间，就应该互相关爱、互相体贴，这样才能创造幸福的生活。就从这一锅煲汤中，我就能看到一对深爱着对方的夫妻。即使他们的生活并不宽裕，他们享有的幸福绝不会比那些富豪少多少。

我也决心回家为妻子煲一锅汤，犒劳一下在外面打拚的她。我觉得，这是表达爱意的最为自然、最为浓烈的方式。

教母亲玩微信

母亲生日那天，我很神秘地从身后“变出”一部智能手机。母亲没有心理准备，因为事先没有告知她。她激动地接过手机，按下了开机键，悦耳的曲调在耳边响起。

母亲戴上老花镜，通过说明书熟悉手机功能。她眼睛不好，看东西有些模糊，说明书上的字又小，她看着显得很吃力。我不忍心见她这么受累：“妈，智能手机有很多功能，先教你如何使用微信吧。”母亲立刻来了兴致：“好啊！我想学，你快教我。”

首先帮她注册了一个微信号，然后逐一添加微信好友。不一会儿，母亲的通信录内就有了几十位好友。一些多年未联系的朋友，知道母亲用上了微信，也在第一时间送上祝福。母亲高兴极了，迫不及待地想和这些旧友聊天。她不会用拼音打字，所以我教她手写打字。很快，一句问候语在母亲的指尖下诞生。发出去后，立刻得到一张笑脸。母亲问我：“这个图案是怎么弄出来的?”我又告诉她怎么使用表情选项，还有语音信息、视频聊天等功能。母亲岁数大了，接受能力大不如前，每教一项功能，都要演示很多遍。即便如此，母亲还是记不清。一个多小时过去，很多问题她还搞不清楚。我开始有些不耐烦：“妈，晚上我还有点工作要做，今天就教到这里吧，有什么不会再问我。”

经过几天的摸索，母亲总算会了点皮毛，不过她的热情却给我惹来麻烦。那天上午，我正向领导汇报工作。突然，微信视频聊天刺耳的提示音响起。我不想去接，铃声却毫无顾忌地嘶叫，似乎不把我震出来决不罢休。领导让我接完手机再来汇报工作。我尴尬地走出领导办公室，气呼呼地按下“接受”键：“妈，你的视频早不来晚不来，偏偏在我向领导汇报工作时来。这下可好，领导还以为我上班不务正业呢。”画面上，母亲神情尴尬：“儿子，真不好意思。妈想和初中同学视频聊天，不小心按错了……”“好了，别说了，我看你就别用视频聊天了，省得以后再惹麻烦。”我粗暴地打断母亲的话。

那天下班回家，母亲一个劲儿向我道歉，好像自己犯下很严重的错误。她的举止让我觉得很愧疚，她只是在无意中出错，我怎么能这样说她呢？我诚恳地对她说：“妈，请你见谅，我上午说话的语气不好。今天晚上，我彻底教会你如何使用微信。”

从朋友那里得知，网上有位小伙子手绘了一份说明书，图文并茂地介绍微信的使用方法。我立刻下载了这份充满温情的说明书，手把手地教母亲。这次我是用心去教，再加上有手绘说明书的辅助，母亲终于“学有所成”。

现在，只要看到什么好内容，母亲总会在微信上转发给我。特别是那些养生保健信息，每天都会收到好几条。一条条微信中，无不透露出润物细无声的母爱。

微信，给母亲略显平淡的生活增添了不少光彩。看到她“乐不思蜀”地玩着手机，我在一旁会心地笑着……

“不老神话”背后的爱

女子体操的赛场上，很多参赛选手都正值豆蔻年华，脸庞还未褪去稚气。不过当这位“妈妈级”选手出场时，全场观众都对她报以雷鸣般的掌声。

她叫丘索维金娜，出生于1975年，42岁在女子竞技体操项目上绝对称得上是高龄。她首次参加的奥运会是1992年巴塞罗那奥运会，站上体操女子团体的最高领奖台，当时她只有17岁。当时年轻的她不会想到，自己会在这个舞台上演绎一出二十多年的传奇。随后她又相继参加了亚特兰大、悉尼、雅典、北京、伦敦、里约热内卢奥运会，体操赛场上，女孩子们都尽可能地把自己装扮得美艳动人，丘索维金娜却素面朝天，只有闪亮的耳钉和紫色指甲作为装扮。和那么多年龄还不足自己一半的选手一起训练、比赛，丘索维金娜却表示自己一点都不觉得累。

她为什么要这么拼命？因为一个强大的信念支撑着她。哪怕是跟腱断裂、韧带撕裂这种几乎断送运动生涯的重伤，她也能从受伤的阴影中走出来。在事业最辉煌的时候，丘索维金娜与从事摔跤运动的男友结婚，儿子阿廖沙也在结婚3年之后出生，原本一家三口的生活简单而幸福。可到了2002年，这个幸福的家庭遭遇晴天霹雳，儿子阿廖沙患上可怕的白血病。孩子生病以后，丘索维金娜开启了另一段人生，她不停地比赛、赢得奖金，只为孩子治病赚钱，这成为她生活的全部。她不再吃自己最喜欢的巧克力，只是因为怕发胖再无法继续比赛。她不敢生病，不敢受伤，不敢休息……“如果我不参加比赛，阿廖沙就活不了，事情就是这么简单，我根本没有选择。”这句朴实的话曾让无数人动情。

为了让儿子在德国接受更好的治疗，丘索维金娜与丈夫卖掉公寓与汽车，他们也加入德国籍。2008 年体操欧洲锦标赛，丘索维金娜在跳马项目上为德国拿到了 23 年来的首枚金牌。北京奥运会上，丘索维金娜以 33 岁的“高龄”完成以她名字命名的跳马动作，获得跳马银牌。正当外界以为丘索维金娜将就此离开，她又出现在伦敦奥运会和里约热内卢奥运会的赛场上。

她的那句“你未痊愈我不敢老”，曾经打动过无数人。至今她已参加 7 届奥运会、13 次世界锦标赛，拥有奥运会金牌、银牌各一枚，一次又一次地走上赛场，留下体操“常青树”的美名。

当丘索维金娜站在赛场上，与一群不到 20 岁的女孩儿竞争时，总会触动我们的神经。在她身上，我们感受到母爱的伟大。尽管她总会说这是任何一个母亲都会做的事儿，但谁都知道，在一个靠青春吃饭的项目里，要比一批年轻姑娘表现得更出色，其中的艰辛可想而知。

“不老神话”源自那份对孩子的爱。任何困难和艰辛的寒冰，都会在爱的暖流中融化。丘索维金娜终将会有谢幕的那一天，不过她的精神和矫健的身影，将长时间留在观众的心中。

500 年不动的约定

他叫休伯特，第一次世界大战爆发后没多久就应征入伍。父母强忍着泪水与他话别，不知道他还能不能活着荣归故里。

战火在广袤的欧洲大陆上熊熊燃烧着，同盟国和协约国双方都不甘示弱、兵戎相见。每次惨烈的交战后，大量年轻的生命都在炮火中灰飞烟灭。每天，休伯特的父母都对着上帝祷告，祈求他保佑儿子平安归来。终于有一天，一纸阵亡通知书彻底击碎他们心中仅存的希望。

通知书上写得清清楚楚：在 1918 年比利时战场上，休伯特壮烈牺牲，而所有战场上阵亡的烈士，都被追授英勇十字勋章。儿子已经不在人世，休伯特的母亲一下子昏倒在地上，父亲也是老泪纵横。过了很长时间，两人依旧精神恍惚，生活在巨大的悲痛中。

时间一天天地过去，他们依旧坚信自己的孩子并没有死，未来的某个时候，他还会回到这个熟悉的家。每天早上，休伯特的母亲都会轻轻推开房门，似乎生怕吵醒正在熟睡的儿子。她深情地看了一眼空空的被窝，好像里面还睡着儿子。双手对着空气缓缓地向下抚摸着，犹如抚摸到儿子金黄色的头发。随后，她开始打扫房间，地板被拖得一尘不染，桌上、柜子上摆放的各种物件也被擦拭得很干净。忙完这一切后，她又朝床上瞥了一眼，这才依依不舍地离开儿子的房间。

到了 1936 年，休伯特的父母决定搬到其他地方居住。就在签署房屋买卖协议前，休伯特的母亲对买主说："拉尔夫，房子交到你手里之前，我还有一个小小的要求，希望你能答应我。”拉尔夫是一个爽快的人，说夫人有什么要求尽管说。休伯特的母亲说：“我就希望儿子生前住的房间，能保持原封不动，期限是500年。你看可以吗？”

拉尔夫有些犹豫，这些年来，他和妻子一直挤在一间小屋内，夏天热得像蒸笼，冬天冷得像冰窖。凭着这些年的辛苦打拼，他终于攒够了钱改善住房。可是，房子的原主人却要让他不能改变其中一件卧室的布局。这未免有些强人所难。

“夫人，您儿子早就不和您住在一起，还会在意以前卧室的模样吗？您为什么要我这么做？”拉尔夫恳切地问。

“因为……因为我的儿子已经不在人世……不过他需要一个栖居的地方。”休伯特的母亲一边说，一边开始哽咽。随后，拉尔夫得知他们在十多年前丧子。白发人送黑发人的痛苦，让拉尔夫的心软了下来。他答应两人，一定会好好保存这里的原貌，会和他们离开时一模一样。

装修房子的时候，妻子问拉尔夫：为什么不改变那间卧室的结构和布局？拉尔夫耐心地讲着这个故事，他的妻子听后也是热泪盈眶。十多年后，拉尔夫也决定卖掉房子。买主是个很精明的人，一次又一次地杀价让拉尔夫招架不住。最后，拉尔夫在价格上完全妥协，只提出一个要求：“保持那间卧室的原貌，就像房子上一个主人和他交代的那样。”对方也被这个故事深深感动，答应好好保护这间休伯特住过的房间。

如今，休伯特的卧室依然是96年前的模样：书桌上仍摆着相框、香烟，衣架上仍挂着休伯特生前的衣物，床上仍放着镶了花边的被单和带羽毛的头盔……

房子现今的主人丹尼尔表示，他愿意继续小心地维持休伯特卧室的原貌，虽然没有法律规定他应当如此。如果自己要卖掉这栋房子，他会找一个同样愿意遵守这个约定的买主，因为这是出于对烈士的缅怀与尊敬。如今，这间卧室就像一座博物馆，保存着人们对这位勇敢战士的美好回忆。

任何为国家民族牺牲的人，后人会永远记住他做出的功绩。哪怕时间流逝，这份景仰和怀念也不会被冲淡。

困境中擦出爱的火花

陀思妥耶夫斯基是近代俄国文坛上一颗璀璨的明珠，与列夫·托尔斯泰、屠格涅夫等文学巨匠齐名。他走过一条极为艰辛复杂的生活、创作道路，因此被称作“代表了俄罗斯文学的深度”。

他的作品大多反映沙皇俄国普通民众的悲惨境遇，揭露并鞭挞统治阶级的穷奢极欲的荒淫生活。在那个文化专制的年代，出版这些作品并不能为他带来更多物质上的回报。因此尽管创作过30多部内容精彩、思想深邃的中长篇小说，他依旧只能在贫困的泥潭中挣扎，不得不时常为生计问题忧虑。

早期的多部中长篇作品，都是他东拼西凑、借钱自费出版的。为此，他欠下一大笔债务，严重影响到他的日常生活。就在债主纷纷上门讨债时，上天似乎给了他一线生机。一个叫斯泰罗夫斯基的德国出版商，特地找到他的寓所。这个人大腹便便、脑满肠肥，一看就是经常出入上流社会的人士。他首先客套地恭维了陀思妥耶夫斯基一番，说自己有兴趣出版他的作品。这真是一个好消息，对于陀思妥耶夫斯基来说不亚于雪中送炭。陀思妥耶夫斯基立刻来了兴致，询问出版的具体事项。

没想到，斯泰罗夫斯基却突然收敛了笑容，一脸严肃地对他说：“现在欧洲各国的新闻出版机构对书籍的审核都十分严厉，你的作品中存在大量诋毁俄国统治者的内容，沙皇陛下看到后肯定会不高兴的。我是冒着很大的危险帮你出版的。如果想让作品和广大读者见面，必须答应我两个条件：一是给你的稿酬只有普通作者的五分之一；二是必须在45天内再创作一篇三十万字左右的长篇小说。如果逾期交不出新的稿件，就要付出一大笔违约金，还要永远丧失全部作品的出版权。”

多苛刻的条件啊！他很想立刻拒绝这些无理的要求。不过想到白天那些气势汹汹的债权人，他不得不忍气吞声地答应了。

离开陀思妥耶夫斯基的住所，斯泰罗夫斯基一脸得意地去拜访他的好友霍亨索伦。为此他还和好友打了一个赌：如果陀思妥耶夫斯基不能在45天内完成长篇小说，好友就输给他20枚金币，反之亦然。

陀思妥耶夫斯基当然不会知道，自己竟会成为他人打赌的标的。他开始紧锣密鼓地搜集小说的素材，构思小说的结构，很快半个多月过去，离期限只剩下不到一个月，小说还没有动笔。陀思妥耶夫斯基估计靠自己动笔是来不及了，决定聘请一位女速记员来帮忙。

招聘启事刚贴出去没几天，就有一位年轻的女孩慕名而来。陀思妥耶夫斯基没钱支付她的报酬，只好约定等小说出版后给她一半的稿酬。就这样，两人间的合作正式开始。

此后，女速记员在白天记录陀思妥耶夫斯基口述的小说，晚上再工整地誊写到稿纸上。为了赶时间，女速记员常常忙碌到第二天的黎明时分。陀思妥耶夫斯基醒来时，书桌前还坐着一个瘦削的身影。他担心她的身体吃不消，劝她稍微休息一会儿。对方却不听他的劝告，执意将记录好的稿件都誊抄完毕才肯小憩一阵。

经过20多天的紧张劳动，长篇小说《赌徒》终于完整地呈现在一摞纸上。陀思妥耶夫斯基送来书稿时，斯泰罗夫斯基脸色很凝重，他的这场阴谋算是破产了。

拿到微薄的稿酬后，陀思妥耶夫斯基立刻兑现诺言。女速记员却没有收，说这是她自愿的。陀思妥耶夫斯基这才知道，这个年轻的女孩是一个富人的女儿，她得知德国出版商的阴谋后，毅然决定要帮助困境中的陀思妥耶夫斯基。通过这些天的同甘共苦，她更是深深地同情作家的遭遇，更无比钦佩作家的才华。而陀思妥耶夫斯基也对她善良的品德和勤勉的态度很受感染。尽管后来两人在一起过着苦日子，但是真诚的爱情依旧像瀑布般奔泻出来……

困境中，也会擦出爱的火花。当两颗心彼此惺惺相惜时，任何困难都只是暂时的。经历过风雨考验的爱情，才会享有天长地久，相信这个故事对恋爱中的年轻人有很大的启示意义。

用真诚换来一声“妈”

她叫陆秀清，和第一任丈夫结婚后，日子过得还算可以。不过，她发现有个女人和丈夫关系很近。这才明白，丈夫并非全心全意地爱着她。她是一个很看重感情的人，既然走到这一步，就毅然和丈夫分道扬镳。

她并没有向前夫过多索取物质上的补偿，只要求由她抚养儿子。一个女人，独自拉扯一个孩子，生活的艰难可想而知！谁曾想残酷的生活，又对着她心灵的伤口撒了一把盐。小学毕业的那年暑假，儿子和小伙伴到河边玩耍，不慎落入河中溺水身亡。面对儿子冰冷的尸体，她顿时晕厥过去，她的精神支柱垮了。从这个阴影走出来时，她已经快到不惑之年。没想到，她却在此时遇到感情上的春天。

她到一家农机厂做技术工作。那一年，该厂与美国一家公司合资生产一种新型农业机械，美国方面派来年逾50岁的农机专家哈罗德指导生产。陆秀清因英语基础比较好，所以派她去配合国外专家工作。工作中，她十分勤勉，颇得哈罗德的赞赏。而听说陆秀清的经历后，他对这个屡受生活打击的女人更加关注。

陆秀清年轻时就是方圆百里内的“一枝花”，虽说已年近四十，但风韵犹存，她清秀、白皙的脸上常闪出温柔善良的成熟之美。也就是在哈罗德临回国前两个月，这位农机专家正式向陆秀清求婚。他的话很坦诚：“我妻子去年患癌症去世了，只留下一个孩子罗琳，平时她就跟一位保姆生活。我想如果有一位中国的妈妈，她一定会很高兴。”

陆秀清在这里已经无所牵挂，和哈罗德办理了结婚登记手续。当后妈是一件吃力不讨好的事，往往付出很多以后，还得不到孩子的谅解。陆秀清有这方面的心理准备，没想到冲突到来的速度远比她想象得要快。

那天，哈罗德叫女儿罗琳把挂在饭厅里母亲的照片取下来。罗琳哭丧着脸，极不情愿，磨蹭着不肯去摘照片。哈罗德恼火了，命令她立刻摘下来。罗琳噘着嘴踏上了凳子，同时狠狠地瞪了一眼在一旁的陆秀清。

那是一张美国女人的照片，长得并不算漂亮，不过脸部神情很生动，一看就知道是一个十分富有爱心的女性。陆秀清心里明白，这是哈罗德怕影响她的情绪，才叫女儿摘掉的。

“我看别摘了，”陆秀清轻柔地说，“这是一个很有魅力的女人。哈罗德，你不必为了我伤了罗琳的心……”她站在罗琳背后，用双手轻轻抚摸着罗琳飘逸的长发，仿佛向她传递信息。

罗琳的眼神明显柔和下来，用期盼的目光看了看父亲。哈罗德见陆秀清都这么说，就没再坚持摘下照片。

“谢谢你，我很爱我的亲生母亲。尽管她已经不在这个世界，但是这张照片让我感到她并未离我远去。”罗琳很动情地说。

“你是一个好孩子，你的母亲会为你感到高兴而骄傲的。”没了生母的孩子其实是很可怜的，陆秀清谅解她的心情。只是罗琳还没有叫她一声“妈”。

美国人大多很懂礼貌，罗琳表面上很尊敬这位新“妈妈”，要使她真正在内心接受，还需更多的努力。只有付出比普通母亲更多的爱，才能让这颗受过伤的心重新焕发阳光。

哈罗德家所住的地方，靠近哈伯塞德海岸。罗琳患上很严重的风湿症，逢阴天下雨身上就疼。陆秀清领着她去看病，并写信回中国，求人寄来治疗风湿症的特效药。她还按照医生的嘱咐，常带罗琳去进行日光浴、沙疗。

在离海远一些的沙滩，陆秀清把罗琳的全身用晒得很烫的沙子“埋”

起来，给罗琳进行沙疗。露着一个脑袋的罗琳，与陆秀清讲她的事情。陆秀清总是十分理解地听她讲述，让她倾泻心中的负能量。

慢慢地，陆秀清成了罗琳最要好的朋友，罗琳经常一本正经地纠正她的发音，并自诩为她的英文“老师”。

很快，陆秀清迎来到美国的第一个圣诞节。她俨然一个地道的家庭主妇，用很流利的英文说：“女士们先生们，下面圣诞晚餐就要开始了，头一道菜是具有中国特色的菜——‘二龙戏珠’。”

品尝着陆秀清的中国菜，罗琳怯怯地说了一句：“妈妈，你做的菜真好吃。”听到这个温馨的词汇，陆秀清激动地紧紧拥抱了罗琳。为了这一声“妈妈”，她付出了太多太多。

陆秀清应邀为美国一家华文刊物撰写文章时这样写道：“不论在哪里，真挚的感情可以超越一切，她可以超越怀疑、冷漠、隔阂，超越国界，超越时空。美好的感情是人类最值得信赖的伴侣。”

第三辑　社会视点

怀着一份对未来的憧憬，我们逐步踏入社会这个舞台，展示自己的才华。可是数十年漫长的光阴，注定是不平坦的。我们需要拥有一双慧眼，洞悉社会广角背后的实质，由此我们的人生航船才能在各种风浪中安然前行。

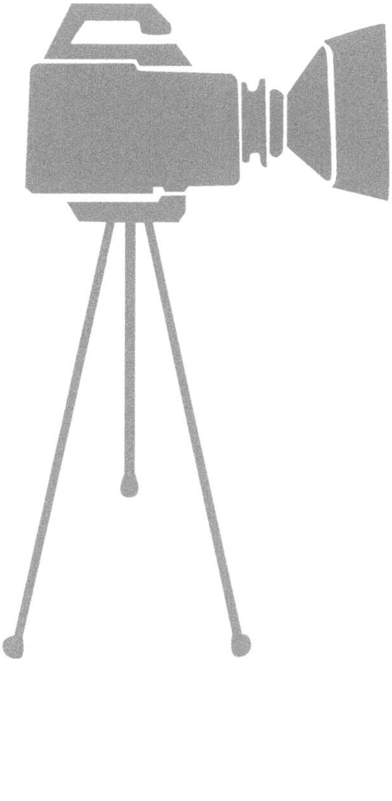

捡垃圾的老人

隔壁住着一位独居老人，岁月的沧桑深深地印刻在他的皱纹中。记忆里，他也没有什么爱好，只是喜欢将别人丢弃的废物捡到家中。他家由此变成一个简易的“废品回收站”，他每天都在这间“回收站”中忙碌着……

老人姓张，退休前曾是一家大型钢铁厂的检验工。年轻时曾结过婚，但妻子在新中国成立前去世，此后就一直未婚。几十年来，他一直住在这栋楼里，看着楼房由原先的三层加高到六层，虽然居住条件逐渐改善，但老人似乎依旧生活在那个物质紧缺的年代……

正是在这种思想的主导下，老人开始捡拾破烂。一开始，他还只是捡回各种饮料瓶、易拉罐，后来搜寻范围逐渐扩展到陈年木头、废铜烂铁、塑料制品等价值较高的废品。每天清晨东方吐白时，老人起床洗漱，四周万籁俱寂，声响还是吵到我。被吵醒的那一刻，我内心开始有些怨恨：你赚钱别人管不着，但也不应该影响他人的休息吧。为此，我几次敲响了他的家门，向他提出我的抗议。在我“正义”的抗争下，他终于有些妥协，每天早晨的分贝数降低不少。不过，他家废品散发的气味又像幽灵一样飘荡到我家中，让我长时间不敢开窗。于是，我又强硬地“声明”，促使他定期清理家中的物品，难闻的气味终于不再光临家中。

通过这两件事，我觉得这个老头还算讲道理。看到他每天都在忙碌，没有人和他聊天，我心想他的内心一定很寂寞，所以，我不顾家人和周围其他邻居的异样目光，有空就来到他家中，和他“开起了无轨电车”。

通过聊天，我知道他还是有一定人生追求的。新中国成立前，他念过几年私塾。由于日本人发动侵华战争，他的家乡闹了饥荒。为此，他不得不辍学，跟随父母逃难到上海。每当他说起这些事时，他的眼睛中总会闪现出一丝无奈。新中国成立前他在上海当过码头工人、拉过黄包车，品尝过那个时代生活的艰辛。新中国成立后，他像其他劳苦大众一样，有了一种翻身感，满怀豪情地进入国有工厂工作。他的内心还怀揣着一个崇高的梦想——希望通过自己的努力，弥补在少年时没有接受良好教育的遗憾。就这样，只要工作有间歇，他都会抄起藏在角落的书，如饥似渴地阅读起来。周围的工友对他的行为很不理解，讥讽、嘲笑常常在耳畔响起。但是，他并不理会，依然时不时地沉浸在书的世界中。

没想到，“文化大革命”期间因为阅读那些书籍，他竟然遭受到冲击。每天非人的生活，几乎使他丧失继续生活的勇气。可是，心中的那个信念却支撑活着的希望。每天晚上，就着昏黄的灯光，他在文字的世界中找寻着快乐。改革开放之后，他终于恢复了应有的名誉。直到 20 世纪 90 年代初，他从工厂光荣退休。退休以后，他继续享受着属于自己的精神世界。不知道什么原因，他突然爱上捡拾垃圾。几次问他是不是因为退休工资不够用，所以才从事这个职业。他淡然一笑，说一个月两千多元的退休金根本用不完。我继续追问原因，他却笑而不答。

走进他的卧室，里面的场景立即与外厅大不相同。卧室内被打扫得干干净净，简单的家具陈列彰显着老人恬淡的生活方式。最引起我关注的就是那一排书架上整齐排放的书籍。翻开这些书本，里面的书页已经有些泛黄。这些书可能已经陪伴老人几十年，陪伴他走过那段坎坷岁月，并且将继续陪伴他走完余生。

老人的秘密终于在一个多月前的电视节目中被揭晓，那是一期新闻纪实节目。我意外地看到老人走进节目直播间，讲述他多年来一直支援两名贫困家庭学生，帮助他们完成学业。现在两名学生已经大学毕业，并找到了一份稳定的工作。节目中，两名受助学生也来到了现场，向老人表示了深深的谢意。倏然间，老人的形象在我的心目中变得高大起来……

节目播出后，我问老人为什么之前不告诉我实情。他说自己不喜欢张扬，只是做了一个普通人力所能及的事，并不值得炫耀。由于两名学生已经完成学业，现在他又通过街道找到两名新的资助对象，每人每月500元的资助。老人说，自己的梦想这辈子看来是无法实现了，他把所有希望都寄托在下一代身上。由于没有亲生子女，所以他将爱心奉献给社会上需要帮助的人。

现在，邻居们再见到老人，不再对他报以鄙夷的目光。老人善举包含的正能量，必将通过受助对象继续传递下去。如果更多的人能够发自内心地捧出自己的爱心，这个社会必将更加和谐、美好……

浅析“新读书无用论”

“知识改变命运。”这句话曾经成为一代年轻人心中的座右铭，并在许多人身上得到验证。但随着近年来“毕业即失业”“大学生蚁族”现象的出现，“读书无用论”思潮又广泛地在人群中散播开来。我们还需要追求知识和真理吗，还需要在求学路上花费更多的时间和精力吗？这些问题不断拷问着学生和家长的心灵。

经历“文化大革命”恢复高考招生之后，人们被压抑许久的求知热情被极大地释放出来。第一届大学生以自己的努力和拼搏，书写属于自己的传奇，彻底改变了原先的人生轨迹。随着大学教育由“精英教育”向“平民教育”的转化，大学生发现自己已经不是“天之骄子”，而是沦为“有知识技能的普通劳动者”。十六年的苦读曾给父母带来无限的希望，但是到了毕业收获的季节，之前的努力似乎没有得到应有的回报。陕西的韩培印曾经对自己读大学的儿子寄予厚望，但是儿子毕业后每月的工资根本无法偿清之前欠下的债务，收入甚至还比不上农民工。学历带来的不是高薪和体面、有尊严的生活，而是一个充满不确定性的未来。“毕业即失业”现象，彻底击碎了大学生的梦想。每年总有一部分大学毕业生无奈地沦为啃老族。求职招聘会现场人山人海，看似许多职位虚位以待，招聘单位求贤若渴，实则很多只是水中月、镜中花。面对部分趾高气扬的用人需求方，毕业生们只能不断压低薪资需求，甚至提出了“零报酬”就业。即使在实现就业的大学生群体中，收入也普遍低于社会平均水平。由于城市的高房价，他们只能挤在居住条件较差的“群租房”。这样一个群体被称作蚁族，他们像蚂蚁一样勤恳地、艰难地生活，对自己的未来充满迷茫。不能指责大学生这样做是在作践自己，因为这是在面临生存压力时做出的无奈选择。

读书不仅慢慢成为一种奢侈品，还逐渐成为一种风险投资。过去，读书还是一条社会下层向上层流动的有效渠道。现在这种希望正变得越来越渺茫，“滕振国事件”就是一个很好的事例。滕振国原来是江苏师范学院后勤服务公司的临时工，出于想改变自身的命运，他报读了重庆师范大学的研究生。他的事迹曾被媒体广泛报道，并受邀到学校做报告，但是光环褪去之后，留下的只是“泯然众人矣”的遗憾。他又回到原单位，做着同样的工作，好像之前的努力只是经历了一场梦境。人是生活在希望之中的，没有希望的人其实已经死亡了。社会更需要给人们希望，为不同禀赋的人搭建展示自己才华的舞台。这样，即使身处社会的底层、生活在种种不如意中的人，也会对现存的社会秩序产生认同感。其实，读书就是让人们对未来充满希望，如果这条光明大道被阻塞，那产生的负面影响很难令人想象。读书具有一定的选拔功能，进而使有限的社会资源在人群中得到公正、合理的分配。如果这一切让位于“潜规则”，那么社会公平正义又“毛将焉附”？

为什么原先被寄予厚望的“读书”渐渐蜕变为“食之无味，弃之可惜的鸡肋”？其中的原因十分复杂，涉及高校、学生、社会三方面的因素。首先，高校的专业设置、培养模式相对于社会要求存在一定的滞后性。许多高校的教学还停留在精英教育阶段，即为社会培养高层次的科研型、学术型人才。可是，社会对于人才的需求更多体现在实践技能方面，而不仅仅在于理论知识方面。由此，造成学生学非所用，白白浪费大量的教学资源。某些已经被敲响警钟的专业还在继续扩大招生规模，整个教学体系忽视对学生实践技能、就业能力的培养，未能为学生的职业发展提供智力支持。其次，学生自身的问题。近年来，媒体对于就业形势严峻的报道不绝于耳，学生对此不可能充耳不闻。但是，仍有很大一部分学生未能引起足够重视，未能在宝贵的大学时光内形成自己的“核心竞争力”，他们在四年求学阶段的前三年，大量的时间被奉献给网络、游戏等虚拟空间。即使面对培养计划内要求的实习环节，学生也是敷衍了事——甚至托关系在实习小结上虚盖公章。很多学生名义上是本科学历，但其实际能力远未达到本科毕业的各项要求。等到他们投身于“求职战场”时，才发现自己根本没有带好自己的“利器”。面对这些眼高手低的毕业生时，也难怪企业对他们说“不”。最后，社会就业形势的因素。总的来说，社会的就业形势有利于人才需求方，即使是有工作经验的职场人士也处于劣势，更遑论没有经验的应届毕业生了。企业对毕业生的要求越来越苛刻，甚至存在某种歧视的因素，如要求具有实际工作经验，非211或985高校毕业生不录用，只招男生，女生进企业后几年内不准恋爱及生育等。有时候，这些“拦路虎”堵塞了一些综合能力较强的学生的前进之路。希望企业从更长远的角度善待这些年轻的求职者，为他们的就业提供一个更为宽松的氛围。

“以铜为镜，可以正衣冠；以史为镜，可以知兴替；以人为镜，可以明得失。”如果我们放下一切功利的考虑，读书绝不是无用的。读书可以提升人的境界，改变我们思考问题的方式。很多真知是我们无法从琐碎的事务中获得的，而只有通过读书和不断地思考才能获得。“读书改变命运”这句话依然没有错，只是不像过去能够产生立竿见影的效果，而需要通过长期的潜移默化才能实现。另外，关键在于我们究竟应该学习什么，如果只是为了应试而学习，那肯定不会有什么作用；如果能将所学的理论知识用在为社会工作实践中，那么这样的学习绝对是物有所值的。

“学而时习之，不亦说乎？”圣人为我们勾画出一幅读书求学的美好蓝图。虽然不会再有“书中自有千钟粟，书中自有黄金屋，书中自有颜如玉”，但是人需要有一种理想信仰，这只有通过读书，通过与大师在书中“对话”才能获得。读书绝不会无用，现在不会，将来也不会。让读书学习与我们终身相伴，这才是有血有肉、完满的人生。

我是一棵树

我是一棵普通的梧桐树，并没有什么特别之处。幼年时，我在人工苗圃内茁壮成长，随后和“兄弟姐妹”一起被移栽到森林公园，自由地享受着阳光、雨露、清新空气等大自然的恩赐。我如同一位静观的老者，默默地注视着来往的人群，体味着身边发生的人间百态……

每天早上，森林公园总会迎来晨练的人群。晨练者的队伍中，大多是白发苍苍的老人。由于身材粗壮、遮阳效果好，老人们常将我作为身体锻炼的辅助工具。为此，我的身躯没少挨他们老当益壮的拳脚。对此，我并没有感到愤怒，看到老人们精神矍铄的样子，我的内心感到十分满足，似乎这就是对我无私付出的回报。晨练完毕后，老人们常常会聚在我身边聊起家里的那些琐事。我默默地倾听着，并为其中一些老人的遭遇感伤。

有一位老人说，他的孙子毕业于复旦大学计算机系。如果时光逆流到十年前，名牌大学的学历肯定能换来一份体面的工作。但是，风水轮流转，“唯学历”的时代早已过去——文凭就像恶性通货膨胀的货币，以惊人的速度贬值。毕业求职时，当老人的孙子亮出毕业证书后，得到的不是赞许和肯定，而是平静和淡然。招聘人员还以工作经验为理由，让老人的孙子铩羽而归。旁边的求职队伍中，不乏硕士、博士、博士后、海归等高学历、高层次人员，相比而言，老人孙子的本科学历明显相形见绌。逛了很多场应届生招聘会、参加了多次大型企业校园招聘会、投出了无数份简历后，期盼中的OFFER(录用通知）依然没有出现在眼前。老人的孙子有些心灰意冷，在虚拟世界和网络游戏中蹉跎着青春。父母劝他认清当前的就业形势，适时放下身段，先找一份收入不高的工作，积累工作经验，为将来的职业发展打好基础。父母的苦口婆心并没有取得这位待业青年的理解，还以“天生我材必有用”为由，不肯去从事那些他认为“低贱”的工作。随后，父母以及街道社保部门多次帮这位青年介绍工作，但是他一看工资收入或者工作强度，就打起了退堂鼓。三年来，老人的孙子一直心安理得地蜗居在家中，饭来张口、衣来伸手，白天呼呼大睡、晚上四处活动。他的父母对此也是无可奈何，老人也是看在眼里、急在心里……

一旁的另一位老人说，你们这样不是爱孩子，而是在害孩子。他的父母和你能抚养他一辈子吗？如果你们不在这个世界，他的基本生活又如何保证？所以，现在就该给他“断奶”，不能让他这样堕落下去，要逼着他到外面找工作。

老人叹了一口气，继续自己无奈的讲述：“你说的方法，我们不是没有想到。那是三个月前，他父母终于对他忍无可忍，不再给他生活费，并声明如果再不去找工作，就要勒令他搬出去居住。孩子抗议了几次，并以绝食为威胁。经过了多天的冷战，父母看到孩子消瘦的样子，产生了恻隐之心，一切似乎又回到原先的轨迹。由于有了这样一次经历，即使今后再采取类似的行动，也没有成功的希望。”

老人讲完这些，周围人发出一阵阵的叹息，我的内心也是五味杂陈……

过了一会儿，几位孩童在我的身边奔跑嬉戏，看着他们无忧无虑的样子，听着他们发自内心的爽朗笑声，内心的不快稍有缓解……

整整大半天，我都在思索老人嘴中的“啃老”现象，但是并没有想出很好的解决办法。

傍晚时分，一对对情侣乘着夕阳的晚霞，开始了浪漫的约会。我身边就有一对情侣，可是，他们的对话又一次让我心中产生纠结。

男生以恳求的语气说：“小雯，你再和父母说说吧，等我今后事业有成，房子的事情一定会解决。麻烦再给我一点时间，好吗？”

女生也闪出一丝无奈的眼神：“军，我和父母都说过了，他们就是死活不答应。还说如果和你结婚，他们就和我断绝父女、母女关系。我也知道，内环内的一套三室一厅的住房，按你目前的收入状况无疑是痴人说梦。不过，他们毕竟是我父母，把我拉扯到这么大不容易，我不想伤害他们……”

男生有些急了：“难道我就可以被随意伤害吗？为了你，我已经付出很多。我并没有后悔，因为你是值得相守一生的人。但是，现在你却因为父母轻易地抛弃我，你是不是太绝情了？房子、车子我今后肯定会解决，但是我现在事业刚起步，实在没有能力满足这些要求。此前的付出，难道不能代表我对你的真心？我真不明白，你究竟是和我结婚，还是和房子、车子结婚？”说着，男生就要离开。

女生急忙拉住他：“军，你不要走。你这样不是给我出难题吗？再给我一点时间吧，我会用更强硬的态度逼他们做出让步。军，不要离开我好吗？”

听到这些话，男生收回离开的脚步，将女友紧紧地抱在怀中……

听到这对情侣身上发生的事，我也是感慨万千：现在虽然是婚姻自由的时代，但是子女的婚姻总会被父母横加干涉，由此拆散了本该属于眷属的有情人。钱不能代表一切，房子、车子并不能换来幸福生活，只是很多父母却想不通这一点，由此造就了社会上大量的“剩女”……

天渐渐暗下来，四周又恢复了平静。回想一天的所见所闻，我逐渐明白现代人的烦恼和压力的来源。很多时候，我们对自己的关注太多，而忽视了他人的需求和自然的规律。当我们改变心境、调整人生的态度，生活中的烦恼和压力也就会烟消云散。无论是什么困难，都只是人生中的插曲，特别是你从几十年后回望现在的那一刻，这种体会会尤为深刻。

伴着阵阵虫鸣，渐渐进入梦乡。新的一天中，更多的悲欢离合还会上演，但是我会以更加平静的心态去面对、去感悟……

“两万户”的记忆

记忆中，离家不远的长白一村地区曾是一片矮平房，那里的居民厨卫合用。时至今日，这片建筑群已不复存在，原址只留下一些残垣瓦砾。作为一种建筑样式，“两万户”停下蹒跚的步伐，在城市日新月异的发展中完成了自己的历史使命。

一、曾经的幸福

虽然从建筑学角度来看，“两万户”并没有什么新意，但是平凡的外表下却具有那个特殊年代的历史意义。20 世纪 50 年代初，很多产业工人面临住房紧缺的困境。为此，毛主席做出了“今后数年内，要解决大城市工人住宅问题”的指示。1952 年 5 月，华东军政委员会和上海市政府决定建造大批工人住宅。此后在很短的时间内，一批由苏联专家帮助设计建造、样式参照苏联集体农庄的工人住宅——“两万户”诞生了。

“两万户”住宅为砖木结构的斜顶瓦房子，每幢房分为上下两层，共设有两个公用厨房和两个公用厕所（有四个单独成间的蹲坑）。每个门牌号的一层各有 5 间房，一共住有 10 户人家。每一二百户住房连成一排，中间有几块空地，为绿化和活动场所。新村中心地带设有合作社、卫生所、银行、邮局；小菜场、熟水店、小商店分散设置，便于居民日常生活。

当时，上海总共建造了 21 830 户这样的住宅，大约可容纳 10.2 万人，主要集中在杨浦区和普陀区。因为这类住宅在当时解决了近两万户人家的居住用房问题，由此被戏称作“两万户”。虽然每户人家只能生活在20平方米左右的空间内，但是在当时上海工人的心目中，这样的住房却是“幸福生活”的代名词。能有幸住进“两万户”住宅的，大多是劳模或者先进工作者。我们可以想象，在那段激情燃烧的峥嵘岁月中，上海各家工厂的劳模、先进工作者们怀着极为兴奋和喜悦的心情，在略显拥挤的天地里开始了“梦一样”的幸福生活。“两万户”居民对于党和政府的关怀充满感激，因为他们曾经品尝过“生活在空气浑浊、没有水电设备的棚户区”的滋味，由此产生一种苦尽甘来的“翻身感”。

简陋的环境中，最快乐的当属无忧无虑的孩童。由于没有丰富多彩的娱乐选择，再加上“两万户”大家庭式的居住条件，每户人家的孩子都能在一起自由玩耍。女孩们擅长跳绳，男孩则在“刮刮片”“斗鸡”“滚轮圈”等游戏中度过许多愉快的时光。到了吃饭时间，每户人家的母亲扯着嗓子呼唤自家孩子的小名，这种声音奏响了一支充满温情的协奏曲。但是总有几个顽皮捣蛋的孩子，置家长的“集结号”于不顾，继续在这方小天地里释放着青春的荷尔蒙。这时，母亲的呼喊变成了责骂。终于，一切恢复了平静，但是在明天的同样时间，“两万户”的空地里又会重新成为孩子们的乐园。

二、岁月的冲刷

快乐总是短暂的，生活的琐碎和艰辛很快将“两万户”居民的自豪感消磨殆尽。“两万户”厨卫设施之落后，可能是现在商品房小区居民所难以想象的。由于厕所只有4个蹲坑，等候上厕所可能要憋到脸红筋暴。最后居民们不得不使用马桶，将蹲坑充当倒便池。厨房间也是五户人家公用的，每家分别靠墙摆放着煤球炉，做饭有时需要楼上楼下跑。因为“两万户”是木质地面而非水门汀地面，再加上上海潮湿的气候环境，因此过道的地板上总是湿漉漉的，走在上面很容易摔倒……

随着时代发展，“两万户”内的居民不断增加，已经远远超出当初规划的两万户。和上海其他旧式住宅区一样，“两万户”也越来越显出老态龙钟的模样——几代人、两三对夫妻不得不挤在狭小的空间内。因为房子太小、太挤，居民们不得不拉起帘子、垒起墙壁、搭上隔板。家庭战争总是会在不经意间爆发，因为厨房、卫生间公用，“僧多粥少”“捉襟见肘”的状况总会不断上演……

当初，居民们被告知15年后就可以搬到新居，但是很多人却在“两万户”内生活了50多年。居民们望眼欲穿，渴望尽早沐浴到旧区改造的春风。

三、历史的记忆

在政府部门的关心下，旧区改造的民生工程稳步推进，“两万户”居民终于有机会告别这间已经住了整整半个世纪的老房子。上海——这座如今正日益繁华的国际大都市，或许应当铭记这一天：曾经吸引世界目光的上海第一代工人新村——“两万户”住宅，正式宣告退出历史舞台。

摆在城市规划者面前的一个最大的问题就是，如何对待“两万户”这种带有明显时代烙印的建筑模式？虽然这些建筑在今天看来只能被称为简屋，却是特定历史背景下诞生的一种住宅建筑形式，反映着那个时代的特征，因此是有保留价值的。但是如何保留才能既不损害“两万户”原有的建筑风格和文化，又能与时俱进地跟上时代发展的步伐？

保留带有一定历史意义的建筑样式主要有三种方法。一是单一的保留。除了文物性的古建筑和少量蕴含很高艺术价值的建筑以外，其他一般性历史建筑不适用于这种方式。人们已经意识到这种保留建筑的方法，只会将历史与现实割裂开来，使其建筑环境走向沉寂。二是简单地推倒重建。这种方式可能会把“两万户”住宅改造成“假古董”，掏空了建筑本身的历史内涵。三是部分保留、部分拆解重建。这种方案对于“两万户”的改造应是切实可行的——因为对历史环境的重视，并不表示反对任何的改变，相反，与建筑文化本身相适应的改变是必须的和受欢迎的。而如何才能对“两万户”部分保留、部分拆解重建？只有从中找寻“两万户”的建筑语言符号，经过提炼使用在新建建筑的立面外形上；通过尺度比例、材料、色彩等要素的呼应关系，由此获得新旧建筑对话的效果。

为了保留这段历史，杨浦区在凤城一村“两万户”原址上建造了一些保留“两万户”外形的连体别墅、上海市劳动模范活动中心和“两万户”博物馆。这些建筑保留了“两万户”的建筑风格，充分体现了其历史内涵，同时又展现了现代化、智能化、人文化的特性。“两万户”终于在专家的呵护下实现了华丽的转身。作为一个见证历史的载体、一个饱含岁月沧桑的生活空间，“两万户”的一砖一瓦、一草一木对于那些生于斯、长于斯的人们来说，具有独特的魅力。因此，“两万户”住宅本身体现的不仅仅是一段历史，同时也是一段人们在此生活的痕迹。生活在此的人们，只有在这片既熟悉又陌生的生活领域中，才能循着历史的足迹开拓新的生活。

虽然“两万户”建筑已没有当日的辉煌，但是却成为延承历史脉络、见证上海住宅发展的生动教材。尊重历史，并不是把历史的痕迹封存起来放置于时空的博物馆中，而是对那些褪色的东西重新注入生命力。“两万户”建筑遗址，必将为人们提供一个阅读20世纪50年代劳模生活和工作状况的场域空间。人们将在昏暗的空间、略显破旧的墙壁中，聆听在这里发生的精彩故事和人生悲喜剧。

乘着想象的翅膀飞翔

雨果曾对想象力进行过表述："想象就是深度。没有一种精神机能比想象更能自我深化，更能深入对象，这是伟大的潜水者。科学到了最后阶段，便遇上了想象。"其实，不光是科技发展需要想象力，日常生活也需要想象来滋润。丧失了想象力，我们将丢失五彩斑斓的生活。

年幼的孩子像是一张白纸，他们充分发挥不受拘束的想象力，用手中的画笔勾勒心目中理想的世界。看到这一幅幅匪夷所思、天马行空的画作，思绪不禁飘到遥远的童年——那是一个单纯而又充满理想的时代。可是，这个时期已经一去不复返，珍贵的想象力如同洋葱一样，被世俗的规则一层一层剥去，最终消失在空气中。

曾经看到过这样一个故事：一个研究小组想了解不同人群的想象力状况。他们首先来到了小学，当黑板上出现一个圆形的东西时，研究人员问小学生这是什么，得到了五花八门的答案：月亮、饼、歌唱演员的嘴巴、零、自行车轮……孩子们踊跃发言，给出自认为正确的答案。随后，他们来到了一所中学，整个班级的学生鸦雀无声，最后班里成绩最好的学生说，这是一个圆形。研究人员问他具体是什么东西，这个优等生说这是对所有圆形物体的哲学抽象。后来，他们走进大学课堂。当这个圆形展示在天之骄子面前时，很多人只是面面相觑，面无表情地看着研究人员，直到最后也没有给出确切的答案。当这个圆形图案出现在机关干部的眼前时，很多人都不由自主地把目光投向了领导——科员打量着科长的神色、科长揣摩着副局长的意思、副局长满怀希望地看着局长。最后，局长打破了沉默，他不高兴地说："事先不打招呼，我们哪知道是什么?"随后，研究人员被"友好"地请出大门……

这个故事或许是虚构的，但绝对存在现实的基础。伴随着年龄上的增长和经验上的丰富，我们的想象力被一点点蚕食。虽然在这个过程的开始阶段，我们的内心是痛苦的，但看到周围人都在进行同样的"改造行动"，对于想象力的丧失开始泰然处之。想象力的丧失真的是无关紧要的吗？答案当然是否定的。美国未来学家托夫勒曾说过："今天比以往任何时候都更需要幻想、梦想和预言，即对潜在的明天的想象。""我们正处于这样一个困境：一方面，由加速变化导致的不确定性程度不断提高；另一方面，我们需要相当正确的任何时候的最有可能的未来图像。因此，描绘最有可能的未来的可靠图像已是全国，甚至是全世界刻不容缓的急事。"因此，重拾想象力、乘着想象的翅膀飞翔，就成为个人、社会乃至整个国家全面发展的重要任务。

美国肯尼迪宇航中心大门上刻着这样一句誓言："只要我们能梦想的，我们就能够实现。"这句话虽有理想的成分，但也体现出一种无畏的勇气。心有多大，舞台就有多大——想象需要一种勇气。当一个人开始用天马行空的思维对待周围事物，很有可能被周围人视作另类。如果最终取得成功，那还可以被归为创造性思维。可是，不是所有的想象都能够得到证明，那些勇敢地动用想象力的人在通往理想的道路上，将承受多么大的压力！因此，想象也需要周围人乃至整个社会的呵护，尤其是在青少年阶段，教育体制以及教育工作者更要保护孩子的想象力。就像前面的故事那样，为什么学历层次越高，想象力反而呈递减的趋势？恐怕很大程度上都要"归功"于现有教育体制及教师们。孩子们的天真无邪，在小学阶段表现得十分充分。可是，一次又一次的考试与选拔，使青少年不得不把思维束缚在标准答案上。任何出格的想法，都会被现有的教育体制视为"异端"。因为这样的循环，历史上我们已经付出了很高昂的代价。经济社会的发展、中华民族的伟大复兴，需要更多的想象力、创造力。只有不断想象、创新，整个社会、国家才会不断充满活力。

爱因斯坦曾说过：“想象力比知识更重要，因为知识是有限的，而想象力概括世界上的一切，推动着进步，并且是知识进化的源泉。”知识是想象力的结果，没有想象力这湾活水，知识的河流必将枯竭。古希腊哲学家亚里士多德指出：“想象力是发明、发现及其他创造活动的源泉。”愿我们在不断地发明、发现中，不断改变现有的生活，不断实现心中的梦想。

创造学之父奥斯本在《创造之秘》一书中讲道：“想象力是人类能力的试金石，人类正是依靠想象力征服世界。”虽然其中“征服世界”的提法有待商榷，但是人类正是因为有了想象力，才有了今天幸福美好的生活。让我们乘着想象的翅膀，在人间缔造一个属于我们自己的“天堂”。

吃饭与生存

"民以食为天。"人类生存的首要条件就是吃饭。如果饮食供应被切断，任何意志坚强的人都无法生存超过一个星期。吃饭是为了生存，但生存仅仅是为了吃饭吗?

对于中国人来说，吃饭是头等大事。两个熟人见面，"你吃过了吗"成为一句问候的口头禅。就为这句话，一个在中国生活的外国人还闹过笑话：他误以为中国朋友这么说是为了请客吃饭，由此弄得双方十分尴尬……

姑且放下东西方文化差异这个话题，单就将这句话作为谈话沟通的引子，就足以说明饮食对于中国人来说是多么重要。可能在历史上，我们经历的饥荒年代实在太长了。很多时间，勤劳的中国人都在为温饱问题殚精竭虑。史上的"文景之治""贞观之治""开元盛世""康乾盛世"，用今天的眼光来看，不过是较好地解决了人民群众的温饱问题。吃饭问题关乎老百姓的日常生活、饮食起居，甚至还关乎一个王朝的兴衰成败。当大多数人饥不择食、食不果腹、随时面临死亡威胁时，揭竿而起就会成为大概率事件。有人利用这种社会心理，推动着王朝的更替。透过历史的画卷，我觉得中国的劳动人民是最可爱的，也是很容易满足的。只要能让他们吃饱、穿暖，他们就会衷心拥护这个王朝，称呼当朝皇上为"圣君"，称呼地方官为"青天"。可是，历朝统治者却连这样微不足道的要求都不能满足，愣是将人民群众逼到了绝路，由此不断演绎着"水能载舟，亦能覆舟"的周期律。

吃饭对于普通人是一件最重要的事，不过对于某些有着人生追求的个体来说，却不是生存的全部。对于他们来说，生存不仅仅是为了面包、食物，更是一种在精神信仰指导下的探险旅程。古代社会中，很多士人、名流只要像其他人一样随波逐流，就可以轻而易举地获得高官厚禄。但他们没有为此放弃道德底线，而是以微不足道的力量与黑暗的社会进行抗争。阮籍、嵇康、陶渊明、文天祥、史可法……一个个彪炳史册的名字彰显出一个个独立而不屈的灵魂。近代中国，封建社会逐渐走向腐朽没落，外国列强凭借着先进的科学技术乘虚而入。面对这“国力日下、江河残破”的现状，中国人并没有放弃富国强兵的理想和决心。一大批仁人志士引进西方先进的科学技术、思想文化，更有一大批先驱、先烈为了中国的民主、富强献出宝贵的生命。在艰苦卓绝的斗争中，老一辈革命家考虑的绝不是个人的利益和安危，而是心系国家和民族的存亡。新中国成立后，一大批爱国人士放弃了国外优厚的物质条件，毅然回到祖国的怀抱。尽管某些时候遭受不公正的待遇，但是依然怀着一颗爱国心、赤子情，全力以赴地投入各项事业的建设中。在当代社会，尽管存在为了金钱不择手段的现象，但还是有很多人热爱本职工作，在岗位上洒下辛勤的汗水，无怨无悔地付出青春年华……

我敬佩这些有精神追求的人。套用一位伟人曾说过的话：“人活着，总是要有一点精神追求的。”人与其他动物最大的区别就是，他有思想意志。除了饮食温饱、繁育后代，人们应该有一个属于自己的精神家园。对于物质生活方面，我们在很大程度上不能控制，因为有很多客观因素造就了社会上的贫富差别。但是在精神追求方面，却有很大的自主性。这是一个看不见、摸不着的“虚拟世界”，能不能成为这个世界中的“富者”或“尊者”，完全取决于自身的意志和信念。难怪孔子对颜回予以了很高的评价：“贤哉回也，一箪食，一瓢饮，在陋巷，人不堪其忧，回也不改其乐。贤哉回也。”颜回令人敬佩之处就在于他能够坦然面对物质生活的困窘，并不让它成为精神追求的绊脚石。对于一个只将生存简单地与物质生活画等号的人来说，他的人生是可悲、可叹的，因为他绝对是精神世界中的贫穷者。对于那些看上去物质生活并不是很富裕，但是却能在精神世界中怡然自得的人，人生就是一次有意义的旅程，可以在离开人世的那一刻骄傲地回望着整个人生旅途。因此，一个人除了追逐必要的物质生活之外，还有必要树立起一种信念追求，无论岁月的流逝、人生境遇怎样改变，都应该对心中的精神信念“衣带渐宽终不悔，为伊消得人憔悴”。只有这样，才配得上一个大写的人字。

用完午餐稍作休息之后，我又一次走入知识的海洋。对于吃饭，我一向是很重视的，但是更让我牵挂的却是生存中那些被人忽视的因素。生存不仅仅是为了吃饭，它还被附加很多绚丽多彩的因素，等待着我们去不断挖掘、探索……

归　鸟

傍晚时分，一群飞累的鸽子返回它们熟悉的小窝。略显灰暗的天空中，这些精灵画出一道道优美的弧线。在鸽子的心中，这个小窝就是它们的家园。不知那些漂泊在外的游子，是否会像鸽子那样回到生于斯、长于斯的“草窝”?

这窝鸽子是我隔壁邻居老张精心饲养的。为了让这些小生命有一个舒适的栖身之所，他特地请来一个老木匠，花了一天一夜打造出这个“鸟巢”。老张生有三个子女，现在都已经移民到国外。本来，老张身边还有相濡以沫的老伴，但一年前，老伴因为心脏病突发而去世，只留下他这个“糟老头”坚守偌大的空房。

不知道谁向老张提出饲养鸽子的建议，他家中毫无征兆地多了个鸟窝。老张是钢铁厂退休工人，几十年一直埋头于昼夜不停的流水线和机器的轰鸣声中，所以对于如何饲养鸽子他几乎是一窍不通。由于老张的“经营不善”，鸟粪经常闯进我家的“领地”，散发着令人作呕的气味。我是一个脸皮薄、要面子的人，不愿意与老张发生正面冲突。于是，我将自己的想法向居委会主任反映。两天后，居委会主任带着两名工作人员，叩响了老张的门铃。在他们的因势利导下，老张加强了对鸽子“生活起居”的管理——鸟粪和异味逐渐成为脑海中的回忆。

此后十几天，老张家大门紧闭，那群可怜的鸽子也被迫蜷缩在那个相对狭小的空间中。由于老张是独居老人，所以我开始担心他的安全，希望他不要有什么意外发生。终于，老张熟悉的身影又一次出现在眼前，我心中的大石头也终于落下。再次见面，老张递给我一大包“铁观音”茶叶，说是从福建老家捎给我的，以此作为此前带来不便的赔罪。看到他老人家真诚的样子，我的内心顿时五味杂陈：他不但没有对我的“告发”产生怨恨，反而诚恳地接受我的建议。虽然这包“铁观音”的价值不是很高，但是我却看到一个老人身上的闪光点。

就这样，我和老张成为无话不说的朋友。像其他普通的家庭那样，老张和老伴将三个子女拉扯成人很不容易。孩子们也很争气，全部考入名牌大学，本科毕业后，又都获得免费公派留学的机会，得以在一个更广阔的舞台上施展才华。学业完成后，孩子们又在国外找到了理想的工作，有了一份稳定的收入，并建立了美满和谐的小家庭。说到这里，老张有些哽咽了……

我知道，老张一定是对自己现在孤立无助的境遇产生了无限的感慨。果然，老张此后的讲述印证了我的猜测。三个儿女的工作、生活稳定后，再没有人关心老张和老伴的身体健康及生活状况。话到这里，老张有些激动，他说：“三个孩子就像三只小鸟，他们幼年时，我们为他们付出了很多辛劳。等他们翅膀长硬之后，纷纷飞向了远方。饲养了这些鸽子，虽然目前还能按时返回鸟巢，但是不知道在哪一天，它们会不会也像儿女们那样一去不复返?”

每天最让老张高兴的事，就是小心伺候着这些“心肝宝贝”。他为这些鸟儿准备了最精美的鸟食，并确保每个个体都能被“分配”到足额的一份。满足了鸽子们的物质需求，老张也不忽视它们的“精神需求”。于是，老张在每天清早就将鸟巢的“大门”打开，满意地看着它们展翅高飞。傍晚，看到鸽子们平安归来，老张的心里升腾起一丝幸福感。他早已将这些鸽子视为自己的“儿女”，填补三个远在国外的子女不在身边留下的空白。他还是期盼三个子女重新飞回这个“草窝”，哪怕只停留一会儿，他内心的伤感也会稍有抚平。

老伴去世后，老张曾给三个子女发去信息，希望他们回来料理母亲的后事。但是，大洋彼岸传来的反馈却让他失望了。他们都表示工作忙、脱不开身，要过很长一段时间才能回来。老张在居委会的帮助下，料理完老伴的后事。在老伴的墓碑前，只有老张一个人孤弱的身影。他无法给老伴交代，只是默默地陪在旁边，诉说着几十年走过的风风雨雨……

又到了傍晚，老张再一次注视着飞鸟的返回。他的眼睛又向大洋彼岸的方向望去，似乎要望穿这万里相隔的距离……

老张心里一直等待这一天，陪伴鸽子一同返回的，是他朝思暮想的儿女……

怀才不遇

很多人都会抱怨：为什么自己的才华没有发挥的舞台？我也曾有过类似的感慨，不过内心的埋怨已渐渐被岁月的流逝所驱散。我继续着自己的努力，期盼大展宏图的那一天。

有人认为“80后”是娇生惯养的一代，可能无法承担起历史的重担。不过几次重大灾难中，“80后”年轻人敢于担当的表现，基本上粉碎了社会对于“80后”群体的误解。虽然渴望尽快承担起社会责任，但是他们的美好愿望却没有立即变成现实。很多同龄人每天奔波在单位和家庭的两点一线，做着重复而机械的工作，未来似乎是一片迷离。因此，他们一直在哀叹：失意不是主观原因，而是社会未提供一个有效的平台。我也有过类似的经历和感受：进入现在的单位后，并没有被赋予重要的职责，只是扮演着几位老同志的助手。我就像一朵生长在阴暗角落的蘑菇，独自面对着惨淡的人生，内心难免有所不平。几经沉浮，心中的戾气渐渐消散，终于可以坦然接受任何不公。

怀才不遇的发生有主、客观两方面的原因，首先从主观上来说，怀的“才”是不是值得“遇”，这本身就需要打上一个问号。每个人对自己的认识，难免打上主观烙印，因此存在一定的片面性。很多情况下，真正有才的人并不认为自己才能很高，反而那些“半瓶子晃悠”之辈却自视甚高，认为自己具有经天纬地之才、安邦定国之策。是否有才需要社会检验，否则只能是一种孤芳自赏。社会不会对弱者的眼泪予以任何同情。那些滥竽充数之流，终究敌不过社会的大浪淘沙，成为职场上的失意者。对于这样的失败者，我们不应冠以“怀才不遇”的美名，而只能归入“才学不够”的类别，让他们在失败中反思自己的能力问题。

其次，就是“才”是否符合社会、市场的需要。这样的例子其实比比皆是。比如一位研究者花了数十寒暑的精力和心血才撰写出一本高质量的专著，但是专著出版后却销量惨淡，最后只能在书店特价书专柜中寻找着价值。这样的情况，就可归入“怀才不遇”的范畴。因为他们确实有“才”，只是这个“才”有些偏，暂时无法被社会所接受。可是，金子总有发光的一天，“才华”被认同总有一个过程，虽然这个过程漫长而曲折，但是前方的光明仍在、希望仍在，“闺房”中的才华终有走出“闺房”的那一天。

最后，就是制度和体制机制因素。我并非攻击现有的人才选拔制度，因为完全抛弃现有制度，只会造成更大的不公平。我们要做的就是对现有制度的弊端进行修正，以更好地体现公平、公正、公开原则。因为户籍、编制等制度的约束，因为现有的身份问题，有些人无论怎样努力，也无法获得渴望中的成功。制度上的缺失，造成了客观上的“怀才不遇”。尽管企业可以为年轻人提供广阔的舞台、不菲的收入，但是因为劳动强度过大、劳动保障不健全、稳定性不强等因素，年轻人还是愿意将公务员作为第一职业选择。不能一味责怪年轻人贪图安逸、不敢接受挑战。只有企业改善工作环境、条件，并对劳动者的合法权益进行有效的保障，这样才能吸引更多人到直接产生经济效益的企业中。有制度作为保障，可以免去青年人的后顾之忧，可以有更多的人从平凡的人群中脱颖而出，担负起我们整个国家、民族复兴的重任。

面对“怀才不遇”的处境，应该采取什么样的态度？自暴自弃当然是不合适、不恰当的。个人努力是成功的必要条件而非充分条件，只有不断地努力、不断地“修炼内功”，才有可能接近成功的彼岸。但是，不懈的努力并不能保证成功，否则世界上将充斥成功者。必然性需要偶然性作为先导，因此成功还需要一些运气作为铺垫。即使最终机遇没有垂青你，你也不必灰心丧气，因为可以享受这个努力的过程。

不要将怨恨与不满充塞我的心灵，而是用微笑与宽容迎接新一天的阳光。像一只春蚕，默默地织着自己的蚕茧，终有破茧而出的一天。

想到这里，内心更加淡然……

历史的选择，选择的历史

自第一只猿猴从树上来到地面，历史就将统治芸芸众生的权力交给了人类。就在这一刻，我们的先祖便开始选择，在选择中前进，在选择中走向文明……

“To be or not to be，that is a question.”（生存还是死亡，这是一个重大的问题）选择权交到胆小懦弱者手中，他会畏首畏尾，在消极颓废中等待死神的召唤。诚然，生命是宝贵的，但是消失了光芒、没有了灵魂的生命却早已陨落。于是，“生死不能兼得，舍生取义也”的豪情成为千百万仁人志士的选择。秦廷内，荆轲挥舞着手中的短剑，把六国的仇恨刺向秦王，可是“惜哉剑术疏，奇功遂不成”。侠肝义胆的关云长，为了寻找失散的兄长，毅然离开曹操为他提供的荣华富贵，过五关斩六将。“臣心一片磁针石，不指南方不肯休”，文天祥在元军的屠刀面前依然想着自己未竟的事业。“砍头不要紧，只要主义真”，为了中国人民的解放事业，革命先烈们在黑暗中发出的呐喊惊天地泣鬼神。“士为知己者死”，他们的选择不会因为肉体的消亡而灰飞烟灭。

如果侠士的选择表现为一种悲壮，那么科学家的选择则是对科学的虔诚、对真理的追求。中世纪的欧洲，笼罩着宗教迷信的阴云，有几个大胆的弄潮儿为人类扯开了沉重的大幕。罗马广场上，真理斗士布鲁诺因为拥护日心说而被处以火刑；在天文学上极有建树的伽利略也因为对真理的追求而被斥为异端，最后含冤而死。居里夫人在死神边的研究，中国的两弹之父邓稼先的鲜为人知，不正是印证了“不义且富贵，于我如浮云”的奋斗精神吗？

选择需要足够的谨慎，只有全面分析当前的形势，才能客观地做出选择。选择是把双刃剑，选对了，就会有“会当凌绝顶，一览众山小”的快感；选错了，就可能发出“人生不如意事十之八九”的哀叹。

面对选择时，除了保持谨慎之外，还应该果断地面对。一味地犹豫与退缩，只会交出选择的主动权，放弃书写精彩人生的权利。尽管选择是痛苦的，但有选择的权利亦是幸福的，请珍惜自己选择的权利。

选择是一面镜子，你可以在选择中逐渐找到自己今后人生努力的方向。

选择如同迷宫的入口，尽管前方充满着未知、布满了荆棘与曲折，但是只有经过这个入口，才能感受到人生的精彩。

“大江东去，浪淘尽，千古风流人物。”历史的选择虽有正确与谬误，但通过选择可以看到历史发展的规律，看清这个大千世界的真面目……

我愿意直面历史的选择、选择的历史……

烈 日 下

走在盛夏的烈日下，刺眼的阳光让我睁不开眼睛，露出的肌肤也感受到一阵难以忍受的灼痛。但是，我并不孤单，很多人因为工作不得不奋战在烈日下，为了这座城市的正常运行，为了个人和家庭生活忙碌着、奔波着。

走过单位门口的工地，里面一个个繁忙的身影顿时引起我的注意。每天，这里面都会制造出令人心烦意乱的噪声。初闻这支不和谐的“施工奏鸣曲”，内心涌起一阵愤恨——诅咒他们尽快从眼皮底下消失。但是今天，看到工人们汗流浃背、汽车开过后尘土飞扬、危险的高空作业等场景，这个想法开始动摇。毕竟，这些来自农村的建筑工人谋生也不容易——他们领着低廉的工资、干着几倍于他人的工作、工作条件和环境也十分恶劣。虽然文化水平不高，勤奋工作的目的只是为了改善自己和家人的生活，但是他们同样值得我们尊敬。在他们汗水滴落的地方，一座座高楼拔地而起。他们的辛劳和付出，为我们住房环境的改善提供了可能。想起装饰新家时，就似乎看到这些城市建设者奋战在工地的场景。

经过十字路口，交通协管员的大嗓门让我规规矩矩地等候。一开始对他们有些不理解：不就是一个小小的协管员吗？凭什么对我大声呵斥？以为自己是大领导吗？不过前不久，我因为不听从协管员的规劝执意在红灯状态下通行，差点和一辆疾驶而来的私家车亲密接触，这时才体会到他们对行人安全的一番苦心。现在，对于他们的指挥，我不再有抵触情绪。看着他们古铜色的肌肤、听到他们嘶哑的嗓音，我对他们默默的付出而心存感激。

忙完手头所有的公务，我今天提早回到家庭温馨的港湾。真不巧，家里的桶装纯净水喝完了。拨通纯净水公司服务电话后不久，一位中年送水师傅就将“生命之源”及时送到家中。汗水早已将他身上淡蓝色的工作服彻底洇湿，我见状急忙从冰箱中拿出一听冰镇可乐，并招呼他休息一下。但是，他淳朴的脸上露出一丝笑容，低声对我说：“谢谢。我还有好几家客户的桶装水还没有送到，所以就不多打扰了。”说着，他提着空桶快步走出我的家门。他在烈日下骑着“黄鱼车”，艰难地运送着几大桶纯净水。隐约听到楼下的一个母亲对儿子说：“如果你不好好读书，将来就是这样。”面对这刺耳的声音，送水师傅并没有停下前行的脚步。他的工作是平凡的、渺小的，但他身上的精神却是值得人们尊重的。或许他早已领悟到生活的冷暖、谋生的艰辛，因此能够淡定地面对目前的生活状态。

这时，最不愿意发生的事情发生了，家里的空调居然在这个大热天“罢工”了。拨通空调客服电话，不到半个小时，维修师傅按响门铃。虽然已近下午五点，但是烈日依旧当空炙烤着大地。师傅将身子探出窗外，虽然有一条绳索作为保护措施，但是我的心一直提在嗓子眼。半个小时后，空调又开始了运转。我递给了他一杯凉茶，一支香烟，他感激地喝下了凉茶，却将香烟还给了我。他稚嫩的脸庞告诉我，或许他还不到二十岁，但是他麻利的手脚、娴熟的技术，却让我不敢小视这个比我小的年轻人。在这个酷热的季节，他将清凉及时送到身边，或许一声谢谢还不足以表达对他的感激。

令人有些畏惧的烈日终于来到了地平线之下，大地迎来了暂时的喘息。不过，像建筑工人、交通协管员、送水工、维修师傅等普通群体，还将继续在烈日下忙碌着。没有他们，我们幸福、快乐的生活将无法保证。

也许，他们不像大人物那样改变了历史的进程，但是同样在生活的舞台上书写着属于自己的传奇……

密　　码

密码是人们物质财富日益增多的产物。虽然能阻止他人对财物的侵犯，却也伤害了人与人之间的信任与交流。因此，如何在让密码成为财物“守护神”的同时，不让它的负面作用充分显现，成为一个值得深思的问题。

没有私人财产时，密码没有存在的意义。封建专制社会中，由于没有人权、民主、自由，任何人、任何财物都可能成为强权者掠夺的对象。人们不会去费尽心机设置密码，只会考虑如何用有限的武力或其他强制手段保存自己的财富。新中国成立之后，私有财产本身也在很长一段时间内不被法律承认，无法取得合法地位，因此人们不敢对获取、守住财富存有任何非分之想。这种局面终于在改革开放后，有了明显的改观。通过辛勤的劳动，普通民众逐步分享到改革发展的成果。面对日益增多的劳动成果，如何使它们不受到任何非法侵犯，就成了亟待解决的问题。

密码的产生确实为人们的财产筑起了一道“安全大坝”。但与此同时，由密码衍生出的“密码思维”却让我们丧失了人性中值得珍藏的东西。丧失的是人与人之间的信任。“密码思维”将任何人都假想为财物可能的侵犯者。人们设置了有形的密码之后，可能会在“密码思维”的左右下，在心灵设立一道“密码”，将他人拒之于千里之外。君不见，马路上有人需要帮助，我们在伸出援手前，还要做一番利害的思虑，以往电视中看到的画面、生活中遇到的场景顿时涌上心头，最终“密码思维”占据了上风，我们对号入座地认为帮助他人可能会引起不必要的麻烦，要做的就是将潜在的威胁消灭在萌芽状态。得到陌生人帮助时，还会对他人的动机产生怀疑：他对我这么好，是不是有其他目的？以上施助者和被助者之间的不信任，只是整个社会中人们互相不信任的缩影。其次，丧失的是人与人之间的真情。过去的旧式里弄，各家各户的大门都敞开着，人们好似生活在一个大家庭中，由此印证那句“远亲不如近邻”。随着住房条件的改善，现在每家每户都将防盗门紧闭，这扇大门就好像一道横亘在人间真情上的“密码”，只有特定的人群才能通过这道“密码”的筛选，使人们的交际范围仅限于家庭或工作学习场合。由于家庭成员忙于工作或学习，他们之间不会有很深层次的交流；在工作或学习场合，人们往往是竞争关系，由此造成厚黑学流行、人性的冷漠。越来越多的人感叹真情的缺失，怀念几十年前亲如一家的邻里关系。“密码思维”使相互信任、真情关怀逐渐成为社会稀缺物，当稀缺达到“不能承受之轻”时，社会良性、和谐运行就有可能受到威胁。

密码不仅造成人际关系的紧张，还给部分人的生活带来麻烦。下面所说的故事是我的真实经历：有一次，到单位附近的一家银行提取到期的五年定期存款。习惯性地输入了自己熟悉的密码，电脑却显示密码输入不正确。难道将密码记错了？又输入几个曾经使用的密码，语音提示依然不依不饶地说：“对不起，您的密码输入错误。”我在银行柜台前耽误了大半个小时，急得满头大汗，依然没有输入正确的密码。看来，不可能记起密码了，只得回家取来身份证在工作人员的指导下办了密码挂失。我想，很多人一定和我有相同或相似的遭遇，当他们无奈地面对电脑这位“铁面无私的包青天”时，不知做何感想？

当然，我不是主张要废除密码，那样反而会造成社会秩序的混乱。只是在享用密码带来的利益时，是否会对它的负面性，比如“密码思维”进行反思？经济生活可能离不开密码，但是精神、情感生活却不能被密码所束缚。否则，密码将畸变成为我们的主人，我们也将在“密码思维”的诱惑下，将人性中的善良与真诚丢失，相信这是大多数人所不愿意看到的。

密码只是我们追求幸福生活的工具和手段，并不是幸福生活本身。认识到这一点，我们就能对它善加利用，最终登上驶往未来幸福生活的快速列车……

排队遐想

行走在闹市区的商业街上，经常会见到某品牌或老字号专柜前排起长队。在物质不丰富的年代，我们不得不忍受排队的煎熬。排队这一现象，反射了人间的本质和世间的万象。

排队是资源稀缺的产物，近现代西方经济学对于资源稀缺问题有过很详尽的阐述。众所周知，西方经济学有两大重要的前提，即资源稀缺和“经济人”假设。资源的稀缺主要是相对于人类欲望的无限性而言，因为资源是以算术级增长，而人的欲求却是以几何级数的速度增长。试想，如果所有人都对资源“虎视眈眈”，并像饿狼扑食一样，毫无秩序地、疯狂地向着目标冲去，那会是一种什么样的“壮观”场景？由于人们互不相让，很可能有人在这场争斗中受到伤害。即使最后有人分享了众人艳羡的资源，他们也不是胜利者，因为在争斗的过程中，他们也付出了沉重的生理和心理上的代价。同时，他们还一直会忌惮可能的觊觎者。对于这些“利益获得者”来说，并不能做到一劳永逸。即使暂时保住胜利果实，如果别人可以用同样的方式对待他们，也会被抛入不可预测的偶然性中，“躲在暗处”的挑战者终有一天会推动“物权”的交换。相信，这样的场景，是任何人不愿意看到的，无论是强者，还是弱者。

由于资源不能充分满足人们日益增长的物质文化需要，再加上每个人都希望在有限的资源中获取最大的那一部分，所以人类社会一直在呼唤一种公平合理的资源分配方式。排队就在这样一种社会心理的背景下产生，它基本上实现了物质公平、合理的分配。理想状态下的排队模式意味着一种秩序、一种规则，它对于身在其中的所有人——无论长幼、尊卑、贫贱，基本上做到了一视同仁。它遵循“先来后到”原则，先来的人可以优先获得资源。这样，无论获得资源的人还是等候者都能够接受这样一个结果，在此过程中，气力的角逐被遏制，人与人之间的关系也不再按照丛林法则，人类文明之光就在排队中得到了有力的彰显。

但上面说的只是理想的状况。在某些情况下，一些主观或客观的因素就会搅乱原有的秩序。排队中，我们最怕遇到插队问题。对于插队问题，原因主要有两种。一是某种特权意识。很多情况下，排队中总有秩序的维护者。由于这些“执法者”将人分为三六九等，导致某些人不用排队就可以获取资源。人们对于队伍的长短是不会有抱怨的，因为只要有这样一种秩序存在着，就代表着在未来某个时刻获取资源的希望。但当看到有人试图打破排队的规则，享受某种特权时，怨恨和不平衡心理就会油然而生。每个人都有基本的人格和尊严，人们会在这种心理的驱使下，用行动做出一定的反抗。就这样，原先的队列就在反抗中被瓦解。二是某些非理性的“违法者”未受到有效的管制。人群中总有一些“害群之马”，他们天生就藐视规则，天马行空，不按常理出牌。这些人挑战合法秩序以后，如果他们没有得到有效的制止，周围人就会认为自己受到了不公正待遇。再加上羊群效应，众人就会认为违反规则不会受到处理，由此产生侥幸心理，这样就大大增加插队的可能性。如果“执法者”未能将这种心理消灭在萌芽状态，这种情况就会渐成星火燎原之势，将原先建立起来的平衡彻底打破。

排队追求的是公平原则，如果有人急需在短时间内获取资源，而他前面又有很多的等候者，社会是不是应该给他们开通一条 VIP 通道？对于这个问题存在着不同观点，有人认为社会资源分配应该倾向于弱势者，如当代哲学家罗尔斯就在提出平等原则之后，又着重倡导差别原则，让社会对弱势群体进行一定的补偿。但对于那些自由至上主义或市场论者来说，这种补偿不被他们认同。他们认为资源分配就应该按照本身的规律运行，社会不应该对其加以干扰。否则，社会就会养懒汉，鼓励人们坐享他人的劳动成果。两种观点都有合理的一面，也有自身的局限性。我认为，社会还是应该保障弱者的基本生活，当弱者的温饱受到威胁时，应该优先给予他们资源，这充分体现了社会对每一个个体的关爱。如果弱势群体有机会通过自身努力改变命运，社会就不应该给予他们“片面最惠”待遇；否则，就会产生上面所说的养懒汉现象。只有区别对待弱势群体的不同需求，才能让排队分配这种比较合理的分配方式为大多数人所接受。

世界博览会促进中国人养成了排队的习惯，这是城市居民文明素养提升的一个重要标志。希望排队能够让所有人接受现有资源分配的模式，这关系到整个社会的稳定与和谐。

同窗聚会

年轻时，同窗之情曾经是记忆中最宝贵的一笔财富。尤其是踏入社会后，这种不受世俗规则浸染的单纯经历更值得珍重。于是，同窗聚会就应运而生，并被赋予重温那种情感的重要功能。但是，它真的能承载重温这些期盼的功能吗?

在职场摸爬滚打好几年后，校园内的一草一木、同窗好友的容貌依然深深地印刻在我的脑海中。工作生活之余，总会从记忆的“资料库”中“抽取”这份甜蜜的回忆，仿佛让自己穿越到过去。尤其是接到同学发来的聚会邀请，更勾起我对那段时光的依恋。

一开始，我对于同窗聚会的态度是无比期盼和渴望的。可是来到聚会现场，就发现自己的想法错了。几年不见，同窗好友的言行举止已经发生了极大的变化，或许这是职场“江湖”乃至社会大环境不断“冲刷”的结果。眼前还是这些熟悉的面孔，但他们变得让我感到陌生。记得在课堂上、寝室中、操场草坪上，谈论的话题是那样单纯，诸如理论知识、时事热点、文学著作等。可再次见面之时，这些主题渐渐淡出交流的中心议题。大家不再关心那些虚无缥缈的东西，更多地热衷于职场生存技巧、物质化的享受等偏世俗的话题。我无意贬低这些谈话主题，因为人的首要需求就是生存，正如圣人所说“食色，性也”，“饮食男女，人之大欲存焉”。可如果整天都只关注这些，那么人生态度和追求就存在问题。求学阶段，我们都是有理想的青年人，或者为了个人和家庭的荣耀，或者为了国家、民族的振兴发展。但是，进入社会、职场之后，我们收获了成熟、稳重，却失去了理想和信念。在工作、家庭两点一线的生活方式中，越来越迷失自我，越来越不知道自己究竟需要什么。在失去了人生方向之后，很多人还浑然不知，像一只不停旋转的陀螺，心安理得地行走在物质享受和快节奏生活的生命轨迹中……

聚会的现场是热闹的，但是我却感到阵阵孤独。孤独不只是一种客观环境，更是一种主观上的心里体验。“己所不欲，勿施于人。”“道不同不相为谋。”既然他们对这些话题感兴趣，而我还尚存一丝理想追求，那就不去掺和他们的谈话，扫了他们的“雅兴”。我独自坐在一角，静静地观察着眼前的“热闹”……

这时，又发觉了一个规律：来参加聚会的，多半是事业上有所成就的，那些因为种种原因而壮志未酬的，多半选择了躲避。参加了几次同窗聚会后，这个规律不断得到验证。于是，同窗聚会蜕变为“事业有成者聚会”，物质、经济上的成功就成为筛选聚会参与者的有效标尺。聚会中，很多人大谈自己如何在客观环境不利的条件下获取成功，以此博取周围人的赞美之声和羡慕的目光。这样的交流场合，逐渐成为成功者炫耀、表演的舞台。我期盼那些不太成功的同窗能够出现在这个场合，但是却不断地失望。

在他人眼里，我也被视为成功者——金饭碗、稳定的职业发展路径、在各类期刊发表文章并收获多个全国性文学大赛的奖项。虽然我从来没有认为自己的人生就是成功的、有意义的，但从他人的眼神中，我却读出了羡慕甚至嫉妒。听到他人的赞美，我并没有得意忘形。未来的道路还很长，要做的事情还很多，现在还不是“盖棺定论”的时候。我用谦虚的话语回应着周围的美言，换来的却是不解。或许，他们认为我虚伪。于是只好找一个理由，匆匆地逃离这个尴尬的聚会。

此后，我也开始逃避这种聚会。尽管还不时接到聚会的邀请，但是已经没有参与的热情与兴头。为了不让他们难堪，我经常以工作为理由婉拒。这种方法屡试不爽，终于不再被聚会邀请所烦扰。可是，不久后我却在QQ群中，看到了一些刺耳的评论，什么孤芳自赏、自命清高、小人得志。面对这些非议，我不想进行还击。那种单纯的同学情谊已经一去不复返，剩下的只是令人心烦的喧嚣。

这天值班，我看到一群老年人到单位旁边的饭店聚会。看着他们亲热的样子，内心忽然燃起一种信心与希望：也许几十年之后，当我们退出社会竞争的舞台、不必再为生存发展问题而烦扰时，当我们经历了种种磨难、对于人生和社会百态有了更为深刻的认识时，我们又会重新找回那种单纯的同窗之情。这时的同窗聚会，又会重新回归到它的本源，承担它应该赋予的使命和责任。我期盼着这一天的到来。

看到老人们容光焕发的样子，我怀着愉快的心情走进值班室……

一声叹息

在美丽舒适的苗圃中，度过了寂寞但是无忧无虑的童年。直到有一天，我被移栽到一个风景如画、依山傍水的宝地上。虽然一开始有些陌生，但是心情却十分愉快、舒畅。

夕阳西下，霞光映红了脸庞。小鸟停在枝头上欢快地唱歌，秋水在微风的作用下翩翩起舞。远处袅袅的炊烟，空气中散发着阵阵幽香，我深深地陶醉在这水天一色的美景中……

清晨的朝阳升起，新的一天又如期来到身边，更多的传奇与精彩正等待着我去书写。金色的池塘倒映出我的倩影，飘动的“秀发”在清风中不断欢唱。正当我手舞足蹈时，远处出现一位步履蹒跚的七旬老翁。他四处张望，好像在寻找什么。我向他致以由衷的欢迎，老头的眼睛顿时一亮，径直向我走来。他上下反复打量着我的身躯，好像在观赏一件珍奇异物。我的内心十分得意，有一种被人欣赏的满足感，飘飘然找不到方向。

突然腰间感到一股重力的猛烈冲击，紧接着第二下、第三下，我被这突然的打击搞得头晕目眩。经历了这番疼痛后才明白：原来老翁是拿我作为晨练的器械。

忍受了一阵猛烈的拳脚之后，老头的脸上挂满了汗珠，不得不倚靠在我身上，大口大口地喘着粗气。可怜我那纤细的腰身，哪经得住这般折腾，压得都快成罗锅了。

我心中默默祈祷，希望他赶快离开。终于，他以一个胜利者的姿态离我远去，不过他临走之前送给我一份大礼——狠狠地踹了我一脚，算是对前面的拳脚奏鸣曲的“休止符”。

我的天哪！到底招惹了谁，竟然在搬到新家的第一天就受到如此的“礼遇”。

一波未平，一波又起。迎面又来了一位小伙子，个头威猛、四肢发达，手里提着一把飞刀，一看就是一个招惹是非的家伙。还没有靠近我，手中的飞刀已经向我飞来。我吓得浑身大颤，缩成一团。幸亏他眼神不准，我才得以暂时保全身子。他并不打算就此罢休，手中的飞刀一次次地凶神恶煞地准备摧残我的身躯。或许是老天的眷顾，他的努力没有成功。心中暗暗高兴：你也就这样的水平啊！我不再感到恐惧，挺直了腰板，带有“挑衅”意味地冲他“摆摆手”：“来吧，往这里扎。我就在这儿等着你。”

看到我对他下的“战书”，小伙子气急败坏，刀也不飞了，冲到跟前直接往我身上扎。哎哟！我发出了一阵痛苦的“呻吟”，身上留下了一个八九厘米长、五六厘米深的口子。发泄了心中的怒火之后，小伙子认认真真地在伤口旁刻下“小李飞刀，天下无双”八个大字。

小伙子带着轻松的心情离开，我却在原地疼得死去活来。哎！怎么这么倒霉。小伙子的背影渐渐模糊，我想起了自己的童年，想起了把我移植到这里的园林工人，还想起了初到这里的兴奋劲。嗨！真是“故国不堪回首月明中”。一只乌鸦掠过水面，发出凄厉的哀鸣声。

羡慕自由飞翔的鸟儿！真希望自己是一只飞鸟，哪怕是乌鸦也行。至少可以立即飞离眼前的烦恼与痛苦！

一阵说笑声打断思绪。定睛一看，原来是一对情侣手牵着手来到面前。男生举起手中的相机，对着那个搂着我身体的女生一阵“咔嚓、咔嚓”，然后两人就在激情的荷尔蒙的作用下“水乳交融”。我连忙闭上眼睛，耳畔却钻进又酸又麻的“海誓山盟”。正当我极力摆脱这尴尬的境地，又是一阵钻心的疼痛掠过全身，几乎使我晕厥过去。

他们的笑声消失在道路尽头，我这才清楚地看到，腰间又多了一行字：“陈世美、潘金莲爱情见证。”此时，我真是欲哭无泪！别有一番滋味在心头！

我呆呆地仰望着天空，注视着自由飞翔的白鸽，还有那飘逸的白云……

许久，枝丫上的一片树叶伴着清风飘落到水面上，溅起了一圈圈无声的涟漪。微波荡漾中，似乎夹带着一声无奈的叹息……

给老人更多的尊重

尊老爱幼是中华民族的传统美德，除了物质上和普通心理上的关爱，我们更需要对老年人的人格予以更大的尊重。只有让他们有尊严地活下去，才是真正的尊老、敬老。

不可否认，现在的年轻人中有很小的一部分对老年人不是很敬重，某些粗俗、歧视性的语言会不由自主地从口中冒出。不过这只是少数，大多数青年人在传统道德的感召下，愿意对老年人报以宽容、敬重和谦让的态度。“老吾老以及人之老”，如果要做到对素不相识的老人敬重的话，必须要以对自己父母孝顺为前提。很难想象，一个连父母也不孝敬的人，还会对陌生的老人彬彬有礼吗？“孝敬”两字中，除了“孝”，是不是还应该将更多注意力放在“敬”上，即予以老人更多的尊重？

这是一个朋友的真实经历：我的朋友夫妇俩将住在乡下的母亲接到城里来住。母亲的眼睛已经失明，生活不能自理。朋友的妻子心中发誓好好照顾她，详细地告知她房间结构、家具的位置，甚至将家中一些不必要的摆设去掉。面对儿媳如此体贴入微的照顾，朋友的母亲很是感激，念叨自己一定是上辈子积了德，才有了这么好的儿媳。

可是，后面事情的发展却没有顺利沿着原先的轨道进行。朋友的母亲先是洗碗时失手将碗打碎；而后，她烧菜忘记了时间，炉灶的火被菜汁浇灭，煤气味弥漫整个房间；最后，她竟然将儿媳名牌服饰洗得不成样子。面对婆婆帮忙不成反添乱的行为，朋友的妻子并没有发火，而是叮嘱婆婆不要再做什么。朋友的母亲没有吱声，不过“爱管闲事”的老毛病很快又犯了。

几天后，几个邻居议论着失明的婆婆被儿媳“虐待”的事。回家后，朋友的妻子又看到婆婆在厨房里洗菜，集聚在内心的怒火终于彻底爆发，而发泄的对象自然是她的丈夫。朋友的母亲在厨房里听到儿媳的吵闹声，默默地回到自己的卧室，一言不发。自此，她再也不帮着做事，每天显得忧心忡忡、茶饭不思，人看上去也老了很多。

又过了一个星期，朋友的母亲提出要回老家。朋友询问原因，她没有说什么，但是眼泪流了出来。朋友的妻子也很委屈，说婆婆有些不通情理，这不是让我们背上不孝的骂名吗？朋友没有多说什么，只是将妻子领到了外面。

朋友让妻子闭上眼睛，让她从路的一头走到另一头。朋友的妻子刚闭上眼睛，一股巨大的恐惧感就袭上心头。她犹豫地走着，每迈一步似乎都很艰难。最后，她还是放弃了，回头望去，只走了不到20米。通过这个模拟实验，朋友的妻子亲身感受到婆婆生活的不便。心中对她的怨气，也在此时烟消云散。想到以前对婆婆武断的态度，她感到有些不妥。不应该这么抹杀老人的一片好心，不让老人做任何事正是对她的一种彻底否定啊！

此后，朋友的妻子开始教婆婆做事，态度也不像以前那么生硬。在她耐心的教导下，婆婆也终于能够帮着小夫妇做一些力所能及的事。从她脸上的笑容，可以领悟到内心的成就感。婆媳的关系，渐渐演变成母女关系那么和谐。

朋友夫妇的这段经历，引发我思考很多。老年人也有他们的尊严和人格，不应该武断、粗暴地对他们的能力进行否定。应该承认，随着年龄的增长，老人的生活自理能力和做事能力确实呈现一个逐步下降的过程，但这不应该成为把他们晾在一边的借口。我们应该采取辩证的态度。对于老人在体力和精力上确实无法完成的事，我们小辈应该避免让他们去做，以免发生不必要的伤害，当然也要采取和风细雨的态度，而不是一种命令式的方式。而对于那种跳一跳就能实现的目标，我们就要敞开胸怀，让他们去尝试。其实在做事中，也是一种自信心的积累，让他们觉得自己还有被需要的理由。有了这样的感觉，他们对待生活的态度才会更加积极，他们生活里的阳光才会更加灿烂。

我父母的岁数也在不断增加，尽管我身上的压力很大，但我还是要竭尽全力为他们尽孝。当然，我会给予他们更多的尊重，让他们以一种有尊严的方式生活下去。只有这样，他们的晚年生活才是幸福的。而他们的幸福，也就是我们美好的未来。

把石头变成艺术品

第一眼看到这些“作品”，很多人以为是大自然鬼斧神工所造就的。可是，它们却出自一位艺术家的巧手。借助神奇的引力作用，他让一块块不起眼的石头焕发了艺术的魅力。

他叫迈克尔，大学毕业后并没有马上踏入职场。背上行囊，他独自浪迹天涯。这天，迈克尔来到海边的沙滩。他发现远处有一大堆石头，还有很多人在周围拍照。来到近前，他发现大石块相互叠加，相互间的接触点极小，上面的石块好像悬在空中，随时可能掉下来。迈克尔暗想：难道有什么东西在支撑着它？就在他纠结时，人们对一位中年男子响起热烈的掌声。原来，这些石头造型并非天然形成，而是这个男子的杰作。对方告诉迈克尔，并没有使用诸如黏合剂、支撑杆、特殊磁场等作弊手段，唯一起作用的只有地球的引力。

迈克尔当场就想拜中年男子为师，学习石头平衡的“绝技”。对方摇摇头说他学不了，因为练这个需要很长时间，需要很大的耐心。“你还年轻好动，肯定耐不住性子。”迈克尔很失望，只好怏怏地离开。

回家后，迈克尔的脑子里依然是那些平衡石头的雕塑。强大的好奇心，驱使他去尝试。他联系了一个朋友，从一个采石场拖来很多大大小小的石头。可能大石头的平衡更容易掌握吧！他决定先从体积较大的石块试手。因为手力的不足，再加上缺乏一定的耐心，大石头从双手中掉落下来，重重地砸在脚面上。顿时，钻心的疼，弥漫他整个身体。众人七手八脚地将他送进医院。

医院里，得知他受伤的原因后，临床的病友对他说："因为堆石头而受伤，这又是何苦呢？能从堆石头中获得什么吗？"就连他最好的朋友约翰也泼他冷水，劝他痊愈后不要再做这件事，还不如好好地找一份工作。他的心冰凉，好像自己做了一件很愚蠢的事。

晚上做梦，他梦见有人在他面前堆出一座石头雕塑。对方语重心长地告诉他，一定要有耐心，这样才能成功。醒来后，他仔细咀嚼这句话，觉得自己要坚持做下去，不过要改变策略。回想整个受伤过程：拿石头的时候，双手在颤抖，显然是手部力量不足；呼吸显得很急促，这样很难专注于石头的平衡上。什么项目既能培养耐心、专注力，又能锻炼手力呢？在朋友的推荐下，他和一位冥想大师学习冥想术。一开始他很难静下心来，过不了几分钟就会心猿意马。为了磨炼心性，他强迫自己排除杂念。终于，他可以长时间沉浸在无我感觉中——任凭思绪涌入脑海，又轻轻将其拂去。

做了精神上的准备后，迈克尔又从网络上查询相关资料，这才知道早已有好些个平衡石头的大师。通过博客和其他网络社交平台，迈克尔试图与他们取得联系。好在这些大师都是很热心的人，他们将入门的经验倾囊相授。首先就是要找到每一块石头的平衡点，接下来就是顺应这个重力规律，耐心地、反复地尝试。即使这些大师，也不能一蹴而就。"师傅领进门，修行在个人。"无论寒来暑往、无论风霜雨雪，迈克尔都在他家的院子里练习平衡石头。很多人在背地里讥笑他在做一件无意义的事，他不去理会这些流言蜚语，一门心思做着这件事。终于有一天，他达到了梦寐以求的艺术效果。

有了这手绝活，迈克尔参加了美国达人秀，短短几分钟内，就摆出一个高难度的造型。他一路闯进决赛，虽然没能获得冠军，不过还是被很多人所熟知。他成为媒体关注的焦点，不久后举办了个人平衡石头雕塑的艺术展。

平衡石头需要耐心和专注，其实做很多事又何尝不是如此？唯有不断地投入和付出，梦想之花才能结出丰硕的果实，进而将我们的人生之路点缀成一段梦幻之旅。

被粘在墙上的校长

某校体育馆的墙壁上粘着一个人。尽管身体很长时间不能动弹，但是他的脸上依然洋溢着笑容。他就是美国科罗拉多小学的校长。

事情起源于一个多月前。那天傍晚，他从办公室出来，缓缓地走在回家的路上。这时，他发现大街上的景象和早上出门时有很大的不同——大片的宣传横幅和海报，占据着街道显眼的位置，点缀出浓重的喜庆气氛。是啊，再过一个多月，就到了小镇一年一度的狂欢节，这是属于每一个小镇居民的嘉年华。不过因为周边地方都在举办狂欢节，因此小镇的这个节日并没有吸引很多来自远方的客人。在狂欢节宣传海报上，组委会用红色、大号字体的文字号召小镇居民对住在异地的亲朋好友宣传狂欢节，为聚集更多人气出一份力。组委会向居民保证，如果狂欢节卖出更多的门票，增加的收入将全部用作镇内公共设施的建设和维修费用。他眼前一亮，何不让学生们也参与到这场宣传攻势中呢？

第二天早上，他就对全体学生宣布：如果为小镇狂欢节卖出1万张票，就可以满足学生们的一个心愿。他的这个提议得到学生们的热烈响应，只是在实现什么心愿这个问题上，学生们七嘴八舌、众说纷纭，谁的想法都不能完全说服所有人。最后，一个矮个子学生大声说：“我提议，如果我们卖出1万张票，就把校长粘在墙壁上。”这个有些荒诞的建议，立刻让原本有些乱哄哄的会场平静下来，最终众人却都认同这个方案。他稍微迟疑了一会儿，不过还是答应了学生们的要求。

有了这个动力，学生们就开始向卖出1万张门票的目标奋力前进。有的学生将以往狂欢节的照片和视频制成近十分钟的DV(数字视频）短片，配上解说文字和富有激情的音乐，随后将其上传到著名视频网站YouTube，并分享到社交服务网站Facebook。视频上传后，点击率很快突破数十万，通过网络这个平台，有力地宣传了狂欢节的盛况。此外，口口相传的威力也是巨大的。每个学生都充当了一回狂欢节的宣传员，极力鼓动联系到的亲戚和好友参加这个盛大的节日。还有一些学生利用节假日到其他城市的闹市中心设摊宣传狂欢节的情况，将大量印制精美的海报分发到人们手中。经过网络宣传、实地宣传及人际传播，狂欢节落幕后，学生们总共卖出1.1万张门票。

到了兑现诺言的时候，有人劝阻校长意思一下就可以了，没必要真把自己粘到墙上。要是这事情传出去，学校的脸面往哪里搁？或许以后更难管教某些调皮捣蛋的学生。可校长却没听从这些劝告，表示要听凭学生们的“发落”。这下可乐坏了学生们，他们买来了好几卷不同颜色的彩色胶带，里三层外三层地将他粘在体育馆墙上。他就像一个被包裹得严严实实的粽子，还被戴上了夸张的假胡子，成为校园内一道奇特的风景。一些学生在他旁边拍照留念，并得意地冲他挥了挥手中的相机。从早晨直到中午，他就这样被粘着不能挪动身子。说实话，这种感觉并不好受，可他心里并没有嗔怪学生的想法。

这是一个有诺必行的校长，他用言行告诉学生，承诺比金子都重要。没有有诺必行，将在以后的人生中寸步难行，这才是学校最应该教给学生的东西。

充气教堂

拉尔夫是侨居西班牙的英国人。大学毕业后，就职于一家广告策划公司。事业小成的拉尔夫，遇到了罗琳。接触才一个月，罗琳就想和拉尔夫结婚。问了附近的教堂，他们得知近期都被排满了。为了这件事，罗琳和他闹起了别扭，两人的关系慢慢降温，直至走到分手的地步。

失恋的拉尔夫没有怨天尤人，反倒从中看到一个机遇。他遇到的情况，绝不会是个案。肯定有很多想闪婚的年轻人，因为找不到教堂而无法正常结婚，甚至会失去一段美好的姻缘。可是要大张旗鼓地建造几座教堂满足年轻人闪婚的需求，显然又是不现实的事。他想到过几个替代方案：一是用木工板搭建一个简易教堂，不过，风雨会将其严重腐蚀，由此会带来安全隐患；二是搞一个塑料教堂，不过因为质量较大，运输起来不方便。两个方案被否定后，拉尔夫暂时陷入困境。

这天，他用完午餐后在街上闲逛。尽管是出来散心，但满脑子依然是教堂的事。苦思冥想之时，他无意识地、重重地撞上什么东西。抬头一看，原来撞到的是商场门前用于广告宣传的充气圆柱，周围还有一座充气小屋和各种充气卡通动物形象。幸好是撞到这种空心的东西，要不然脑袋还不开了花？庆幸之余，他露出会心的微笑。仔细地看了看那座充气小屋，久久困扰心头的问题终于有了答案。能不能做一座充气的教堂？这样既省钱又实用，可以防风雨，也可以灵活移动，真是“山重水复疑无路，柳暗花明又一村”。

随后，他联系了制作这种充气教堂的厂商，把设计方案告诉对方。好在对方有这方面的经验，充气教堂做起来并不是很费力，两个星期后，一座充气教堂耸立在拉尔夫家后门外的空地上。这座教堂充满气后高3.66米，长、宽各15米，最多可容纳60多位来宾。别看只是充气教堂，它可谓“五脏俱全”，有一般教堂象征的钟楼尖顶、花玻璃窗及管风琴、长木凳、圣坛等，就好像真的置身于那片圣地中。拉尔夫将教堂取名为“真爱教堂”，寓意在里面结婚的年轻人可以获得真爱、收获婚姻的甜蜜。

拉尔夫辞去工作，拿出所有积蓄注册了一家“极限充气”公司。然而拉尔夫在承接第一笔业务时就遇到了麻烦。当时教堂内人头攒动，警察突然闯进来，递上一张高额罚单。原来，有人以侵占公共空间为由报警。拉尔夫支付罚款后，他没有气馁，专门拜访那些有影响力的议员和市政部门管理者。他反复解释这项业务的公益性，并说明婚礼结束后，会及时清理现场。说服这些议员和部门负责人后，一场听证会在几天后如期举行。会上各方意见碰撞，更多人支持拉尔夫的方案，他终于取得开办这项业务的许可。

当然后来也有一些小插曲。有一次，几位女士穿着细高跟鞋，结果充气教堂在活动中出现漏气，幸好被拉尔夫及时发现，才没有酿成事故。为了避免危险，拉尔夫印制了内容详细的注意事项，提醒女士们最好不要穿着细高跟鞋参加婚礼。

充气教堂所需成本较低，很快受到那些急于结婚人士的欢迎。教堂充气需要两小时，只要30分钟就能把空气完全放掉，每次租用费用为1万英镑。经过两年的经营，拉尔夫成功了。他才三十出头，公司的利润发展到上千万美元。媒体问他今后有什么发展规划，他说想把教堂放置在屋顶或水面上，以此满足客户个性化的需求。他希望把充气教堂带到世界各地，让更多的有情人在此成为眷属。

有时一个好的创意，给其他人带来便利的同时，也能为自己带来丰厚的收益，真是“利人亦利己”。

从“懒”中发现商机

冬天到了，人们都愿意猫在家里躲避严寒。特别是周末早晨，上班族们更不愿离开温暖的被窝。“宅生活”虽然美好，可吃饭等基本需求又该如何解决？这不，就有人从中发现了巨大的商机。

他叫徐缓，是电子科技大学信息与软件工程学院一名大三学生。一个很偶然的机会，让他想到这个专门服务于“懒人”的项目。周末的下午，徐缓和几位室友刚参加完期末考试，准备出去放松一下。他们先去了歌城K歌，唱完歌、吃完晚饭后，兄弟几个又去了一家桌球房，在里面鏖战了整整三个小时，直到桌球房打烊，他们这才恋恋不舍地回到宿舍。徐缓和室友们觉得口渴难耐，可是热水瓶里却没有一点开水。这下可让几位老兄犯了难，外面寒风凛冽，而打水的地方，离寝室有很长一段路。谁也不愿意主动下楼去打开水，最后只好采用抓阄的方式决定由谁去打水。那个“倒霉蛋”在出门前，嘴里嘟哝道：“要是以后有人能把热水直接送到寝室就好了。”

说者无心，听者有意。这天晚上，徐缓的脑海里一直回味着室友的那句话。他觉得哥几个的情况，肯定不是个案。寒冬腊月的，同学们都不愿意出门，能不能创新一项服务，专门满足同学们日常的需求呢？他联想到肯德基、必胜客的“宅急送”服务：只要一个电话，半个小时内热气腾腾的美食就能送货上门。能不能搞一款应用程序，把服务扩展到更广阔的领域？

徐缓把自己的想法和几个室友交流了一下，很快得到大家的响应。说干就干，他们分工明确，有的负责查找资料，有的负责编程，还有的负责软件测试。经过一个多月的研发，这款 App（手机软件）完成了最初的项目开发。

软件开发出来后，下一步就是如何向市场推广。徐缓和他的室友特地利用寒假来到北京，注册成立了一家公司。他们还没有市场营销的经验，只好先选择最为原始的方式——在街上散发传单。他们印了将近 2 000 份传单，几个人分头在北京的闹市区、商业街上发放。可是这个办法的效果不明显，普通人看了传单的内容后，似乎并不感兴趣。很多人在他们转身离开后，随手将他们发放的传单丢进垃圾桶。首战失利，他们不得不求助于专业市场调查，结果发现盲目发传单根本没人关注。在专业人士的建议下，他们转向了社区内的电梯广告。考虑到学生们更容易接受新鲜事物，他们又马不停蹄地去了几所高校进行宣传。

在不懈的努力下，他们终于迎来第一位用户。看到 App 图标一闪一闪，徐缓心里涌现出难以形容的激动。三个月后，这款 App 的用户覆盖全国 150 多所高校和上千家便利店，日均有几千笔订单。他们的成就引起了风投公司的关注，获得一笔 500 万元的风险投资基金，更为他们今后做大做强提供了引擎动力。

这款 App 应用操作十分简单：用户通过手机 App 进入网站，选择需要的商品下单。附近便利店的工作人员会从服务器上收到发货通知，然后根据客户需求开始配货，然后在 30 分钟之内，商品就会送货上门。

人性的懒惰中也能发现商机。正是凭借敏锐的洞察力，徐缓挖掘出人生的第一桶金，由此开启不平凡的商业人生。

从毒液中发掘财富

他出生在小山村，以高分考入北京一所高校。原先，他只想着如何顺利完成学业，然后在城里找份稳定的工作。可是经过那次培训，彻底颠覆了他的职业观。

大三下半学期，他参加了学校组织的创业培训。几位事业有成的师兄师姐，讲述他们亲历的创业故事。他们是一群不甘平庸的人，读书时就谋划着创业。课堂上学到的知识，被他们转化为实际成果，还申请了国家专利。精心的准备、敏锐的视角、不懈的努力，这些元素铺就了他们的创业之路。人生原来可以这么出彩，这是他以前没有想过的。这些成功案例深深震撼着他的心灵，让他也有了创业的冲动。

他学的是行政管理，一个“万金油”的专业，不能像师兄师姐那样弄出什么成果。他有些沮丧，好在培训结束时，有一位师兄留下了联系方式。他把苦恼向这位过来人倾吐，对方答应百忙中抽空和他面谈。经过一下午的交流，他终于明白：很多创业者并不是“技术派”，只要善于从生活中发现机遇，每个人都能获取人生的第一桶金。师兄鼓励他去基层，去广大的农村，那里蕴藏着大把的机会，等待着有心人去挖掘。

放暑假时，他踏上了返乡的列车。好多年过去，家乡的变化并不大。这天下午，他走在去邻村的路上，觉得腿上被什么东西蜇了一下。低头一看，左腿上沾了一些黏稠的黄色液体，皮肤出现红肿的症状，还伴有一定的刺痛感。过了一阵子，疼痛感才渐渐消失。

正巧路过张大伯家，他决定进去坐坐。张大伯的女儿为他倒茶时，不小心手一滑，把滚烫的热水泼到他手上。他疼得大叫了一声，右手顿时肿得像馒头，比刚才的情况要严重很多。张大伯连忙赔着不是，从房间里拿出一个咖啡色的小瓶，将瓶内的液体滴到他受伤处。瞬间，有一股清凉的感觉。这液体黏黏的、浅黄色的，和刚才见过的毒液有些相似。他问对中医有些研究的张大伯，这是什么药？张大伯告诉他，在家乡的大山里，有一种非常丑陋但生命力和繁殖力很强的蛤蟆。它们非常凶悍，遇到危险时口中会喷出一种毒液。这种毒液能让大山里的小动物毙命，就是人沾上也会难受一阵子。因此，这种蛤蟆变得骄横无比，整天一副凶巴巴、不可一世的样子。

后来，张大伯无意间发现制服它们的秘密。蛤蟆面对镜子时，立即像一只泄气的皮球，原地纹丝不动。原来，它被自己丑陋不堪的长相吓到了，与此同时，蛤蟆会从体内分泌出液体，这种液体可以明显缓解烫伤造成的红肿。那年冬天，他还把液体涂在皲裂的皮肤上，起到了很好的防冻效果。

他突然眼前一亮，山里藏着这样的宝贝，为什么不好好利用呢？他又和那位师兄取得了联系，对方很快把一笔资金交到他手中。他用这笔启动资金，建起蛤蟆油加工厂，村民们都愿意加入这个项目中。加工厂进一步提炼采集到的原材料，装入瓶中制成药剂。在师兄的帮助下，他逐渐建立了一条覆盖全国的营销渠道。短短几年间，加工厂就创造了几千万的效益，村民们也都在他的带领下摆脱贫困。

“没有人生来就是成功者。你今天是什么人并不重要，重要的是你明天成为什么人。”他动情地对台下的学弟学妹们诉说着。正因为拥有一双善于发现的慧眼，他从蛤蟆毒液中发掘出了财富，由此开启了一段不同凡响的人生之旅。

等着吧，总有水落石出的那天

被别人冤枉时，辩解、反驳会成为一种条件反射。很多情况下，主动出击无助于扭转局势，反倒是沉默与豁达会让沸沸扬扬的谣言不攻自破。

有一个很普通的小镇，地图上找不到它的位置。它与外面的世界隔绝，好似桃花源“不知有汉，无论魏晋”。那里民风一向淳朴，很少有鸡鸣狗盗、劫掠奸淫之事，人们在平静中生老病死。不过，这样静如止水的状态，很快被一件事打破了。

镇上的一户人家有个女儿，虽谈不上闭月羞花之色、沉鱼落雁之貌，却也好似出水芙蓉，不曾沾染什么尘埃。孰料，就是这个待字闺中、二八芳龄的少女，却意外有了身孕。在传统观念极重的地方，未婚先孕岂是小事？父母气急败坏，问少女，肚子里的孩子是谁的种？少女不肯说出情郎的名字，害怕父母做出对他不利的事。父母哪容得这家门不幸，将少女关在一间黑屋子内。最终，少女说孩子的父亲是附近庙里的一位高僧。

众人大惊，那位高僧德高望重、道行高深，怎么会行这苟且下流之事？哎，有道是“画龙画虎难画骨，知人知面不知心”，道貌岸然的背后，竟是如此的嘴脸。

女孩的家人气势汹汹地杀奔寺庙。不顾小和尚劝阻，径直来到高僧的禅房。此时，高僧正在打坐参禅，微闭着双眼，进入禅定的精神世界。喧嚣声越来越响，他才从禅境中暂时走出来。

还没等高僧开口，众人就开始口诛笔伐，言辞之难听令人不能容忍。

不过，高僧依然静静地听着，好像他真是罪魁祸首。

待女孩生产后，她的家人将襁褓中的婴儿，搁在高僧面前。众人问高僧，这孩子怎么处理？

高僧只是说了句：“原来是这样啊！我来承担这一切。”说着，他将孩子小心翼翼地抱过来。孩子正在熟睡，样子看上去很可爱。女孩的家人离开后，照顾孩子的重担完全落到高僧身上。庙里生活清苦，和尚们只能粗茶淡饭。为此，高僧每天抱着孩子挨家挨户讨奶喝。镇上的人知道这孩子背后的身世，对高僧指指点点，甚至恶言相向。他淡然地面对这一切莫须有的骂名，只要孩子能吃饱，他无所谓。

时间终会告诉人们真相。三年后，少女忍受不住良心的谴责，在一个夜晚对父母说出孩子的亲生父亲。“我们错怪了人家！”少女的家人羞愧万分。他们又一次找到高僧，说出了内心的愧疚。三年不见，高僧的模样似乎憔悴了，而孩子却白白胖胖。和上一次一样，高僧依旧面无表情，只是说了一句：“原来是这样啊！”他将三岁的孩子还给少女，没有丝毫的怨言。

小镇上的人开始为高僧鸣不平，问他被冤枉时，为什么不进行辩解？高僧解释道：“出家人早已参透生死，视功名利禄为身外之物。名声对我来说，并不是很重要，我为什么要执着于其间呢？我之所以这么做，就是希望解少女之困，拯救一个无辜的小生命。佛家有云，救人一命胜造七级浮屠，拯救两个人的性命，真是一桩大善事。我为什么要推辞呢？”

我敬佩高僧豁达的胸襟。长时间的静修，让他早已看淡被异化的名利。他就是一位精神上的能者，有一颗宽容、博爱的内心，让他忍下常人难以忍下的奇耻大辱，并用实际行动履行本不属于他的职责和义务。

除此之外，还从中悟出一番事理：被误解时，总想着去辩白，但往往收效甚微。因为他人不愿意听，他们早已在头脑中形成固化思维。正是这种刻板思维，谣言就会深入他们的骨髓，让他们对辩白产生很强的免疫力。如果别人能理解你，他们会从一开始就相信你，而不是听你一次辩白而相信。与其试图扭转别人的看法，不如默默承受，留给别人更多的思考时间。省下辩解的工夫，我们可以去实现更多的人生价值，这远比浪费在口舌上要强很多倍。

再次面对冤枉的时候，我不会正面回击，而是用以柔克刚的方式，让时间来说明一切。等着吧，总有水落石出的那一天。这是一种人生智慧，更是一种人生境界。

对人生亮出“V”字手势

戴维·艾伦·韦尔什出生在美国艾奥瓦州，从部队退伍后，到一家化工厂当工人。要是没有那场飞来横祸，或许他的人生就将在平淡中度过。

2011 年冬天，韦尔什在车间内上夜班。因为工友家中有事，他已经连续工作了十多个小时。他的身体处在极度疲劳中，眼皮子也快睁不开。就在此时，机器运转出现异常情况，紧接着闻到一股刺鼻性气味。没多久，右侧一台机器的电线出现火花。看来是电线短路起火，这是不能用水去扑灭的。他赶忙去关闭总电源，却不慎碰到带电的机器表面。一股巨大的电流从身体穿过，后面的事情他就不知道了。

再次恢复知觉，他嗅到一股消毒水的味道。眼前，是一片漆黑。听家人讲，因为接触到大量有毒性气体，他的眼睛暂时失明。

这段时间，是他人生中最灰暗的日子。极度绝望中，他听到一段段美妙的钢琴曲，曲调悠扬婉转，带着少女的妩媚。少年时，也经常浸润在动听的旋律中。邻家的小女孩，弹得一手好琴。一串串清脆的音符，顺着墙壁缝隙流淌到家中。后来女孩搬走了，优美的曲调却保存在记忆中。他越听越入迷，暂时忘却了失明的痛苦。

两个多月后，他眼前开始出现光亮。重见光明是值得庆幸的，另一个坏消息却接踵而至。他的双手，只剩下食指和中指，他这才知道，那些手指是被流水线上的机器“吃掉”的。这次，他没有失明时那么悲观。重新看到这个世界，他已经很满足。他希望找到琴声的来源，却一无所获。难道是幻听？琴声那么真切，好像真有人在演奏。

回到家中，琴声又翩然而至。他听着听着产生一个想法：我能否弹奏出这么美妙的乐曲？他没有音乐基础，手指又有残缺，还能弹好吗？没钱买价格不菲的钢琴，上哪里去练琴呢？他的情绪又一次陷入低谷。睡梦中，有一个穿着粉色衣服的小女孩，全情投入地弹着一架三角钢琴……

第二天早上，他在大街上闲逛散心。过了几条街区，他发现一家名为“二手方案”的旧货商店，里面摆着几架待售的旧钢琴。进店后，店员问他想买什么东西。他笑而不语，缓缓走向钢琴。他不知道该按哪个键，面前也没有乐谱，只是心中的旋律，让音乐自然地从指间流淌出来。他的那双手，引来店员和其他人关注的目光。因为从来没学过钢琴，曲调并不好听。一曲终了，周围却响起一阵掌声，算是对他的鼓励。

这时，旧货店老板走过来，拍拍他肩膀问道：“是否想学钢琴呢？”原来，老板的女儿就是一位钢琴老师。从那以后，他定期来店里学琴。

在旧货店老板女儿的点拨下，他的琴艺提高很快，驻足聆听的人们常常被琴声打动。有一次，一名古典音乐爱好者对韦尔什说：“听到你弹琴，我惊讶得呛了咖啡，咖啡从鼻子里冒出来。看到你的手指在琴键上跳动，我感觉有眼泪流了出来。琴声如同这栋建筑里圣洁的精灵，这种愉悦超越所有认知，相信屋子里的许多人有这样的体验。”

2014年春天，在很多人的鼓励下，他报名参加了美国达人秀。刚登上舞台，他就冲台下的观众做了一个“V”字手势。人们屏住呼吸，静静等待他的表演。随着第一个音符响起，随后便“一发不可收拾”。他的手指在琴键上灵活地舞动，时而壮烈雄壮，时而委婉低沉。演奏完毕，他站起来，深深地鞠了一躬。就这样，他一路过关斩将闯入决赛，最终获得美国达人秀的亚军。他的脸上绽放出灿烂的笑容，更具标志性的，是他用仅有的食指和中指亮出的“V”字手势。

面对媒体的采访，韦尔什动情地说：“有那么多人在我最需要帮助时伸出援手，才让我乐观地面对人生。以后，我将把快乐的音符带给更多人。”

韦尔什的生活不会再有寒冬和黑暗，因为在好心人的关爱下，他已经对人生亮出“V”字手势。在爱的暖流滋润下，人世间处处会盛开美丽的鲜花。

借一笔不能花的钱

2013 年 6 月，杰克因为工作业绩不佳被解雇。半年内，他没有再去工作。大手大脚的消费习惯让他不得不透支信用卡，并且出现了延迟还款的现象。因此，他留下了信用污点，在租房和买车借贷时遇到了很大的麻烦。

因为经济状况的恶化，女友和他走到分手的边缘。一个冬日的下午，他沮丧地在街上闲逛时，看到一家社区发展机构在散发宣传的小册子。他接过小册子，上面详细介绍一项即将推出的帮扶计划。粗略浏览整个计划的内容，他觉得正中下怀，于是在工作人员的指导下，认真填写并递交了帮扶计划申请书。

从 2014 年年初，他正式成为帮扶计划的受助对象。按照方案规定，他可以借 300 美元，然后每次偿还 25 美元。与此相对应，就有 25 美元打进他的封冻储蓄账号中。因为拿不到钱，而且还在欠债，杰克去找工作的意愿越来越强烈。经过半个多月的奔波，他终于找到一份办公室文员的工作。随着帮扶计划的实行，到了 2014 年年底，加上之前的 300 美元，杰克的账户上有了 600 美元。他获得按时还款积累的信用积分——接近 689，这也是美国平均水平。有了好的信用记录，他就可以申请信用卡、买车买房。不仅如此，杰克还因为努力工作得到升职，月收入增加 50%。他租了一套五室三厅的住房，并买了一辆不错的车，并和心爱的女友登记结婚。

“我要感谢这个接待方案，没有它，或许我还吊儿郎当地活着，哪有现在的幸福生活。”面对媒体的采访，杰克动情地说出这句话。

推出这项帮扶计划的，是这家名为 Local Initiatives Support Corporation（本地创业公司帮扶机构）的社区发展机构。以往，他们只是把钱直接送到弱势群体手中，但实际效果并不好。经过多年的社会调查，他们发现建立较好的信用记录对帮助弱者更有作用。在美国，信用记录是一个人在社会上安身立命的基础，甚至比银行存款、职场地位更为重要。如果信用记录上有污点，那么将在社会上寸步难行。同样 1 万美元贷款，良好信用者要付 1 300 美元利息，而不良记录者要付 7 600 美元利息。

而要建立好的信用记录，首先就是要按时还款。社区发展机构负责人的脑海中勾勒出一个方案：能否建立一个虚拟贷款项目？名义上是把钱借给穷困者，实际上他们一分钱也拿不到，这样他们就不会去花天酒地。贷款由公益机构保管，如期将钱还入银行账户中。社区发展机构很快做了一套详尽的方案，没想到却遭到一些人反对。

银行方面倒没有什么意见，反正把钱借给谁都是借，更何况是信誉良好的社会公益机构。问题出在某些议员身上，他们认为既然把钱借给受助者，就应该让受助者拿到现金，强行把钱扣留在机构手中，实际上剥夺了弱势群体的自由支配权。由于争论不休，不得不召开多场市民听证会，各阶层代表就方案的合理性进行激辩。议会对这个方案进行表决，最终以微弱的优势通过。

从行为经济学角度来看，一个月存 100 美元很容易被消费掉，但欠人 100 美元却能提供强大动力去赚钱。因此，很多人都改掉了身上的陋习。这项方案实施一年来，已经帮助五百多人实现了自食其力。受助者甩掉了那顶不良信用记录的“破帽子”，生活步入良性循环轨道。

谈到 2015 年的计划，机构负责人汤姆斯说：“今年，这项计划只是在佛罗里达等几个州内试行，现在看起来效果还不错。明年，我们将扩大试点的范围，并将增加帮扶的名额，以帮助更多人获得他们想要的生活。”

借一笔不能花的钱，这是用更有效的方式帮助弱势群体摆脱困境。只有让受助者自食其力，他们才能迎来崭新的人生。

巨贪和珅也曾是“反腐英雄”

李侍尧是乾隆时期的一位重臣，曾深得皇帝的宠信。但是他过于贪婪，在云南作威作福、横行无忌，乾隆帝忍无可忍，准备拿他开刀。负责查办这起贪腐案的，就是后来权倾朝野、被称为巨贪之首的和珅。

乾隆四十五年，和珅到达云南后，采用避实就虚的方式。他向李侍尧宣读圣旨，将其暂且革职，然后竟不过问此案，整日在外面游山玩水。随行的官员很疑惑，这位钦差大臣怎么会这样？难道他准备和李侍尧沆瀣一气、同流合污吗？其实手下人哪里明白和珅此举的用心。李侍尧在云南经营多年，盘根错节、耳目众多，要找到贪赃枉法的证据，可不是一件容易的事。为了不打草惊蛇，和珅只能先装出一副漫不经心的样子，以此麻痹李侍尧。就在外出过程中，和珅一直在暗地里打探李侍尧为官的情况。

这一招果然有效，短短数日内他就收集到很多证据。为了尽快破案，和珅选择李侍尧的家仆作为突破口。赵一恒是李侍尧家的大管家，李府的每一笔进出账目都是出自他手。如果他能如实交代，整个案件的查访就能少走很多弯路。经过一番审讯，赵一恒终于开口说话，交代了李侍尧以下罪状：借办贡品和派人回京城修房屋之名，向下属勒索银两；将珍珠卖给下属，收取银两后，又索回珍珠等，勒索下属白银共计上百万两。随后，他又招来云南李侍尧属下的官员，当着他们面宣读赵一恒的供述。那些原来忠于李侍尧的下属，惊颤地听完这份口供，冷汗从额头上渗出。他们丧失了顽抗到底的念头，反过来指控李侍尧的种种罪行。就连那些曾向李侍尧行贿的官员，也声明是因为李侍尧的淫威被迫行贿的。

有了这些证据，和珅才提审主犯李侍尧。李侍尧到堂后，还摆出有恃无恐的模样，大声地喊着冤枉，还当堂与和珅强词争辩，说有人在背地里栽赃陷害他。和珅不慌不忙，命人将赵一恒带上公堂，让其当面与李侍尧对质。和珅开始讯问，赵一恒机械地回答着。家仆的话，将李侍尧贪污腐败、聚敛钱财的嘴脸暴露无遗。刚才那个强词夺理、刚愎自用的李侍尧，也找不到言辞进行反驳。讯问完毕，李侍尧的头重重地耷拉下来，一屁股瘫坐在地上。他仰天长叹，对所有的罪状供认不讳。一位不可一世的封疆大吏，就这样败在一位当时还名不见经传的青年官员手上。

李侍尧由和珅押解进京，接受进一步审讯。李侍尧在云南的住所被查抄，计金银、珠宝、洋货、名画共 901 项，也一并由和珅带回京城。乾隆感念李侍尧曾屡立战功，又颇有才干，最终判李侍尧“斩监候”，将他囚禁在刑部大牢之中，抄没了全部家产。那些曾主动或被迫送银子的下属也一并革职。审问定罪后，这些人均被送新疆伊犁充当苦役。

通过这次反腐行动，和珅向乾隆展示了自己的办事才干，更得乾隆帝赏识、宠信。就在回京路上，和珅被提拔为户部尚书、议政大臣。和珅完成使命后向皇上汇报情况，涉及云南食盐管理、钱币制度、边境事务，说得头头是道。乾隆帝当场授予和珅御前大臣，兼都统，赐婚其子丰绅殷德为和孝公主额驸，等结婚年龄一到，即举行婚礼。

可是，和珅最终也没能避免李侍尧的命运，一步步滑入贪腐的泥潭和深渊。就在该案审结后，李侍尧和他党羽的一大份财产被和珅私吞，再加上乾隆的赏赐，和珅首次初尝掌握大权大财的滋味。长子丰绅殷德和乾隆女儿完婚时，百官更是争相巴结。和珅起初不受贿赂，但日子一长，和珅开始贪污、结党，形成一股大势力。那个原先一心为朝廷办事的年轻官吏，就在金银珠宝、花天酒地中腐化变质，开始走上为攫取巨额财富而不择手段的不归路。

巨贪和珅也曾反腐，多么具有讽刺性的一段史实。从这个故事中，充分说明人是会变化的。究其根本原因，显然在于制度。一项坏的制度，会把好人变成坏人；而一项好的制度，也会把坏人变成好人。只有把权力关进制度的笼子，才能有效地防止腐败的发生。

命运随时可以转弯

他的父亲是一个木匠。从小他就黏在父亲身边，丢弃的木料也能变废为宝。即使读大学和工作后，他这个兴趣爱好也没有荒废。

哈佛大学毕业后，他去了华尔街一家大型金融机构，成为令人艳羡的高级白领，过上中产阶级的生活。不久，他和一个美丽的姑娘坠入爱河，如胶似漆、幸福甜蜜。

可这一切美好的景象，并没有维持多久。次贷危机像多米诺骨牌一样爆发，接踵而至的金融危机山呼海啸般来袭。像雷曼兄弟这样拥有百年历史的企业，也在转瞬之间“丢盔卸甲”。在这场金融界的“大地震”中，他也未能幸免。很多像他这样的高级白领，早上还在为客户的资金殚精竭虑，下午却被人力资源部的一封邮件告知已被裁员。他一时难以接受，晕倒在不断闪烁的电脑屏幕旁……

醒来的时候，他躺在医院的病床上，身边坐着他的女友。他向女友保证，一定会在短时间内找到工作，不会让此前舒适安逸的生活受到影响。

出院后，他不停地奔走在各大招聘会现场。惨淡的市场背景下，减员增效成为大多数企业的首选，哪还会考虑招聘新员工？他整整转悠了几个月，依旧处在失业状态中。女友开始对他冷淡，两人约会见面的次数和频率越来越少。终于有一天，他接到女友分手的电话。精神上再次受到打击，他一连好多天把自己反锁在房间中。他的生活天空中，瞬间被无边无际的阴云所笼罩。

过了一个多月，他才从失恋的阴影中走出来。就在这时，一个小兄弟向他求助。原来小兄弟的女朋友生日快到了，可是小兄弟根本拿不出钱买像样的礼物。随便送点小东西，肯定会让女朋友不高兴。对方想让他想想办法，既不花太多的钱，也能让“寿星”称心满意。

他苦思冥想了很久，觉得最能讨女孩欢心的礼物，无疑就是戒指。他看了看屋子四周，除了杂乱无章的生活用品外，桌上还有一些用剩的彩色铅笔头。他心头一亮：好吧，那就地取材，用这些铅笔头做一个戒指。他沉思片刻之后开始动手，将精心配色的铅笔芯小心地用胶水粘在一起，然后进行简单的造型打磨，最终彩色笔芯恰到好处地露出来，不一会儿，一个漂亮的彩色戒指就呈现在眼前。

小兄弟女朋友过生日的那天，见到这样一件礼物，竟然感动得哭了。这件礼物的价值可能只有一美元，却能让拥有它的人为之激动。随后几个异性朋友过生日，他也送上这份礼物，同样得到很好的反响。他从中嗅到商机，既然这款戒指这么受人欢迎，何不批量生产自己创业呢？

他和铅笔厂签订供货协议，以低廉的价格购进大量的彩色铅笔。他还购置了钻床和抛光机，这样制作出的戒指表面更为光滑，色泽更为光彩夺目。产品一经问世，很受年轻女性和孩子们的喜爱。大量的订单从四面八方向他涌来，为他带来丰厚的收益。此后，他还向专利局注册了商标和专利。又过了一年，他还创建了专门的工作室，招收了几名年轻的学徒帮他一同制作。就这样，他的生活发生彻底的改观，铅笔戒指每年为他带来几十万甚至上百万美元的收入。就在这时，他又遇到一位美丽聪慧、善解人意的女孩……

他叫彼得·布朗，或许他的成就无法和巴菲特、比尔·盖茨等顶级富豪相比，不过同样让人心潮澎湃。命运随时可以转弯，不要丧失改变命运的信心。

在“岔路”上找回自信

2008年高考，他以660多分、青海省理科第五名的成绩，被北京大学生命科学学院录取。

入学前，他觉得生命科学是交叉学科，未来的职业前景一定不错。可是，一切似乎朝着他设想之外的方向运行。专业课枯燥乏味，让他感到很不适应。他不想成为只会搞理论的学究，这不是他想要的生活。

他想换个专业，由于绩点不够只能作罢。于是，他开始放纵自己，在网络游戏中醉生梦死，通宵“练级”“做任务”。后来他生了一场大病，不得不暂时休学回家静养。身体稍微好一点，他又决定利用这段空闲时间到社会上“闯荡”一下。他当过电话接线员、做过流水线工人，因为没有一技之长，又不擅长交际，只能干这些没有技术含量的工作。休学期满，他辞去工作，再次回到宁静的校园，希望重新找回自信。

可是，现实再次泼了他一盆冷水，他对未来越来越迷茫。就在此时，朋友邀请他参观其就读的北京工业技师学院。课堂上，学习内容不只是枯燥的理论，还有来自生产第一线的老师傅，手把手地传授积累了几十年的经验。他被眼前的景象深深吸引，一个念头在心里萌发：从北京大学退学，到这所技师学院继续学业。

“什么？你要从北京大学退学，去一个从来没听到的学校，你是不是疯了？”很多人对他的想法表示难以置信。父亲在电话里和他吵了好几架，气得撂下几句话：“技校是什么地方？那是读书不好的人去的地儿。你这个高才生去那里读书，不是大材小用吗？如果不听我的话，以后有你后悔的。”

他不会改变自己的想法，他决定先说服母亲。听到儿子的决定，母亲也很震惊。不过想到儿子在北京大学读书的痛苦经历，做母亲的心还是软了下来：与其让孩子一天到晚生活在苦恼中，还不如顺着他的兴趣尝试新的道路。终于，在母亲的劝说下，父亲同意了他的决定。

2011 年冬天，他来到北京工业技师学院求学。考虑到他有一定的操作基础，学校让他直接进入技师班学习，并给他配了最好的班主任。他终于有机会近距离接触到十几台从瑞士进口的数控机器。为了赶上大家的进度，他学得格外认真：总是第一个来到实验室，一待就是好几个小时，常常连饭也忘了吃，直到实验室管理员在一旁催促，他才恋恋不舍地离开。

他的努力没有白费，凭借自己积累的经验基础和北京工业技师学院的技术学习，他成为学院最优秀的学生之一。2014 年 11 月，第六届全国数控技能大赛决赛开幕式在北京工业技师学院举行。会场上，他代表参赛选手进行宣誓。比赛中，他的一招一式都显得那么娴熟，最终夺得数控技能大赛第一名。好多企业向这位行业技能高手伸出橄榄枝，他用成绩证明曾说过的话：“如果一辈子都做自己不喜欢的事，你的一生就毁了。”

他叫周浩，是一名从北京大学退学的技校在读生。面对媒体采访，他自信地说：“我所学的技术在生活中起着很大的作用，我不会后悔自己的选择。三百六十行，行行出状元，每个人只要在适合自己、自己感兴趣的岗位上工作，都会很强大！”

正如乔布斯所说：“你必须要找到你所爱的东西。”在别人认为的“岔路”上，周浩找回了自信，找到了他所热爱的事业，由此成就了精彩人生。

中国梦，已经起航

“中国梦”的提出，为未来中国的发展描绘了宏伟的蓝图。“中国梦”——这个长期萦绕在国人心头的梦想，终于开启波澜壮阔的航程。无论对于我们整个国家、社会，还是对于每一个活生生的个体，这都是值得我们兴奋和永久铭记的一件大事。

“中国梦”这一概念的提出，有着深刻的历史背景。近代以来，中华民族曾经饱受列强的欺凌，山河破碎、民生凋敝，但“中国梦”在无数矢志于民族复兴的仁人志士心中从未泯灭。“中国梦”是中华民族自强不息的不竭动力，牵引着中国砥砺前行的脚步。五四运动以来，汇聚了中华民族先进分子的中国共产党，率先破解“中国梦”的密码，找到实现“中国梦”的路径，波澜壮阔的铸梦世纪工程大幕开启，中国特色社会主义事业继续推进，“中国梦”的动力之源全面激活，“风景这边独好”的“中国故事”精彩呈现，中国人民从未像今天这样离伟大的“中国梦”如此之近。

习近平总书记为“中国梦”下了一个明确的定义，即实现中华民族的伟大复兴，他满怀信心地表示这个梦想“一定能实现”。因此，“中国梦”的实现，首先必然是国家的层面。而国家层面“中国梦”的实现，首要体现在综合国力进一步提升，即经济持续健康发展，国内生产总值和城乡居民人均收入比2010年翻一番，科技进步对经济增长的贡献率大幅上升，进入创新型国家行列，人民民主不断扩大，文化软实力显著增强。这一数字，为我们展现了一幅国家层面上“中国梦”的画卷。

除了国家层面，“中国梦”还真实地体现在每一个单独的个体中。《共产党宣言》指出，共产党人的最终目标是建立“每个人的自由发展是一切人的自由发展的条件”的“联合体”。国家富强、民主、文明的最终目的，就是让个人过上幸福的生活，让每一个个体都有人生出彩的机会。“中国梦”的实现，需要依靠广大的人民群众；而如何调动人民群众实现“中国梦”伟大理想的积极性，还需要让发展成果惠及普通民众，把实现人的自由全面发展作为终极价值追求，由此极大提升“中国梦”的吸引力、凝聚力和感召力。

“中国梦”不是虚无缥缈的宏大叙事，或许只是更好的教育、更稳定的工作、更满意的收入、更可靠的社会保障、更高水平的医疗卫生服务、更舒适的居住条件、更优美的环境等具体而实际的目标。不应鄙夷这些看似微不足道的目标，因为聚沙成塔，个人小目标的实现是这个国家大目标实现的基础。要积极促进社会中的阶层流动，让有梦想、有才华的人脱颖而出，让他们拥有展示自身能力的舞台。经济方面，人民渴望更加富裕的生活；政治方面，人民渴求有更多话语权，希望社会走上民主法治之路；文化方面，人民更多的精神文化需求等待着国家社会的满足；社会方面，人民梦想拥有更多的保障，以此达到老有所养、病有所医的境界。

因此，“中国梦”的实现，必然是个体层面与国家层面的统一，两者在根本上不存在矛盾。虽然我们的社会日新月异，利益诉求、价值取向正在趋向多元化，但是价值追求的“多”并非与“一”截然对立，“多”的存在往往推动着人们对“一”的意义做出更深的理解，也为“一”的实现注入更多的活力。“中国梦”把每个人的前途命运与国家、民族的前途命运紧密联系起来，因此实现“中国梦”必须凝聚全中国人民的力量。只要我们紧密团结，万众一心，为实现共同梦想而奋斗，实现梦想的力量就无比强大，我们每个人为实现自己梦想的努力就拥有广阔的空间。有梦想，有机会，有奋斗，一切美好的东西都能够创造出来。心往一处想，劲儿往一处使，用13亿人的智慧和力量汇聚起不可战胜的磅礴力量。

没有梦想的民族是可悲的，对美好梦想没有坚定不移、矢志不渝追求的民族同样没有前途。实现中国梦必须弘扬以爱国主义为核心的民族精神，以改革创新为核心的时代精神。爱国主义始终是把中华民族团结在一起的精神力量，改革创新始终是鞭策我们在改革开放中与时俱进的精神力量。

当然，在推进民族复兴的新征程中，机遇与挑战必将并存，尤其是我们可能将面对多种长期的、复杂的、严峻的考验。面对各种风险挑战时，我们唯有不断增强道路自信、理论自信、制度自信，进一步培育攻坚克难的顽强斗志，不断开拓进取，才能迎来中华民族伟大复兴更加光辉灿烂的前景。

“中国梦”如同一艘巨大的航船，正在党中央的引领下乘风远航。“长风破浪会有时，直挂云帆济沧海。”我们相信，承载亿万人民的梦想和重托，“中国梦”的伟大构想必将在不远的将来化为美好的现实，而神州大地上每一个中国人，必将是这个梦想的见证者和受益者。

中国梦，已经启航……

朱元璋开创“四菜一汤”公务餐

出身贫寒，当过和尚和乞丐，多年的腥风血雨，让朱元璋饱尝人世间的各种艰辛。目睹了元末官场黑暗的朱元璋，对奢靡腐败之风深恶痛绝。一统天下后，他便积极倡导节俭勤政之风。

正所谓：“上有所好，下必甚焉。”为了给臣子们树立榜样，他从自己做起，从一点一滴处力倡节约。按照古代礼法，皇帝乘坐的车辇都用黄金打造，可是朱元璋却执意用黄铜来装饰。他的日常生活极为简朴，一日三餐恐怕和寻常百姓差不多：一碗玉米粥，几个窝窝头或米饭，再加上一碟大蒜，两盘青菜而已。山珍海味、珍禽猛兽，这些几乎在朱元璋的餐桌上见不到踪影。在中国历代皇帝中，这一点是绝无仅有的。

可是，官员们的行为却一再让朱元璋失望。此时，全国有多处爆发自然灾害，粮食歉收，百姓挣扎在生与死之间。可是官吏们却过着花天酒地的生活，不管黎民的死活。为此，民间多有怨言。朱元璋觉得有必要采取措施，扭转这股不良风气，以此平息民怨。因为对马皇后非常敬重，他专门找这位贤后请教对策。

马皇后也在为此事发愁，她想了很长时间才说：“下月初八是本宫的生日，文武百官一定会来宫中贺寿。何不趁此机会，在宴席上只放一些粗茶淡饭，以此警示众臣？”朱元璋一听，觉得此言甚妙。

一般情况下，皇帝和皇后的寿诞日，宫中都会张灯结彩，彰显出喜庆的气氛。可是这次皇后的生日，皇宫内既无大红的宫灯高悬，也没有悠扬的礼乐高奏。来贺寿的百官面面相觑，不知道皇上这次葫芦里卖的是什么药。时近正午，文武百官全部落座后，朱元璋宣布寿宴正式开始。宫女们端上来的不是鸡鸭鱼肉、鹿脯熊掌，而是炒萝卜、炒韭菜、炒青菜和葱花豆腐汤等老百姓经常食用的菜品。百官更加大惑不解：皇后的寿宴哪能这么简单、清淡，会不会是后厨上错菜了？

望着满脸疑惑的官员们，朱元璋指了指桌上的“四菜一汤”说：“萝卜上了街，药店无买卖。萝卜，乃百味药也，这白萝卜更是上品，所以上了一盘炒萝卜。韭菜青又青，长治久（韭），民心有，所以上了一盘炒韭菜！两碗青菜一样香，两袖清风好丞相，所以上了两盘炒青菜。小葱豆腐青又白，公正廉洁如日月，所以上了道葱花豆腐汤。”众臣听出了朱元璋的言外之意，眼神中带着一丝惊惧。最后，朱元璋站起来厉声喝道：“今日皇后寿筵之规格，为本朝励勤励俭之始，今后众卿往来之餐饮，至多为‘四菜一汤’。如若违反这项规定，定当严惩不贷！”百官听罢，无不诚惶诚恐，跪在地上连连称是。

推出“四菜一汤”后，朱元璋派出多位钦差到各地明察暗访，发现有“超标”之举立刻禀报，一经查实就予以严办。可是，他依旧不放心下面的执行情况。有一次，有钦差禀报说，有吏部官员正在秦淮河畔的一家豪华酒楼吃酒席，虽然表面上看是“四菜一汤”，但实际上却极尽奢华，山珍海味无所不包。

这次，朱元璋决定微服私访。他换上便衣，只带几个贴身的大内侍卫，来到那家酒楼，只见几位官员觥筹交错。朱元璋在一旁仔细地观察着，桌子上虽为四个盘子和一个碗，可是每个盘子里却装着五个小盘子。名义上为“四菜一汤”，实际上却是二十道菜。无名之火顿时从心头升起，他快步冲到餐桌前，将餐桌整个掀翻了。几个官员的兴致正浓，突然被这个不速之客搅了局。正想发作，却看到搅局者竟是当今圣上，吓得跪倒在地上，请求朱元璋宽恕他们的这次违纪。朱元璋满脸愠色地说：“你们真会投机取巧，采用这种方式蒙混过关，继续奢靡享受。如此胆大妄为，朕绝不宽恕你们。”回宫后，这几位官员全部被革职查办。这一事件还牵扯出很多其他官吏的贪腐行为，很多人被抄没家产、发配边疆地区充当苦力。就连这家酒楼的老板，也因为连带责任而被重罚。经过这一典型案例后，官员们不敢再违逆圣意，官场之风顿时大为好转。

“其身正，不令而行。其身不正，虽令不从。”任何一项政策，只要最高领导者从自身做起，花大力气贯彻，就能收到意料之中的良好效果。

邻居家的图书室

邻居老张家的图书室，早已成为孩子们看书学习的乐园。原本孤单寂寞的生活，因为孩子们的到来而变得丰富与充实。

退休前，老张是一名中学语文教师。一辈子教书育人、诲人不倦，他桃李满天下。除了繁忙的教学任务之外，老张最大的爱好就是买书、看书、藏书。书籍是他生活的核心，他可以一天不吃东西，但是一天不看书却让他浑身不自在。每次路过他的家门，总是看到他手捧卷册津津有味地读着。

老张的老伴，在五年前过世。他的儿子和女儿取得博士学位后都移民国外。老张只能独守空房，一个人过着比较简单、清苦的日子。虽然有书籍的相伴，但他总是觉得缺少些什么。郁结的情绪积压在他的心头，久久地让他愁眉不展。

不过，一条新闻却彻底改变了他的生活轨迹。新闻报道中说，随着晚托班的取消，孩子们早在下午三四点就放学，此后何去何从成为家长们比较头疼的问题。报名参加社会培训，水涨船高的学费让一些生活本就不宽裕的工薪阶层捉襟见肘。任由孩子在外面“散养”，又担心遇到什么坏人或沾染上不良的习气。

老张的眼前一亮，家里的几千册藏书，自己一个人根本看不过来。何不邀请小区内的小朋友来看书？一者可以让他们放学后有一个正当的去处，解决双职工家庭的后顾之忧；二者可以增加这些孩子的知识面，帮助他们树立远大的理想；三者孩子们的阳光灿烂和活泼天性，可以让自己的晚年生活多一抹色彩。想到家里的地方不大，如果让所有的孩子都来肯定不行，他就把范围圈定在小区内困难家庭的孩子。

他把这个想法和居委会一说，立刻得到居委会干部的支持。在几位工作人员的协助下，老张将家里适合少年儿童阅读的书籍整理出来，并且做了一定的分类。他还添置了几张桌椅，一间面积不算大的家庭图书室就此开门迎客。

十几个孩子，得以走进这间图书室。面对琳琅满目的图书，他们的小眼睛里闪现出对于知识的渴望。他们的家长在外面干着辛苦的体力活，为了家庭和孩子健康成长而累死累活。这些孩子的起点就比其他孩子要低，一定要让他们在阅读中树立对于生活、对于改变自身和家庭命运的信心。除了提供场地，老张还会向孩子们推荐书籍，并帮他们解答阅读中遇到的问题。孩子们的认真劲，让老张觉得自己的付出很值得。他还会给他们讲一些励志故事，鼓励他们认真学习，将来做一个对社会有用的人。一颗善意的种子，就这样在孩子们的心中悄悄播下。

老张的图书室开了几年，有些孩子在他的帮助下考上重点高中。孩子们用一颗感恩的心，向老张的无私付出表示感谢。老张乐呵呵地对孩子说，成绩就是对我最好的报答。

每次路过老张家，我都会看到一群孩子的旁边坐着一位慈祥的老人。他或许早已将这些孩子视作亲生，用真诚的心呵护这些幼苗茁壮成长。图书室播撒着爱的阳光，温暖着每一个孩子的心。

忙碌中的快乐

有时候，忙碌也是一种快乐，隔壁张老伯就是最好的佐证。充实的生活让他收获了健康，也让他找到了自身的价值。

因为疏于运动，我的身体明显发福，稍微走上两步就会气喘吁吁。我不愿意步那些过劳死白领的后尘，于是在周末的早晨，我没有像以往那样赖在温暖的被窝中。走出家门，我来到离家最近的公园，发现早有很多老人在那里晨练。人群中，我看到一个熟悉的身影，原来是隔壁的张老伯。只见他身穿一件白色的太极拳服，手中攥着一把太极剑，正行云流水地舞动着。速度虽然不快，但是一招一式中还是可以看出他的功力。我就在一旁看着他练习，时不时地还装模作样地比画一番。一整套的套路练习完毕，张老伯擦了擦额头上微微渗出的汗珠。这时，他发现一旁正在模仿他的我，乐呵呵地把我叫过去。他问我是不是也愿意学太极拳和太极剑，我当然拍手欢迎。他很爽快地答应了我，愿意收我为徒。

他顾不上已经练习一个多小时的疲劳，开始手把手地教我动作。他讲得很耐心，每个动作的要点都被他阐述得十分透彻。无奈我的协调性实在太差，总是顾了手上的动作忘记了脚上的动作。还没有练习半个小时，我的体能就开始明显下降。我一脸无奈地看着张老伯，他却没有丝毫的埋怨，只是说我年纪还轻，要加强身体锻炼，否则以后岁数大了就麻烦了。

此后的每个周末，我都会和张老伯学习太极拳。体重呈现缓慢下降的趋势，身体的机能也得到恢复。练习中，我和张老伯聊到他的生活作息，才知道他每天的生活都被排得满满的。除了遇到恶劣的天气，每天的一清早，他都会到公园里锻炼身体。一周还会有几个下午，他去离家不远的社区文化活动中心，参加那里针对老年人举办的各类活动。他参加了街道合唱团，经常会代表街道、社区参加市、区的合唱比赛。虽然排练会占用他不少的时间，但是当合唱团斩获荣誉时，他的脸上总是绽放出灿烂的笑容。除此之外，他还参加了老年书法班，屏气凝神、挥毫泼墨中抒发着对生活的热爱。每周三的下午，他都会到附近的小学或初中义务为学生讲传统经典故事。张老伯讲故事的能力很强，孩子们对他口中的故事总是很期盼。他将自己的人生经历融到故事中，在讲述中仿佛回到那一段峥嵘岁月。到了晚上，他还会帮着老伴做饭和做家务，如果有时间，他还会抽空写一点稿子。他说他年轻的时候就有一个作家梦，小时候就喜欢舞文弄墨，只是因为某些客观原因，他只能将作家梦深深地埋藏在心底。退休以后，他终于有了可供自己支配的时间，心中的那份渴望重新萌发。他写作并不图发表，只是为了通过文字和心灵进行一场交流。

我用惊诧的眼神看着他，这么紧凑的时间安排，张老伯不感到吃力吗？我把这个问题抛给他，他这么回答："怎么会累呢？现在这么忙碌，我心里还感到很幸福呢。我每一天都有安排，不会因为无所事事而胡思乱想。有事做，心里就感到有底。能够将每件事都做好，心里特别有成就感。即使再忙，我心里也觉得十分乐意。"

看着眼前精神矍铄的张老伯，我的心里豁然开朗。生命是一次不可逆的旅程，怎样的人生才是让别人羡慕、值得向往的人生？相信很多人都对这个问题有着自己的答案。不过，我觉得我们都不是为别人而活，只要活出精彩，这样的人生就是有意义的。尤其进入老年以后，远离了尘世喧嚣，没有了是非恩怨，一切都归于平静，他们更需要让自己的晚年增添一抹亮色。

忙碌是一种积极的生存状态，忙碌过后我们收获着幸福。只要是发自内心，忙碌就不会成为一种负担。忙碌带我们走进快乐的世界，远离疾病和负面情绪，相信这样的生活应该是大多数人所向往的。

一把梯子带来的和睦

现代社会中，邻里之间形同陌路人，用“鸡犬之声相闻，老死不相往来”形容毫不过分。不过就是一把普通的梯子，让我和隔壁邻居原先的隔阂在温情中被充分化解。

隔壁邻居的乔迁之日，他们似乎显得很低调，连招呼也不和周围人打一声。父母认为既然别人不愿意和你交往，就没必要自作多情。由此过了好一段时间，我连他姓甚名谁都不知道。不过，这种状况却随着一件小事儿发生了改变。

家里的灯泡使用了很久，里面的灯芯出现老化的情况。每次按下开关后，总要等上一段时间，灯泡才会亮起。这个老态龙钟的灯泡“苟延残喘”几日后，终于在一天晚上彻底罢工。第二天就是双休日，我自告奋勇地承担更换灯泡的使命。可是当我从储藏室里找出扶梯时，不禁倒吸一口冷气。因为常年不使用，木质的梯子早已出现腐烂。我尝试着把一只脚伸上去，它孱弱的身躯根本无法承受我的体重。“啪”的一声，梯子最下面一格应声断裂。我只好去附近的五金店逛了一圈，却没有买到梯子。看样子，买把梯子还要到大型卖场去，来回折腾可要花费不少时间。我只好打消买梯子的念头，询问周围邻居是否能借一把。邻居们像是事先商量好的，“没有”的回答让我愈发沮丧。

只剩下隔壁那户人家还没问，我对他们几乎不抱什么希望。敲开他家的门，我说话的声音很轻，几乎只有自己听见。他朴实的脸上露出笑容：

"孩子，我家里有，你别急，我马上给你去拿。"一分钟后，他将一把不锈钢梯子递给我。站在这把梯子上，我觉得很稳当，很快更换了坏灯泡。归还梯子时，我一连说了几声谢谢。他乐呵呵地说，举手之劳嘛，不要放在心上。

单位组织去郊区拓展训练，活动结束后大家还结伴去采草莓。我采了整整十斤草莓，除了自家食用和送给亲朋好友之外，还为隔壁邻居留了两斤。我又一次敲开他家的门，望着我手中新鲜的草莓，邻居一再推辞。不过在我的盛情下，他还是收下了。那天，他和我唠了很多家常。我这才知道他的坎坷经历，十年前来上海打工，干着繁重的体力活。后来凭借着刻苦努力，考到在职研究生文凭，随后一步一步迈入企业中层管理行列。

几天后，我收到他送过来的黄桃。黄桃蜜甜蜜甜的，咬下去水分很充足，就和我几天前采的草莓一样新鲜。从那之后，我和邻居就时常走动，热闹得跟一个大家庭一样。我们两家人外出时，都会为对方带点东西，虽然东西不是很贵，却凝聚着一份情谊。

一把梯子，打破了我和邻居之间的冷漠。其实，我们完全不必因为某些负面报道，就将身边的人都视作洪水猛兽。"赠人玫瑰，手有余香。"小小的帮助，温暖了他人，也会带给自己幸福和快乐。

何必都要去挤独木桥

一家五星级酒店高薪聘请表弟做首席厨师，这是我意料之中的事。几年前，他义无反顾地选择这条道路，遭到他父母强烈的反对。不过，他现在的成功经历就证明：何必每个人都要去挤那根独木桥？

表弟从小就活泼好动，几乎没有闲下来的时候。读书以后，他的学习成绩勉强只能算是中下游水平。很多时候，姑姑总拿我作为榜样，让他学习我身上刻苦学习的精神。表弟却不以为然，他还振振有词地说："每个人都有自己的长处，读书好只是一个方面，以后不见得会怎么样。"这一席话说得姑姑几乎哑口无言，她还真一下子找不出反驳的理由。

初三那一年，表弟突然对烹饪产生了浓厚的兴趣。他把父母给他的零花钱存下来，悄悄地买了很多烹饪书籍。回家后，他趁父母不注意，从不起眼的角落拿出这些"闲书"。一开始，姑父姑母还以为儿子在认真学习，心中还暗自庆幸多年的苦口婆心终于有了成效。在一次无意中，他们发现儿子看的是和升学考试无关的书。这怎么行，马上就要中考，怎么能把宝贵的时间浪费在这种闲书上？姑姑一把抢过表弟手中的书，狠狠地扔在地上，还警告他不准再看。表弟争辩了几句，旁边的姑父火气腾的一下上来，脱下腰间的皮带，重重地抽了表弟几下。表弟强忍着泪水，极不情愿地签下"不平等条约"。

表弟消停了一段时间，随后故伎重演。他已经不只是停留在看书、学习理论的层面上，甚至还趁父母不在家，亲手实践烹制菜肴。一开始，很多新鲜的食材被他烧煳了，可是后来他的厨艺在实践中越来越精。姑父姑母发现买来的菜无缘无故地变少了，一开始还以为自己的记性出现问题。后来，他们把怀疑的重点集中在表弟身上。反复盘问下，表弟才说出自己在学烧菜。姑父几乎气疯了，结结实实地给表弟吃了一顿“竹笋炒肉”。可这次，表弟却没有屈服。尽管屁股上、腿上红一块青一块，他依旧嚷着要学习烹饪。他说这是自己的兴趣所在，谁也阻挡不了。

交锋了好几个回合，姑父姑母也觉得儿子朽木不可雕也。他们冷淡地说：“你想学烹饪就学吧。以后的路是你自己去走，到那个时候如果你后悔，不要怪我们今天没有提醒你。”表弟将头抬起来说：“我不会后悔的，哪怕今后境遇不好，我也不会改变现在的选择。”

表弟中考志愿全部填报中职院校，凭他的成绩，原本可以进入普通高中，可是他却放弃去大学深造的机会。当表弟去中职院校报到时，父母并没有去送他。他们对这个儿子已经彻底失望，仿佛他的未来已经一片黯淡。

进入中职后，表弟系统地学习烹饪理论，并师从一位高档酒店的大厨。学校还专门为学生提供实习的机会，将学到的理论应用到实际中。三年的中职生活很快过去，还没等表弟毕业，就有好几家酒店伸来橄榄枝。他们开出的薪水，甚至比普通本科生的薪资还要高很多。

这下姑父姑母算是服了，他们终于不再认为表弟是无用之才。那段时间，正好也恰逢我大学毕业。整日奔波各高校的校园招聘会，我却一无所获。最终，我只能签约一家小型私企，拿着极微薄的薪水，与表弟的收入形成鲜明的反差。昔日的学习榜样，一下子被打回原形。幸好后来经过几次跳槽，我的收入终于能够和表弟大体相当。

收到五星级酒店的OFFER(录用通知)，表弟准备摆下家宴，宴请所有的亲朋好友。当一盆盆色香味俱全的菜肴被端上餐桌，所有在座的人都不禁啧啧称奇。

烧完最后一个菜，表弟从厨房里出来，深深地向大家鞠了一个躬。他还宣布，过两年他要去大学攻读大专和本科学位。

望着眼前成熟的表弟，我陷入深深的沉思。成才的道路，远不是只有读大学这一条。为什么大多数家长不明白这个道理，硬逼着子女去同千军万马挤独木桥呢？

第四辑　走近自然

走近自然、回归自然或许是我们最好的归宿。在天工造化面前，任何的算计和功利都是徒劳的。我们需要用一颗纯净的心拥抱自然，让自己的灵魂在山水美景中得到安放、归于宁静。

河边的芦苇丛

看惯了街道旁的高楼大厦、听惯了马路上车流的喧嚣、吃惯了口味单一的洋快餐，很希望尝试一种接近自然的生活方式。“平野无山见尽天，九分芦苇一分烟。”来到郊区的村落，体验慢节奏的生活状态。这时，看到河边一大片芦苇，顿时勾起我无限的思绪。

看着河岸边的芦苇，回想起无忧无虑的童年。十几年前，从我家后门往北走，穿过几条马路，在一条城市内河边，就可以看到随风飘扬的芦苇丛。那时候，还没有像现在这么多娱乐项目，每天放学后，我总会约上三五个好友，一起在芦苇丛中嬉戏。我们在芦苇丛中玩着游戏，比如捉迷藏、模拟战争等。我们满头大汗的同时，芦苇聆听着我们银铃般的笑声，我们心里留下难以言状的快乐与幸福。

但是，这样的日子已经一去不复返。不过还好，我依然能够在乡郊的河边见到带给我童年快乐的芦苇。“芦苇萧萧野渚秋，满蓑风雨独归舟。”细雨飘落在我的发梢，更将眼前的芦苇丛渲染成一幅水墨画。伴随着这诗情画意的情景，不远处传来一阵悠扬的女声。“芦苇深花里，渔歌一曲长。”或许，这名女子在一天的劳作之后，用渔歌放松着劳累的身心。从这动听的旋律中，我似乎想象出歌唱者的容貌。“蒹葭苍苍，白露为霜。所谓伊人，在水一方。”古代的青年男子可能像我现在的心情一样，通过动听的歌声牵引出对于唱歌女子的爱慕。芦苇遮住年轻男子的视线，让这种爱恋产生距离，也赋予清纯、朦胧的美感。正是河边的这片芦苇，让爱的表达不再突兀，也使有情人终成眷属。

“苦竹林边芦苇丛，停舟一望思无穷……此生飘荡何时定，一缕鸿毛天地中。”对于历史上那些漂泊四海的游子，芦苇更能寄托他们的思绪。“风飘细雪落如米，索索萧萧芦苇间。”芦苇丛边，游子或向远行的友人告别，或者自己将面临颠沛流离，他们是无奈而感伤的。“关河万里寂无烟，月明空照芦苇。”虽然历史上的士人不得不面临“国破山河在”的惨淡时局，不得不忍受壮志难酬的压抑，但是他们并不消沉，芦苇见证他们实现自身抱负的决心。他们以一己微弱的绵力，试图改变动荡不安的局势。法国数学家、物理学家、思想家帕斯卡尔曾说过：“人是一支有思想的芦苇。”面对着大自然的规律，面对着历史发展的车轮，个体是如此微不足道。可是，正是个体的合力，创造了历史上的一个个传奇。正是有了其他生物所没有的思想，才让渺小的人变得伟大，屹立于天地之间，成为自身乃至自然界的主宰。很多国家、民族的“脊梁”在历史的召唤下奋力对黑暗势力进行有力的抗争，虽然很多人在最后失败了，但是其“刑天舞干戚，猛士故常在”的精神永远值得敬佩。

“川原秋色静，芦苇晚风鸣。”天色渐渐变暗，歌声在我的想象和憧憬中渐渐飘远。没有了人造的声波，四周显得更加静谧，好像听到时间车轮的滚动声。这份宁静，正是心灵所急切渴望的。可以利用这个间隙，厘清意识流的乱麻，擦拭沾染在心灵上的灰尘，从而找到本性之光。“芦苇晚风起，秋江鳞甲生。”残阳照射在河面上，泛起缕缕金光。终于太阳走到了地平线之下，远处村落升起缕缕的炊烟，返程的时刻已经到来。我恋恋不舍地望了一眼黄昏中的芦苇丛，它像一位饱经沧桑的老人，默默地注视着眼前的一切……

暂时告别了河边的芦苇丛，但是它的形象不会离开我的心灵。未来的某个时间，我会再次到这里，重温儿时的梦想，仔细倾听它对历史的诉说……

行走在旅途中

人生的旅途中，每个人都在匆匆地行走。起初，我们还知道自己出发的起点和需要到达的终点。但是行进一段路程后，发现自己迷失了方向。我们依然只顾赶路，已经没有停下来的勇气。

我经常会在节假日选择外出旅游。旅行的本来目的是寄情于山水之间，放松个人的身心。每次旅行之后，总是感到些许惆怅，觉得缺少一些“元素”。为了不给旅行留下遗憾，总会在每一处景点拍照留念。照片拍了不少，但是它们根本起不到记录的功能。望着电脑里一大堆效果不佳的风景照或人物照，我常常想将其删去。或许，我本来可以有更多闲心欣赏自然的美景。但是，我却将宝贵的时光浪费在摄影上。虽然可以带来成就感，但是如果要以牺牲亲近、感悟自然为代价，我宁愿选择关闭相机。

现实中的旅行还可以再来，但是人生的旅途只有一次，如果错过了，很可能无法再次邂逅那些经典时刻。年幼时，幼小的心灵常常会许下许多美好的愿望：我想成为科学家、作家、教师、宇航员、学者……儿时的梦想总是那么纯洁与伟大，虽然有些幼稚，但是那毕竟是一个明确的方向。终于有一天，我们变得成熟、理性了。大部分人选择了遗忘，将童年的理想远远抛在脑后，最终走向“平庸”。还有一部分人继续坚守着梦想，不断地努力着，希望登顶的那一天早早地到来。虽然这些人在不断前行，但困难也是如影随形，远处的“顶峰”依然在静静地看着“奋斗者”。这时，这些人中的绝大部分又感到迷茫，他们试图对外来的“干扰”进行抗争，但是没有成功。为了让自己不再如此痛苦，他们成为第二批“逃离者”。

这时，极少部分人度过了极为痛苦的“高原反应”，继续在“风雪交加”的恶劣环境中迈出坚实的步伐。终于，他们到达了众人梦寐以求的顶峰。仰望苍穹，这部分人感觉自己真是不虚此行。但是此时，他们体会到“高处不胜寒”。终于，下山的那一刻到来了。带着成就感，当然也夹杂着一丝遗憾，他们走在下山的道路上，虽然没有登顶时的荣光与鲜花，但是已经无愧于自己的人生，为自己短暂的生命附加了别人难以构建的意义和价值。

当然，我们应该对这些时代的弄潮儿表示崇敬，不过他们毕竟是少数，绝大多数人没有享受的福分。那么人生是否就没有意义和价值？不是。虽然可能在平凡中度过短短数十寒暑，但是同样可以实现属于自己的精彩。我们要做的，就是尽量将自己的潜能发挥到极致。同时，我们在人生的旅途中，应该经常暂时停下自己的脚步。看一看周围美丽的风景，重新核对一下前行的坐标，不断地向着自己的顶峰进发。

旅行是一门遗憾的艺术，所以人们才期盼下一次旅行的到来。人生中也会留下很多遗憾，因此才能不断鞭策我们不断努力与前行。遗憾既可以是一种客观存在，也是一种内心感受。当我们年老时，可能会为年轻时的某些决定而后悔——当时的我们由于“不识庐山真面目，只缘身在此山中”，不能明了自己的选择可能给人生之路带来什么。不过，“谋事在人，成事在天”，人生中既有必然性，当然也夹杂着很多的偶然性，譬如机遇、贵人相助等。很多情况下，偶然性决定着我们的人生轨迹。人生就如同一盘暂时没有结局的棋局，我们只要考虑己方的棋子的运行，至于对方可能的布局，或许只有上天才知道。

又一次踏上了新的旅途，当然，这只是我人生旅程中一个小小的插曲。这次，我将在旅行中更多地走近自然，更多地倾听自然的天籁。或许，仍会错失很多美好的风景，但是我不会再感到遗憾……

冬也是美的

又是一阵刺骨的寒风袭来，冬天的脚步不经意间来到了这个城市。就在我感慨一年中的得失与沉浮，憧憬下一年的大好时光时，冬之精灵又一次出现在视野中……

冬天是一个衰败、堕落、萧条的季节，这是人们生活经验驱使下的普遍看法。冬天步伐扫过的地方，弱不禁风的枯叶在寒风中默默地收起华丽的盛装，极不情愿地投入大树的怀抱。冬天又是单调乏味的时节，它没有百花齐放的热闹场景，更缺少那象征生机与希望的绿色……

对于冬的误解与偏见，渐渐地被我增长的学识和成长经历慢慢磨去……

冬是生态平衡的守护者。表面上看去，这是一种非人道主义的举动，因此，冬被冷酷地“钉在十字架上”。但是没有这样的自然法则，又怎能有大千世界的生机盎然？冬天是外刚内柔，这就好比是一只保温瓶，外面是冷的，里面却充满着温情。

冬也是一位严父，它鞭策着众多生灵要不断增强适应自然的能力。很多人对第四纪大冰川活动印象深刻，当前的一种主要说法是，它直接导致了当时统治地球的巨无霸——恐龙的灭亡。但是，这场灾难、浩劫并没有将整个生物界灭亡，反而促使更多动植物由低级走向高级。很多生物在严酷的环境中蛰伏，等待冰川消融的那一刻。漫漫长夜终有过去的那一天，他们怀着欣喜迎来温暖的阳光和雨露的滋润。如同大冰川时期那样，冬天就是对自然界万物的一种考验。“平静的湖水练就不出精悍的水手。”冬为世间万物提供了一个艰苦磨砺的环境，让不同的生物在其中不断挑战着生命的极限，不断书写着生命的奇迹。

冬是纯洁无瑕的，不带有任何杂质的。特别是冬之精灵——雪花到来的时候，原本肮脏的世俗之物被白色覆盖，天地间都被洗刷成一种圣洁的色彩。雪花静静地飘落下来，构造出一个童话般的乐园。凝望眼前这片白茫茫的世界，任何私心杂念都不会在心中长久停留，心跳似乎也跟上自然的律动，心灵也在冬天的进程中得到净化……

冬还孕育着新的生命。“冬天到了，春天还会远吗?”雪莱用诗意般的语言，为我们开启了一种生的希望。一切陈旧的、迂腐的东西退出历史舞台后，总会有新生事物在世间萌生。如果没有冬天的存在，就没有新事物一展身手的舞台……

冬是无私的，它把自己身上所有的东西都毫无保留地奉献出来。尽管千百年来，人们给予它不公正的评价，但它没有任何退缩，依然默默地、年复一年地为各色生灵做着贡献。

在此，我要为冬天吟唱。揭开覆盖在它上面的面纱，让人们能够一睹它的芳容。

冬也是美的……

感悟落差

自然界的万物，都有一种落差的美。“飞流直下三千尺，疑是银河落九天。”落差勾勒出一种意境，更为我们提供了无限遐想的空间。

假如没有落差，那么就没有五彩缤纷的大千世界。俗话说：“人往高处走，水往低处流。”正是自然形成的地势落差，才赋予了水的灵性和阴柔之美。诗人笔下壮丽的瀑布就是对落差的一种赞歌，更是对于无穷宇宙和人生的感叹。通过这些诗篇，我们好像身临其境：水流如同一条被拦腰斩断的巨龙，怒吼着奔向前方。巨大的水柱撞击到岩石上，顿时绽放出无数朵水花。这是一种大气——一种舍我其谁的霸气。“会当凌绝顶，一览众山小。”站在山之顶峰俯视下方，一种自豪之情油然而生。正是海拔高度造就山的险峻和俊秀，引得无数攀登者不断前行。落差的背后积蓄着一股力量，一种对于命运不屈抗争的力量。

假如没有落差，那么绚烂多彩的历史画卷也将因此黯淡。历史是由无数个体意志的合力形成的，正因为有了某些先天的落差，比如智力、体力、机遇等，才形成了那看似残酷的等级制度，才有了官场上的奉承拍马、钩心斗角的可恶嘴脸，才有了战场上天昏地暗、鬼神皆惊的悲壮场面。有人说，没有落差，这个世界不是将硝烟散尽、皆大欢喜？这种提法实在是带有乌托邦的理想主义思维，或许永远也无法实现。根据天人合一的理论，既然大自然是高低错落、姿态万千的，那么人类世界的个体间也必然互不相同、禀赋相异了。此外，从一个阅读历史的后人来看，我们也不希望历史成为一个始终带着笑脸、日暮西沉的老人。从这一次次斗争场景中，我们发出了“时势造英雄”的感慨，才有了“大江东去，浪淘尽，千古风流人物”“沉舟侧畔千帆过，病树前头万木春”的不断轮回。

假如没有落差，那么人生就失去了奋发向上的动力。人生既有鲜明的亮色调，也有令人沮丧的暗色调。人生的落差，便是成功与失败的轮回、不同人生境遇的转换。失去了落差，人生也就不再是一曲错落有致、和谐悦耳的曲调。因此，不能只看到人生得意之时，更应重视自己的低谷时期。失败与挫折，就如同竖起了一面镜子，看清了自身的不足，进而有了改善自我的决心。黑暗之中，只要有一双向往光明的眼睛，也就为今后的成功积攒了无穷的动力。没有失败与挫折的人生不是完整的人生，试想一个总是沉浸在胜利之中的人，他有闲心反思自己的人生、领悟人生的真谛吗？

落差是一种美，它是缔造世界、勾勒人生的魔术师。它给了世界万物个性，亦是每个人不可多得的财富。发现落差，就有了一双发现世界奥秘、领悟人生事理的慧眼。

感谢落差，更希望每个人都有一双发现落差的慧眼。

坚强的守望者

打开自家的窗户，一棵棵杨树如同一队整齐的哨兵出现在视野中。无论刮风下雨、烈日暴晒，它们都守护着“脚下”的水土。它们是坚强的守望者，在孤独与寂寞中积蓄着希望、活力和不竭的生命。

相比于其他乔木植物，杨树并不是很显眼。朴实的外表，并不会给它们带来特别的关注。因为没有陷入无尽的喧嚣，它们才能独自挺立于天地之间，洞察着社会中的人情冷暖。一阵疾风吹过，一片泛黄的树叶飘落在我手中。从树叶的纹路中，我读出了它们的坚韧与顽强。千百年来，杨树都生活在与恶劣自然环境抗争的第一线，它们从来没有畏惧，更不会退缩。在它们进军的“号角”中，风沙与荒漠“落荒而逃”。感谢杨树，它们留给人类一片美丽的家园!

杨树不满足于已经取得的成就，而是继续不断向上拓展着生存的空间。在艰苦的环境中，它将自己塑造成一个“巨人”，不再在自然面前显得那么不堪一击。这让我联想到近代中国为了我们这个伟大民族的复兴而不断奋斗的仁人志士。中国拥有宏伟绚丽的山川、光耀九州的思想家、勤劳智慧的人民。中华文明为世界文明的发展做出了自己的贡献，但是到了近代却被西方列强无情地赶超。赶超的后果，就是让中国经历了一段长达百年的屈辱史，让中华民族经历了一场空前劫难。有多少心系国家的优秀儿女，为了中华民族的生存和崛起，像杨树那样在艰难困苦中不断前行。杨树的每一次奋力向上，都要“动用”自己全部的生命力；

为国家、民族独立和解放而奋斗的先驱们，也同样在一次次抗争中付出了心血，甚至是生命的代价，但是他们却为中华民族保持着一份尊严和坚忍。中华民族的崛起和复兴大业，在经历了苦难与辉煌的轮回之后，逐渐成为全体中国人民心中共同的信仰；中华民族崛起的精神力量，就是中华文明带给我们的扭转天地乾坤之力，让我们在任何时刻都牢记忍辱负重，肩负起自强不息的民族使命感。杨树体现了中华民族的精神：上同日月，下同袍泽。悠悠中华，生生不息。一代又一代的中华儿女一定会将这一精神世代相传。

除了满足基本的生存需求之外，杨树不会向人类刻意地索取什么，但是却在坚强的守望中不断奉献着自己的“青春”与“生命”。奉献就是杨树精神最好的写照。在当代社会中，我们更需要提倡这种精神。应当看到，经历了改革开放快速发展之后，中国取得了举世瞩目的成就，其发展模式甚至被西方国家称为“美国模式”“日本模式”“德国模式”之外的“中国模式”。但是，物质经济层面的高速发展，却不能掩盖当前中国社会精神价值空场的尴尬。在很多场合中，传统的道德观念和价值评价模式被市场规则给颠覆了，而新的价值体系还没有完全建立起来。因此，人们在交往和处事中就处在一个迷茫的状态，某些不道德、非理性的行为就在价值真空的状态下催生。我相信，接下来的三十至五十年间，中国社会必将是一个重拾古今中外文化的精髓、重新构建社会价值的过程。杨树的奉献精神，就是重新构筑文化价值体系的重要基础。只有中华道德价值得到重新建构，中华民族才能实现真正的复兴。

“朴实、向上、奉献”，杨树精神为我们勾画了一幅国民人格的理想画卷。只有每个人都向着理想人格的方向努力，我们才能担负起历史赋予自身的伟大使命。其实，没有什么力量能阻挡我们，唯一可以阻挡我们的就是自己。我们时刻要在内心问问自己：自己是否已经做好充分的准备？自己是否真的从内心感受到一种悲壮和洗礼？自己是否真正准备参与历史，融入中华民族波澜壮阔的发展进程中？

我从沉思的世界回到了现实，我的眼前依然是一排排笔挺的杨树。我的内心不禁发出感慨：强哉，中华精神！壮哉，中华民族！伟哉，中华人民！大哉，中华文化！这就是我从杨树和杨树精神中得到的最大感受和收获。

落　叶

“无边落木萧萧下，不尽长江滚滚来。”看着片片落叶从树上飘落，内心涌起岁月流逝的哀愁。“岁月不复来，一日不再晨。”时光让树叶从绿色变成枯黄，可落叶并没有悔恨，因为它们有过青春和精彩。

如果落叶有一颗会思考的心灵，一定会记起发芽的那一刻。“东风好作阳和使，逢草逢花报发生”，那是一个充满希望的季节，万物都在暖阳和微风中生长着、萌动着。在雨水滋润下，一颗颗嫩芽为光秃秃的枝丫增添了无限的生机。它不断地向外舒展身躯，终于覆盖了整棵树的顶端，这时，盛夏的脚步已越走越近。在烈日的炙烤下，树叶将凉爽留给赶路的行人。和着自然的节拍，树叶不停地舞动着，婆娑的身影让已经凋谢的花蕾感到自惭形秽。但是，盛极而衰的周期律却在此时上演。风变得越来越有力，树叶开始明白：自己的使命已经完成，谢幕的时刻或许马上就要到来了。在树干苦苦地挽留下，树叶还是投入了大地的怀抱。“落红不是无情物，化作春泥更护花。”在众人的脚步下，落叶融化为下一个春天的养料，助推着万物的轮回。

心疼地捡起一片落叶，叶茎已经变得模糊不清。不过，表面粗糙的纹路还是告诉我曾经历过春天的乍暖还寒、夏季的疾风骤雨。经历了太多的考验，才铸就百折不挠的性格。现在，它已经安静地回归到生命的本源。不过，更多的同道者又将在曾经走过的道路上继续前行。缓缓地将它平放在带着湿气的泥土上，因为这是它力量的来源。

我想，最该感谢落叶的应该是整棵大树。树干是整棵树生命的灵魂与核心，树叶只是它的护卫者。但是，漫漫严冬，树干无法为这些护卫者输送足够的养料。为此，它含泪向它们作别。正是因为落叶的牺牲，那些千年古树才能经历岁月的峥嵘、承受血与火的洗礼。如果树干能用言语表达自己的情感，它一定会将一声诚挚的“谢谢”送给落叶。这时，我想到自己成长的经历。每次经历成长的低谷时，总有很多人为我默默地付出，甚至做出一些牺牲。但是，我却没有回报这些人的付出与牺牲，甚至连一声谢谢也没有说出。看到了落叶，就想到帮助过我、在我成长中为我操心的父母、亲人、朋友……这些人实在太多，以致无法一一列出。可能一辈子也无法报答他们的恩情，只能像树干一样默默地在内心寄存一份感激。

“榈庭多落叶，慨然知已秋。”没有古人那份悲秋的情节，因为秋天是一个收获的季节，它是对一个生命周期律的总结与升华。落叶在回归自然中，也收获一份淡定与成熟。它并不理会文人墨客略带忧伤的情感，继续积蓄着力量，等待着在来年春天彻底地爆发……

漫步海边

卸下工作生活中的烦恼，我带着轻松的心情来到海边。海风轻轻地吹拂，心灵也渐渐地回归自然……

接近大海的一刹那，倏然间感到自己的渺小。远处，海天连成了一线，湛蓝色的交融显现出自然的和谐。几只海鸥在海面上飞翔，矫健的身影彰显了生命的律动。夹杂着一丝咸咸的味道，海风温柔地抚摸着我的肌肤，像慈母的手安抚着熟睡的婴儿。望着这片广袤无边的生命之源，我的灵魂也渐渐融化在波涛声中。

甩下鞋袜，双脚踩在松软的泥沙上，无比的惬意顿时涌上心头。来到这个世界时，我们就是用稚嫩的纤足丈量着世界的距离。此刻亲临海边，如同回到了生命的初始。卸下一切世俗的负担和羁绊，海滩上展现出一个真实的自我。欢笑着、吼叫着、奔跑着，我率真地抒发着自己的心情。大海像一位慈祥的老人，默默地注视着我真情的表演，并不时发出雷鸣般的“掌声”。在海边，听不到令人心烦的嘈杂声，只有自己的心跳，还有自然的天籁。

这时，不远处的孩童引起了我的注意。他们左手拿着铁锹，右手拿着红色的小桶，不断追捕着螃蟹。螃蟹有时候傻得可爱，它们自以为打洞钻进了泥沙里就不会遭受天敌的骚扰，没想到这些洞口却成为人们抓捕它们的路标。孩子们用力挖开沙土，洞里的“主人”立刻仓皇出逃，但是没走几步，就成为“追捕者”的“俘虏”。螃蟹们被关进“囚室”后，依然用力挥舞着粗壮的前肢，表现出顽强的“抗争精神”。但反抗是无效的，它们不得不“缴械投降”。目睹眼前的情景，我仿佛见证了千万年来人类与自然界斗争的过程。我们的祖先用自己的智慧，向自然界争取生存空间；用自己辛勤的汗水，收获着一个又一个惊喜，最终成为这个星球的主宰。感谢先辈，是他们的付出让我们在自然界面前不再显得惊慌失措，在规律与必然性的限制下坦然面对，继续探寻。

走过长长的海滩，我终于接触到蔚蓝色的海水，感受着炎夏里难得的清凉。汹涌的波涛像一支训练有素的部队，一浪高过一浪，不断冲刷着海岸线。“日月之行，若出其中。星汉灿烂，若出其里。幸甚至哉，歌以咏志。”大海给了诗人创作的豪情。当波浪冲击岩石，水花像破碎的玻璃向四周散开，并发出令人惊颤的怒吼声。我沉醉在这声音中，不禁想起苏轼的诗句，“乱石穿空，惊涛拍岸，卷起千堆雪。江山如画，一时多少豪杰”。历史上的英雄就像大海的波浪，一浪接着一浪冲刷着历史的画卷，但是终有谢幕的那一刻。即使在英雄迟暮之时，他们也会像飞蛾扑火那样，在点亮自己的那一刻闪耀出生命的光辉。我敬佩这种亮剑精神——逢敌必亮剑，血溅七尺，宁愿倒在敌人的剑下，也不做苟延残喘之辈。感谢大海，让我领会了人性的坚强与意志。

天色渐晚，上岸后重新做回原先的那个自己。此时的大海，就像一个待字闺中的女子，躲在薄雾中羞涩。心中默默地许愿——明年的同一时刻，我会再次来到这片海滩，与大自然亲密接触，那将是灵魂深处的升华与顿悟。

难忘的海南之行

岁末年初，人们不得不在室内躲避严寒。这时，一趟前往海南的旅程，让我有机会逃离寒冷的气候，拥抱宝贵的温暖。除此之外，更吸引我的还有那独有的南国风韵、热带风情。

刚下飞机，温暖的空气立即扑面而来，好似欢迎我们这些远道而来的“候鸟”。海南属于热带海洋性气候，当全国其他地区的人们在寒风中瑟瑟发抖时，温暖的阳光、清新的海风依然在这片土地上缓缓吹拂。进入数九寒天，岛上的气温仍有20多度（摄氏度），置身其中恍若穿越时空。街边一排排整齐的椰树或槟榔树，无声地诉说着这里温暖湿润的气候。由于树上结的果实不受季节、气候的限制，因此一棵椰子树上的椰果常常是“几世同堂”，彰显着南国独有的景象。或许，这就是上天对海南的恩赐，让这里的人们不间断地享受这些新鲜果品。

入住宾馆后，关闭空调的开关，打开房间所有的窗户，让凉爽的海风近距离接触我的肌肤。沐浴洗去了旅途的劳累，我静静地坐在凉台的椅子上，贪婪地呼吸着新鲜的空气，好像婴儿接受母乳的滋润。望着远处有些朦胧的海景，放下长久以来挂念在心中的琐事，完全沉浸在自然勾勒的“力作”中。泡上一杯清茶，就着茶的幽香吸收天地之灵气；播放一曲轻音乐，悠扬的曲调让我“通感”到自然的天籁；抬头仰望苍天，一轮弯月让我有了吟诵的冲动。面对这幅不带任何修饰的画卷，我淡然地享受着、观赏着……

如果说宾馆凉台上所见的海景还“只可远观而不可亵玩焉”，那在蜈支洲岛和西岛上的行程就可以近距离体验海的博大与宽广、海浪的汹涌与澎湃。在开往蜈支洲岛的航程中，有些狂躁的风浪让航船不停地颠簸，让我体味到在大海中与江河中航行的巨大差异。为了饱览岛上的风光，我选择了乘坐电瓶车环岛一周。电瓶车在陡峭的山路上行驶着，时而费力地爬坡向上，时而有惊无险地从高处下坡。在一段没有行人的路程中，电瓶车的右侧就是形态各异的岩石，岩石外就是没有边际的大海。海浪借着风势不断积蓄着力量，以“大无畏的精神”冲击着岸边的岩石。撞击的瞬间，浪花碎成了“细末”，溅到了我的脸上，还带着一丝海水的咸味。经历海水的不断冲刷，海岸线的形态不断发生着变化，让人对自然之力顿生敬畏。

如果说蜈支洲岛给人的印象是力量之美，那西岛就给我留下了美女般妩媚与轻柔的回忆。同样是在海上航行，开往西岛的航船就不那么颠簸。登岛的那一刻，一只巨大的贝壳唤起童年的回忆。浅白色的沙滩上，身着泳装的人们嬉闹着、欢笑着，用手中的相机记录下这些快乐的时光。虽然此前曾多次面对大海，但是没有一次的经历可以与这次相比。由于人为活动的痕迹或天气的原因，此前见到的海水基本上是黄色或灰绿色的，总感觉缺乏一点大海应有的韵味。这次，我终于见到湛蓝的海水——这种蓝色好似从天空的“幕布”上裁下，不带任何一点杂质。海水倒映着蓝天白云，让我忍不住连续按下手中照相机的快门。双脚踩在柔软的沙滩上，无比的惬意瞬间涌上心头。海浪温柔地“亲吻”着脚踝，犹如享受着精致的足底按摩。肆意地宣泄着内心的情绪，摘下平时不得不佩戴的“面具”，宝贵的时光就静静地在欢乐与舒畅中流逝着……

大海的表面就已经让我如痴如醉，丰富多彩的海底世界更让我感到不虚此行。在亚龙湾沙滩码头，我乘船来到海中的一艘潜艇上。经过一条狭窄的楼梯，我来到了潜艇的下部，透过潜艇两侧的玻璃就能直接观赏到海底深处不为人熟知的世界。珊瑚的触角缓慢地飘动，等候着“自投罗网”

的猎物。绚丽多彩的珊瑚礁，花团锦簇地装点着海底岩石。各色鱼类在珊瑚丛中悠闲地穿梭，并不理会我们这些不速之客的打扰。还有形态各异的海星、水母，它们也在这宽阔的水域中闲庭信步，自在地享受着生活。海底的世界是寂静的，这里的生物不喜欢用声音打扰自己和其他生灵。我享受这份宁静，更珍惜这份闲情。

海南岛上少数民族众多，其中主要有黎族。虽然在电视上看到过一些关于黎族的介绍，但这只能说是停留在表面的认识，槟榔谷景区就提供一个深入认识少数民族文化风俗的机会。景区内，身着民族服饰的老人在认真地织着黎锦，一份精巧的艺术品从她们的手中诞生。导游深入浅出的讲解，外加海南五大地区黎族的服饰、生活器具、文化习俗、节庆等的展示，让我对黎族这个有些陌生的少数民族有了进一步了解。黎族还是一个能歌善舞的民族，要认识他们的文化，当然少不了观赏独具特色的黎族歌舞。跟随着人流，我来到了民族风情演出的现场。演出的布景是原生态的——几间黎族的草屋，草屋旁有水车、槟榔树和涓涓的溪流。演出首先展示了原始人类钻木取火的场景，正是有了这珍贵的火苗，黎族人才能够生生不息地繁衍。随后舂米舞、竹竿舞等舞蹈一一呈现在观众眼前，这些舞蹈极富民族特色，充分反映了勤劳善良的黎家人生产、生活的场景。看着姑娘、小伙们在舞台上尽情地歌唱着、舞蹈着，体味到黎族人独有的乐观与纯朴，他们在简单朴素的生活中寻找着快乐，并用自己独特的方式表达着、传递着快乐。或许，城市人应该学习他们这种精神，在平凡生活中找寻属于自己的幸福，即使生活、工作中不是很如意，也要用微笑面对每一天的生活。

除了上面所介绍的这些行程外，我还游历很多富有特色的景点，如在红色娘子军纪念园，切身感受到那段血与火的红色历史；在博鳌亚洲论坛会址，品味到海南正以一种积极的姿态，向各国首脑和精英们展示着自己的美丽；在南山文化景区，108 米高的海上观音圣像和独特的南山长寿文化，让我心中产生一种敬畏；在热带天堂森林公园，人们以特别的方式相互问候，从山顶上俯眺，亚龙湾的全景尽收眼底。这些景象深深地刻在我的脑海中，或许使我久久难忘。

四天的旅程在欢笑与愉悦中很快过去，从飞机上俯瞰这座美丽的海岛，朦胧中更透出一份婉约美丽的气质。心中默默许下愿望，明年的同一时刻，我还会来到这片土地，继续畅享这南国风情、椰风海韵……

品味桂林

11月上旬，和家人来到素有山水甲天下之称的桂林，亲身领略当地秀美的山水、独特的民族风情。虽然短短三天的旅行浮光掠影，但是桂林的自然风景和人文风貌还是深深地吸引了我，让我忘却了俗世中的纷纷扰扰，重回内心的宁静。

一、奇特的山

曾经领略过泰山的雄伟，体会过华山的险峻，见识过衡山的烟云，目睹过恒山的崎岖。印象中，大山就应该是连绵不绝的，从山脚到山顶的过渡也应该是平缓而漫长的。可是这次来到桂林，却让我见识到另一种风格的山峰。从两江机场出来的高速公路两旁，我就见到这种形状独特的山。这些山峰并不是十分高大，没有高耸入云的宏伟。但是，它们却像一个个从地底下冒出来的“愣头青”，桀骜不驯地指向天空。每个山峰都是孤立的，之间并没有相连，从山底到山顶。

造山运动的时期，伴随着剧烈的地壳运动，各种山峰拔地而起，由此形成了海拔上的巨大落差。岁月在春秋交替中不断流逝，风化作用侵蚀着山峰的岩石，渐渐将不同山峰连成了一片山脉。可是，总有一些“不稳定分子”，它们拒绝和其他山峰“融合”，或许这就是桂林山峰独特的原因。我不具备深厚的地质知识，以上或许也只是一种猜测。可是，从这独特的尖头山中，我感悟到一种精神，一种不服从命运的精神。每个人在生命之初，都对这个世界充满了希望。幼童脸上荡漾的天真无邪的笑容，就诠释了他们对于这个美好世界有着无限的憧憬。可是，人的成长道路曲折蜿蜒，充满了坎坷、挫折，甚至是不幸。渐渐地，人们不再善于从这个大千世界中发现美好，慢慢屈从于充满不确定的命运。人群中总有鹤立鸡群者，他们不愿意被不确定因素所左右，渴望扼住命运的咽喉。虽然屡战屡败，他们也不曾放弃。在与命运抗争的过程中，闪现出人性的光芒和人格的伟大，不断书写着壮丽的人生。

二、秀丽的水

如果说奇特的山就像小伙子的刚强，那桂林秀丽的水就如同姑娘一样妩媚动人。行程中最重要的一站，就是乘坐一艘游船饱览漓江的风光。那是一个风和日丽的下午，湛蓝的天空中飘荡着朵朵白云，轻柔的阳光照在清澈的漓江上，倒映出两岸秀美的风光。登上船顶的观光平台，两岸的景色就像一幅浓墨重彩的山水画，静静地铺陈在那里。漓江的水流不是很急，悠闲地向着前方“漫步”。江水清澈见底，看着就让人舒心畅快。这一弯洁净的江水，再加上江边的风光，让我有了一种恍如隔世的感觉。

很久以来，人们一直向大自然母亲不停地索取着。虽然大自然以慈母般的关爱，不断地满足人们生产、生活的需求，但是索取终有一个限度。超过了这个限度，人们就将吞下自己酿下的苦果。被污染的江河湖海、频发的极端天气现象、不再清新的空气，人们开始怀念从前的时光，渴望恢复到那种未被污染的状态。可是，这个过程是不可逆的。只有现在警觉起来，从小事做起，从身边做起，保护好周围环境，才能慢慢恢复从前青山绿水的景象。望着眼前秀美的水景，我不禁担忧起来：这里会不会成为当地工业发展规划的牺牲品？但愿我的担忧只是停留在想象层面，但愿下一次来桂林时，依然能见到这人间美景。

三、民族风情

说了这么多沉重的话题，我的思绪被桂林多彩的民族风情打断。广西是一个多民族的地区，生活着壮族、苗族、瑶族、侗族等很多少数民族。每个少数民族都有自身的文化传统，都有不同于其他地区的民族习俗。俗话说："入乡随俗。"既然到了桂林，就一定要体验当地少数民族的风情。第一天晚上，我就观看了瑶族的民族风情表演。虽然他们的表演没有电视上精彩，但绝对是原汁原味的，没有经过任何艺术加工。此后，我又在几个景点观看了壮族、苗族风情表演，领略了他们劳动、狩猎、生产、生活的不同场景。让我记忆最深刻的，就是在漓江上表演的《印象·刘三姐》大型实景演出。参加演出的演员大多是当地的群众，他们白天辛苦的劳作，晚上参加演出，向远道而来的游客展示着当地的生活情景，讲述着千百年来永远诉说不完的古老传说。

旅游是一种遗憾的艺术，三天的行程在走马观花中很快走到了尾声。对于桂林，我有了在书本上无法获得的崭新认识。可是，我依然渴望进一步了解它，进一步揭开它神秘的"面纱"。心中默默地许愿：来年的同一时间，我还会带着轻松的心情，再次来观看这幅独特的"山水画卷"。我相信，那必将有新的收获。

天边的云

天边的云，永远像一个匆匆过客，赶往不知道的目的地。天边的云，就像一颗耀眼的明星，展示着它独有的风姿。每当心灵需要片刻宁静时，我就会仰望头顶上的这片天空，特别是那些千姿百态的云姑娘。或许，她们是造物主赐给人类欣赏的精灵。

晴朗的天空，湛蓝得让人感到有些空虚和无奈。这时，云朵登上了天空这方舞台。在风的作用下，时而闲庭信步，时而健步如飞。在行走的过程中，它不断变幻着姿态，只要条件允许，就会为自己换上一件新衣裳，时而是白色的，时而是金黄色的，时而是火红色的，时而是灰色的。虽然人们不会将任何掌声献给这精彩的表演，但是云朵依然沉醉在其中，欣赏着自己美妙的舞姿。

美丽的外衣是云情绪的展示。高兴时，它会为自己披上一件金黄色的外衣，进一步彰显它的高贵与尊荣。忧伤时，灰色成为它的主基调。灰暗的外表下，它躲在里面暗自神伤，不时还挤出眼泪，以甘露的形式洒落人间。愤怒时，火红色令人感到一种震撼。恢复平静后，又变回原初的那个自己——一身白色的“大衣”。或许，云的情绪不是那么明显，但是我能读懂它、感悟它。

云不断地、默默地为人类做着贡献。炎热的夏季，人们对于刺眼的阳光避之不及，特别是在没有大树的荒郊野外。这时，云用自己柔弱的身躯，毅然地将阳光挡在自己的身后，为赶路的人们带来了片刻的清凉。每当迎来这短暂的惬意，总会感激地回望那片勇敢的云朵。当大地被炙烤得失去了生机时，云朵的内心十分忧伤，它多么渴望拯救大地上的苍生。渐渐地，灰色将它笼罩，甘霖将希望送回人间。古代，人们将感激给予雨神，没有把任何功劳分给“云”这个执行者。云没有抱怨，依然在一次次推动着生命之源在大气层的运行。

从云的身上，看到了很多为人类历史发展、中国现代化进程而无私付出的伟人。为了将真理留在人间，布鲁诺、伽利略被宗教裁判所迫害致死；为了科学事业的推进，爱因斯坦、居里夫人一直勇敢地直面死神的袭扰；为了改变半殖民地半封建社会的状况，孙中山不懈的奋斗推翻了延续两千多年的帝制；为了中华民族的伟大复兴，毛泽东、周恩来等老一辈无产阶级革命者以及无数革命先烈用顽强不屈的武装斗争，奠定了人民幸福生活的基础。历史的每一页总有翻过去的时候，但是这些惊天地泣鬼神的奉献与牺牲将永远铭刻在人们心中。

云在不断前行，历史发展的脚步也未曾停歇。不仅对于整个人类、整个国家和民族如此，对于个体也是如此。一朵朵云彩飘过头顶，好像一个个梦想与希望从脑海中闪过。每个人或多或少都会许下一些愿望、立下某种志向，但是我们又能实现多少曾经信誓旦旦的理想？“无志之人常立志，有志之人立长志。”一个人不能让自己立下的志向成为过眼云烟，在激情与幻想中虚度自己的人生。

终于忙完了一天的工作，天色已经有些暗沉。收拾起杂乱的思绪，再一次习惯性地、漫无目的地仰望着天空。看着不断追逐着梦想、无私奉献的云朵，领悟到一丝为人处世的真谛。或许，最平凡的事物也能给我们最不平凡的人生智慧。

走近心中的“太阳”

“赤日炎炎似火烧，长路漫漫上九天。垂拱凝目孔孟颜，会当凌绝泰山顶。”怀着无比的景仰与朝圣者的虔诚，我和大学时代的同窗好友一起来到位于山东泰安的泰山，开启了中华文明寻根之旅。曲阜和泰山美丽的自然风景和人文景观，无不深深地印刻在脑海中。

曲阜的孔子故里由三部分组成——孔庙、孔府、孔林，我们主要参观了其中的孔庙。刚到孔庙入口处，一派人声鼎沸、热闹喧嚣的场景，就让人感受到这位“大成至圣先师”在中国人心目中的地位。孔庙中，成片粗大的苍松古柏守卫着这方宝地，彰显出一种神圣庄严的氛围。孔庙中到处都是历代皇帝和达官显贵祭奠孔子的石碑，但最令我关注的却是那块被硬生生扯断的石碑。这块石碑是在“文化大革命”的“破四旧运动”中，北京师范大学的学生用牛车和拖拉机制造的“杰作”。石碑上那道修补后的印迹，好似在民族心理上留下的一道无法弥补的伤痕，见证着历史变迁的沧桑。

以上这些不禁令我产生联想：一个国家的现代化过程，可以完全与自己的文化传统决裂吗？是不是只要移植了西方的“德先生”和“赛先生”，就可以心安理得地抛弃中国传统文化中的精髓？历史有时是沉重的，中华民族有着光彩夺目的灿烂文化，同时也在某种程度上被这个传统文化体系阻碍着自身的正常前行。背负着老祖宗留下的这笔文化财富，如何实现文化的更新？如何对传统文化取其精华、弃其糟粕，以适应新时代的发展要求？以上这些问题难道不是有待于每个有社会良知和民族责任心的人运用智慧去破解吗？

作为中国传统社会所尊崇的儒家道德典范，孔子的地位无人可以撼动。后世给予他这么高的学术地位，估计连孔子自己也想不到。在中国人的心目中，孔子是一个为人师表、重仁轻利、循循善诱、诲人不倦的圣人形象。“学而不思则罔，思而不学则殆。”“知之为知之，不知为不知。”“吾十有五而志于学，三十而立，四十而不惑，五十而知天命，六十而耳顺，七十而从心所欲，不逾矩。”正是这些妇孺皆知的话语，滋养了整个中华民族数千年的文化脉络。

孔子最聪明、最得意的学生颜回这样评价他尊敬的老师：“仰之弥高，钻之弥坚，瞻之在前，忽焉在后。夫子循循然善诱人。博我以文，约我以礼，欲罢不能。既竭吾才，如有所立卓尔。虽欲从之，末由也已。”太宰也曾问孔子的得意门生子贡：“夫子圣者与？何其多能也!”子贡回答道：“固天纵之将圣，又多能也。”面对学生和他人的赞誉，孔子依然十分自谦：“吾犹人也!”“三人行，必有吾师焉!”正是具备广博的礼乐知识和虚怀若谷的精神，孔子才是一个时代当之无愧的思想高峰，是一个伟大民族精神的最高体现。

就像古今中外伟大的思想家一样，孔子是孤独的、寂寞的，正如后世诗人发出的感叹：“前不见古人，后不见来者。念天地之悠悠，独怆然而涕下。”每次读到孔子的“逝者如斯夫，不舍昼夜”，内心就会激发出无限的感慨和叹息：每个人就像尘世间的匆匆过客，看似波澜壮阔的人生，却在离开后好像没有留下任何痕迹；相比于苍茫的寰宇，个体生命又显得那么渺小和短暂。刹那和永恒虽然是那么不同，但又是那么一致，彼此没有分别。我们应该如何在刹那的生命里去寻找一种永恒的存在？这或许是一个永恒无解的话题。

这才是一个真正看透生命本源的圣贤发出的感慨心声，一个真正的止于至善至德的大学者的肺腑之言。他是那么眷恋生命，又是那样从容淡定，如同达到了佛家所说的“心中已来去无碍”的境界。正像易经“坤”卦里所说：“地势坤，君子当厚德载物。”孔子以慈母般的宽容与深沉，教化、抚育着天下苍生，以道德承载着中华民族的精神。

与圣人的灵魂近距离对话之后，我们又循着历代帝王和文人雅士的足迹登临泰山。泰山是五岳之首，是历代皇帝祭天的圣地，路上留下了很多皇帝和达官显贵的题字、真迹。从早上九点，直到下午五点左右，整整花了八个小时才到达泰山之巅。会当凌绝顶之时，双腿已经不听使唤了，感觉好像把一辈子的石梯都爬完了。攀爬的过程中，遇到一对七十多岁的老夫妻，手里拄着拐杖，但是依然目光坚定地望着高耸入云霄的山顶，我问他们：“阿姨、阿叔，你们已经这么大年纪，怎么还来攀登这么高的泰山?”这对老夫妻一边擦汗，一边大口喘着粗气：“虽然不像年轻人那样行动敏捷，但是我们不赶时间，只要坚持到底，总能够爬上去的。”还有一位父亲带着年幼的孩子一起登山，小男孩上身赤膊、皮肤黝黑，黑里带红的小脸蛋惹人喜爱。问父亲带孩子来爬泰山的目的，他回答说：“很多年前，我来泰山许过愿的，今天带孩子来是还愿。另外，就是想让他从小就感受祖国的大好河山，培养他吃苦耐劳的精神。”

多么朴实的话语！多么执着的精神！心里细细地咀嚼着这些平凡的话语，同时加快自己前行的脚步。泰山代表着一份神圣感、一种敬畏精神、一股信仰的力量，它就是中国老百姓心中的神山。

在险峻陡峭的“十八盘”，山路陡峭蜿蜒，必须借助旁边的扶手才能向上攀爬。虽然周围的人文和自然景观是人们视线和相机“关注”的重点，但是更具心灵震撼的却是那些身材精瘦、皮肤黝黑的挑夫——他们肩上的扁担挑着几十斤重的西瓜和矿泉水。这才恍然大悟：原来山间休息时所吃的西瓜、所喝的矿泉水，就是他们默默付出的成果。看着他们豆大的汗珠滴在石阶上，步履艰难地拾级而上，心中顿时涌起一阵怜悯。一些好心的游客把未开封的矿泉水递给挑夫，他们摇头拒绝了好意，甚至累得连声“谢谢”也说不出来。这么炙热的夏日里，挑着这么沉重的矿泉水，却连一口水都不舍得喝，此情此景让我想起《伏尔加河上的纤夫》——一样的身躯、一样的神情。我对此沉默、失语，心想：为什么人与人之间的境遇有着那么大的不同？为什么他们甘愿做着如此艰苦又充满危险的工作？

一旁的同学宽慰我：“这是他们养家糊口的工作，是他们选择的生活方式。我们和他们的差别只是社会分工不同而已。”挑夫的耳边，不时传来一些家长教育小孩的话：“你如果不好好学习，将来就像他们一样。”听到这些刺耳的话语，我无法体会挑夫此刻的内心世界。他们做着卑微的工作，同时又尽力保持人格尊严的底线。对他们来说，能靠自己的汗水和劳动把肩上的重担顺利挑上南天门，那就是尽到了责任和义务，也体现了他们的自身价值。也许，对于风言风语、善意帮助、生活的艰辛，他们都已经习以为常。或许，他们才是真正洞察人间冷暖、行走于天地之间的能者。中国最伟大的思想家和最纯朴的人民，都体现了中华民族的精神：上同日月，下同袍泽；悠悠中华，生生不息。

我们有最伟大的思想家、最宏伟的山川、最伟大的人民。百年中国的屈辱史，让中华文明经历了一场空前劫难。有多少仁人志士为了中华民族的生存和崛起，付出了辛劳甚至生命的代价。他们就像泰山挑夫那样，在艰难中前行，在困苦中保持着一份民族的尊严和坚忍。中华民族的崛起和复兴大业，就像那泰山的南天门一样，是全体中国人民心中的信仰。中华民族崛起的精神力量，就像孔孟思想带来的天地乾坤之力，让我们在任何时刻都牢记忍辱负重，肩负起自强不息的民族使命感。

我们此次山东曲阜、泰山之行，是来寻根的，是来寻找中华民族的精神之源。经历改革开放的快速发展，当前中国社会正面临着精神价值空场的尴尬，因此精神的回归就显得日益重要。接下来的三十至五十年间，中国社会将是一个重拾古今中外文化的精髓、重新构建社会价值的过程。中华民族的真正复兴，就是中华文化的复兴。

如果将目光放眼全世界，中国传统文化精神对于世界和谐稳定发展同样具有十分重要的意义。在充斥着弱肉强食的森林法则、社会达尔文主义盛行的世界里，中国人的“天人合一，和谐共存”的思想必将对世界文明产生影响。本来，世界各国的文化历史发展各有千秋，并没有高低贵贱之分，为什么不能多用“沟通交流”代替“文明的冲突”？不同国家和民族只有在“彼此尊重，平等互利”的前提下，才能实现符合自身历史与实际的“民主、自由”，追求属于自己的繁荣和富强。中国文人士大夫给出了上面这个问题的解决之道：求同存异，和谐共存，己所不欲，勿施于人。正所谓“各美其美，美人之美，美美与共，天下大同”，这是东方文明古国为世界提供的一剂化解民族冲突、实现世界长久和平的良方。近代以来一百多年的屈辱史，让中国放弃了虚伪的架子，以开放的心态虚心地向西方学习先进的思想和科技，完成了从半殖民地半封建社会向现代化国家的华丽转身。现在，是不是也到了西方虚心向我们学习精深博大的文化传统的时候，以弥补西方文化中道德伦理价值观的缺位？

西方文明容易产生那种具有强烈悲剧色彩的英雄人物，如日复一日推石上山的西西弗斯、与风车决斗的堂·吉诃德、只为荣誉而战的阿基里斯、弑父娶母的俄狄浦斯，所以西方民族一直有着一种强烈的危机感和极端绝望般的冲动。中华民族也有自己的悲剧英雄，如追日的夸父、衔石填海的精卫、移山的愚公。与西方英雄人物不同的是，中华民族的英雄多了一份“知其不可为而为之”的豪迈气度，多了一份忍耐和希望，多了一份执着和乐观。这种内在的精神，恰恰是中华文明能延续五千年的文化心理结构。

这是历史赋予我们这代人的重大使命——没有什么力量能阻挡我们，唯一可以阻挡我们的就是自己。我们要问自己，是否已经做好充分的准备？是否真的从内心感受到一种悲壮和洗礼？是否真正准备参与历史，融入中华民族波澜壮阔的发展进程中？

强哉，中华精神！壮哉，中华民族！伟哉，中华人民！大哉，中华文化！这就是我这次曲阜、泰山文化寻根之旅最大的感受和收获。

拥抱淡泊宁静

——天柱山之行杂感

“淡泊以明志，宁静以致远。”久居城市的“樊笼”，淡泊宁静是我所渴望和希求的。盛夏时节，我和三五好友来到天柱山，让有些浮躁的心灵得到片刻的小憩。或许，人生需要这样短暂的休憩。

天柱山位于安徽潜山县境内，历史上曾被汉武帝封为“南岳”。后来，隋文帝把“南岳”的尊称给了衡山，因此天柱山有“古南岳”的尊称。由于正处在盛夏时节，烈日炙烤着大地，万物都默默地忍受着这难以忍受的酷暑。可是进入景区之后，一股久违的清凉立刻将我包围。身边就是潺潺的流水，不远处传来阵阵虫鸣，各种自然的声音错落有致地搭配着，好似演奏一首和谐的奏鸣曲，更衬托出山谷中的幽静。原先因为炎热而产生的烦躁情绪，慢慢地得到平复。我好似回到生命的本源，沉浸在这珍贵的天籁中。

或许是因为季节的缘故，景区里的游人极为稀少，跋涉之路上只剩下我和好友。少了更多的同行者，牵扯出一丝寂寞和惶恐。山路悠然地在我们面前铺开，似乎望不到尽头。越往里面走，外面尘世的喧嚣似乎就离我越远。路边一些不起眼的岩石，镌刻着千百年来无数过路人留下的足迹。历史就在这一点上得到聚焦，可能有很多人像我一样，怀着无限的虔诚，用双脚丈量这里的每一寸土地。我将平时难以摆脱的烦恼留在山路上，而将恬静和幸福深深地刻在心中。

终于在路边遇到一个卖东西的当地人。她看上去四十岁左右的年纪，皮肤有些黝黑。她的身边摆放着很多物件，也许有一部分是她手工制作的。看到我们的到来，她并不急于兜售她的商品，而是留下充分的时间让我们静静地欣赏。那些手工制作的小玩意儿，立刻吸引了我的眼球。她仅仅做了一些简要的介绍，丝毫不让人产生任何厌烦之感。我问她每天的生意如何，她淡淡一笑说还可以。我又问她为何不像其他地方的小贩那样，逮着客人立刻就“王婆卖瓜，自卖自夸”，她悠然地说：“做生意的事急不得，要顺其自然。如果过分热情，反而会吓走客人。”

从这个小贩身上，我似乎看到天柱山精神的所在。无论其他人赋予它什么头衔，它都以一种平淡静谧的神态示人。正是这种宠辱不惊、悠然自得，才是天柱山的动人之处。游人的到来，并不会破坏其中的和谐，反而为这份寂静增添别样的色彩。

总算到了天蛙峰。天蛙峰因峰顶有巨石很像青蛙而得名。登临峰顶，我的双腿有一种灌铅的感觉。不过不打紧，这并不妨碍我欣赏周围的景致。放眼四周，高低不一的山峰突兀错落，在云雾的烘托下，形成一幅意境深厚的水墨画。我躺在山顶上的一处空地，慢慢地闭上眼睛。汗水慢慢被晒干，心跳也渐渐趋缓。日精月华之气，在呼吸间被带入体内。此时，头脑显得格外清醒，有一种醍醐灌顶的感觉。

天柱山中还有浓厚的佛教文化氛围。隋唐以后，佛教在中土盛行，据说佛教的二祖、三祖、四祖曾在天柱山传经说法，于是就有了“三祖寺”名字的由来。“三祖寺”门口那副“千江有水千江月，万里无云万里天”的对联，蕴含着发人深省的禅意。踏入这佛门净地，我立刻收起刚才的慵懒，内心涌起无限的崇敬。青山秀水之间，卧着这样一座寺庙，它为潜心修行者提供了一片精神上的乐土。“菩提本无树，明镜亦非台。佛性常清静，何处有尘埃！”一切的俗务、纷争，都在这样的环境中变得毫无意义。沿着石阶来到“三祖寺”的中殿，一整面墙上竟刻着顺治皇帝的出家诗。早就听说过顺治皇帝舍弃九五之尊情愿削发为僧的故事，历史上对顺治出家给出的理由很牵强，爱美人不爱江山的美谈或许只是人们的一厢情愿。本人愚见，或许这位皇帝金戈铁马，领略人世间太多的沧桑，进而产生一种虚无感。而佛教正好填补他精神上的空虚，他皈依释道自然是水到渠成。皈依并不是我们每个人的必经之路，但是精神上的反省却是我们必做的“功课”——面对物质世界的纷纷扰扰，我们是否能够守住心中那个真实的自己？我们需要经常在心里问自己这个问题。

走出“三祖寺”的佛家境界，我们又一次沉浸在天柱山的自然美景中。神秘谷号称花岗岩洞第一秘府，有“天柱一绝”之称。幽幽洞若线，匍匐走蛇蝎，行走在其间，好似漫步在扑朔迷离的迷宫。眼看前方无路可走，但左拐右转却又柳暗花明，有光线从外面射进来。据《仙经纪录》记载：“司命洞府在天柱。”而《黄帝内景经》也有对天柱山的描述：“天柱山有洞，通二百里，司命真君之府，有西北东南四门，中有五香飞华金瓶之宝，神瞻灵闳，食之者返童。”虽然我不信这长生不老的传言，但是能够置身这世外桃源的仙境，自己也好像成了不食人间烟火的仙人。这一方溶洞，让每一个游客身上都仿佛带着一丝仙气。

天柱峰，正在不远处等待着我们。山顶耸立着直刺青天的巨石，在其背脊处“中天一柱，孤立擎霄”的字样醒目可见。峰顶上，岩石重叠，直如斧劈刀砍，草木不生，望之危然，向下看去，则是万丈深渊，心惊胆战，两腿发麻，不敢久视。千百年来，天柱山始终保持着昂然向天的姿态。寒来暑往、风吹雨打，它不曾低下高傲的头颅。得到南岳的尊号，它没有任何的惊喜；失去正统的宠信，它亦没有任何的失落，在这方土地上坚守着自己的灵魂。不亢不卑、无欲则刚，这或许正是天柱山最大的魅力。

此时此刻，我彻底回归那个被世俗的尘埃深深遮蔽的“本我”，身心得到极大的净化。“大率平生乐趣，欲以天地为囿，江汉为池，各适其天，斯为大快！”古代文人墨客徜徉于名山大川，正是为了寻找那个被遗失的自我。我现在正处在“见山是山，见水是水”的境界，只有不断地与自然亲近，才能渐次达到“见山不是山，见水不是水”和“见山还是山，见水还是水”的境界。天柱山之行，为我精神境界的提升增添浓墨重彩的一笔。

夕阳西下，夜色中的天柱山更增加了一抹神秘的色彩。这次精神“朝圣之旅”，让我有机会拥抱淡泊与宁静。回望夜色朦胧中的天柱山，内心不禁感触良多。

我在天柱山留下自己的足迹，而天柱山赐予我更多精神上的珍宝。我会细心地珍藏着，直到生命的尽头……

复返心灵的家园

——读《瓦尔登湖》有感

徐迟先生在本书译者序言中说："《瓦尔登湖》是一本寂寞的书，是一本孤独的书。它只是一本一个人的书。"每个人都需要一个独有的精神世界，《瓦尔登湖》为我们开辟了一条平坦的通道，让我们有机会复返心灵的家园。

该书写于19世纪中叶，正值资本主义飞速发展的黄金时期，当时的人们对资本疯狂地追逐，想尽一切的办法获取更多的金钱。工业化浪潮、拜金主义思想将人性中恶的一面充分展现，人们终日劳作在追名逐利中。就在这样的社会背景下，1845年，梭罗单身只影，拿了一柄斧头，跑进无人居住的瓦尔登湖边的山林中。他自耕自足两年有余，而在这个被称为"神的一滴"的瓦尔登湖的土地上，他坦然在空间里，孤独在思想中！

> 我希望我们的农夫在砍伐森林的时候，能够感觉到那种敬畏，就像古罗马人在一个圣林里间疏林木以使其透光的时候所感觉到的敬畏一样，因为他们觉得这个森林是属于一些神灵的。
>
> ——《瓦尔登湖・室内的取暖》

> 有一千个人在伐着罪恶的枝丫，却只有一人在猛砍着罪恶之根。
>
> ——《瓦尔登湖・经济篇》

当梭罗写下上面这些文字的时候，他的心中充满对瓦尔登湖的爱、对小屋的爱、对山林的爱、对林中小动物的爱以及对大自然万物的爱。从中我看到了梭罗的胸怀与境界，那是一种超越浮躁、超越个人荣辱、超越一切物质的人生境界。两年多在瓦尔登湖畔的时光，让梭罗看透生死，明白自身的人生价值。他的文字吹散城市喧嚣的迷雾，让我嗅到自然独有的芬芳。他思考人生，让我的心如净水般澄澈。他的一生是如此简单而又意蕴深远，让我顿生崇敬。他的精神世界绚烂多彩，而且是精妙绝伦，世上这样的智者怕是只有些许吧。阅读《瓦尔登湖》，让我忘却身边的浮华，而静下心来思考一些形而上的东西，就是在这个时候，我才感觉自己活得很真实，没有了矫揉造作。

梭罗渴望过一种简化的生活，在这种生活模式下，大量的时间可以被腾出来深入生命、品味人生。正如他所说："我喜爱我的人生中有闲暇的余地。有时，在夏季的一个清晨，我像往常一样沐浴之后，坐在阳光融融的门前。从红日东升直到艳阳当头的正午，坐在这一片松林，山核桃树和漆树的林中，坐在远离尘嚣的孤寂与静谧中，沉思默想。"他提倡俭朴生活，并不是让我们要粗茶淡饭或是节衣缩食，而是想要让我们多听听心的节奏，这也许就是一个人的价值。他觉得，如果人们能过宇宙法则规定的俭朴生活，就不会有那么多的焦虑来扰乱内心的宁静。"所谓明天，即使时间终止也永不会来临，使我们视而不见的光亮，对于我们就是黑暗。当我们清醒时，曙光才会破晓。"他通过自己的生活经验，告诉世人不要被纷繁复杂的生活所迷惑，从而失去了生活的方向和意义。

梭罗是崇尚自由的，他勇敢地面对生活和一切他要正视的东西，并仍能保持自己单纯的、自然的、美好的伟大心灵。"什么也不能正当地迫使单纯而勇敢的人产生庸俗的伤感。"正是心怀对自由的憧憬，让他在简单的生活中有着无比的乐观。"不论你的生命如何卑贱，你要面对它、生活它；不要躲避它，更别用恶言咒骂它。"在梭罗看来，生命永远没有想象中的恶劣。

梭罗探索着大自然的美妙与历史，同时从大自然的历史中探求着人类的历史。梭罗从中领悟出自然对人类过错的宽容与大自然的生生不息，人类在大自然的面前忽然变得那么渺小！大至四季交替造成的景色变化，小到两只蚂蚁的争斗，无不栩栩如生地再现于梭罗的生花妙笔之下，并且描写也不流于表面，而是有着博物学家的精确。

尽管我们不能够像梭罗那样去体味孤寂的山林生活，尽管瓦尔登湖已经永远地消失，但这些都不能阻碍我们在自己的内心里拥有一泓清澈的瓦尔登湖，时刻都能让心灵得到洗涤，按梭罗所说，到你的内心探险去吧！

> 我引以为荣的是，有一位来客用黄色胡桃叶当作名片，并在上面写下了几句斯宾塞的诗，我把它当作我的陋室铭：人们来到这里，充实了小屋，不需要多余的款待；休息就是盛宴，一切顺其自然，最崇高的心灵，最能怡然自得。
>
> ——《瓦尔登湖·访客》

阅读《瓦尔登湖》，就是一次让人回味无穷的精神之旅。

我又一次打开这本凝聚着思想和智慧的书卷，复返那个美丽的心灵家园！

赤壁随想

余秋雨在其散文《苏东坡突围》中写道："也不知是东坡成全了赤壁，还是赤壁成全了东坡。"我乘着一叶扁舟，于清秋的早晨，来到这片充满故事和沧桑的土地。曾经的喧嚣都已成为过眼云烟，仿佛只有那位文坛大家坚毅的眼神，勾起我的遐想与思绪！

人间道，花前月下两茫茫。赤壁赋，锦瑟年华怎奈何？

正大门的门楣上"东坡赤壁"四个大字，仿佛时光让记忆停留在宋朝。当年的千杯不醉至今只剩残影，那段佳话却是沉吟至今。醉，是一种潇洒的姿势，纵一苇之所如，凌万顷之茫然。所有的风景幻化成一场沉重的话剧，这里有山盟海誓的爱情，也有金戈铁马的凌云壮志，也许，它仅仅是将难忘埋葬。游东坡赤壁，好像经历一次心灵的洗礼。

也许，它只是一个时代的幻影，它只是一个永恒的梦，如针刺在胸口。遥望这里，甚至会有面湖而立的释怀，造物主用他的绝代风华完成了你，却留下了千年垂泪的霓裳羽衣。醉在这里，如梦初醒，红尘其实意犹未尽。

步入大门，楼阁挺立，绿树参天，间有曲径通幽。沿着青砖小路直上八卦桥，迎面是一片宽阔的草坪，青草如茵，流水潺潺。绕过此地过一座小桥，便是当年苏轼泛舟之地。池边空地上，耸立着一尊 6 米高的乳白色东坡全像。东坡先生手执书卷，面对长天，衣衫飘逸，凝神伫立，似在思索宇宙之真谛。

越苏轼像，拾级而上，我来到赤壁最重要的景观——二赋堂。堂上匾额系李鸿章所题，堂前对联系辛亥革命领袖黄兴所撰。该赋堂古色古香，以青砖铺地，给人以久远古朴之感。正堂中竖立的木壁顶梁而立，木壁前后分别刻着《前赤壁赋》《后赤壁赋》：前者为楷书，端庄清新，乃清代黄州教谕程之祯所书；后者为魏书，古老凝重，系近代书法家李开先所书。

当被贬黄州的奏令放在面前，东坡先生只能将满腔的激情化作笔下不朽的诗篇。“老夫聊发少年狂，左牵黄，右擎苍……”“小乔初嫁了，雄姿英发，羽扇纶巾……”虽然早已不是翩翩少年，但是他依然胸怀天下、心系黎民。站在滔滔的江边，他斟一杯凉酒，仰天长啸、临江而饮，祭奠那些曾经建功立业的英豪，追思已经逝去的岁月。

寻思远迹之间，他不禁顿悟出：“哀吾生之须臾，羡长江之无穷。”他不再悲观、迷茫，决意脱去官场的华服，选择以朴衣素食为生的自然生活。他的足迹就是他自己对人生最真实的顿悟。在最崎岖的山路上，他点燃了前进的火把；在最寂寞艰辛的官场生涯中，他寻找到了光明与信念。面对人生的困境，他反而更为旷达释然，用豪放的性情和理性的思考来压制内心深处对人间冷暖和世事无常的感伤。他“大江东去”的豪迈，“千古风流人物”的激昂，“人有悲欢离合，月有阴晴圆缺”的旷达，引发后代无数人的共鸣。他用诗文把自己的人生历程留给了青史，沉淀出不朽的艺术。历史永远会记住这个风流人物，他用心灵的月光照亮黑夜的路，用乐观旷达的心态点化人生旅途。

须臾，一场大雨袭来，妄图洗去赤壁的尘埃。山川焕发青春，芦苇依旧坚韧，风拂晓而过，去或不去，它依旧在那里，不悲不喜。我始终能够察觉到赤壁的泪水，那是一种墨一般的气息，酒香飘来这里，与其融为一体。风景依旧，人却不同。“歌曰：‘桂棹兮兰桨，击空明兮溯流光。渺渺兮予怀，望美人兮天一方。’”流光依然是流光，可是美人早已白发苍苍……

我的眼前，似乎出现一千多年前那腥风血雨的场景。胜利者的弹冠相庆、失败者的垂头丧气，都早已蜕变成历史的文字符号，空留我们后人的悲叹。

一阵悠扬的琴声似乎透过时空隧道传来，弹琴者羽扇纶巾，带着一份儒雅的风度。面对“皮之不存，毛将焉附”的危局，他的琴声没有丝毫紊乱，略带犀利的眼神，折射出他对于这场生死之战的自信。

天空早已被无数的火把染成了暗红色，巨大的战船被锁链紧紧地连在了一起。一代枭雄曹操站在船上，任由猛烈的风将他的战袍吹得鼓动翻飞。他就像一只伺机而动的雄鹰，平静的眼神中巨浪翻滚。

然而隔江的另一侧，那位弹琴者早已身披战甲、手握重剑。入夜时分，鬼魅般的夜空中明月高悬，洒下了一层银辉。一阵东风袭来，总攻的时刻已经到来。他用低沉厚重的声音发出命令，令早已焦急不堪的将士们兴奋不已。

黄盖的船队向曹操的百万大军疾驰而去，好像一把尖刀向着敌人的心脏刺去。就在曹操意识到危险时，快船已经喷出烈火，携带着一股势不可挡的热浪。船上的将士疯狂地砍着铁索，但铁索异常坚硬，竟连一丝裂痕也没有出现。为了逃生，将士只得惨叫着跳入了水中。刺耳的兵器碰撞声，沉重的铁索声，绝望的哭喊声，伴随着火焰噼里啪啦的脆响，笼罩着战场上的整片天空，久不停息。

火光冲天的场景，慢慢从我的视线中褪去。这些都曾在这片土地上真实地发生过，引发东坡先生以及无数后人的感慨。但愿这样的景象，不要再在任何一个地方发生，不要再留给我们的后人更多的叹息。

在这残阳如血、沧海如幕的傍晚，我缓缓地离开赤壁景区。回望身后，我似乎又看到东坡先生的身影，同时出现的还有那恢宏的战争场面。这一“文”一“武”的巨大反差，引发我无尽的随想。

南翔古猗园之行

一个冬日的周末，我陪父母来到嘉定南翔古猗园。雨雪天气为出行增添了麻烦，但是挡不住我们欣赏美景的兴致。观景之余，还品尝了美味小吃——南翔小笼，让味蕾徜徉在鲜美的世界中。

检票进入古猗园后，一幅巨大的石壁画展现在面前，上面雕刻着各类珍禽猛兽、自然美景，工艺栩栩如生。石壁画后面，几朵由各式各样花草组成的莲花，让人浮躁的内心顿时平静下来。莲花一旁是几只火红的灯笼，为节日增添了喜庆的气氛。

通过导览图上的介绍，我了解到古猗园建于明代嘉靖年间，取“绿竹猗猗”之意而名。园内的亭、台、楼、阁、榭、立柱、椽子、长廊上无不刻着千姿百态的竹景。它占地近10万平方米，规模为上海五大古典园林之首。古猗园的亭台楼阁多临水而建，它的静谧与旁边的潺潺流水相得益彰、互相补充，构成一幅动静平衡的美丽画卷。这一巧妙构思，充分体现“亭台到处皆临水，屋宇虽多不碍山”的意境。蜿蜒曲折的构造设计，让人常常会产生“山重水复疑无路，柳暗花明又一村”的情怀。

古猗园内的建筑设计，充分展示明代时期江南园林建筑精巧、自由、活泼的特点。屋面小瓦筒瓦，屋脊花色镂空，各种斗拱、飞檐翘角、门窗式样、雕刻装饰，油漆粉刷色彩简朴素雅。除了外表上别具一格，建筑的取名也有着深刻的内涵，如古猗园内有一方亭名为缺角亭，东北角被设计者故意砍去。虽然表面看上去是一种结构上的残缺，但是却昭示出东北曾经沦陷的史实。其余三角均塑以高举的拳头，表示中国人民反抗日本侵略者和收复失地的决心。还有些建筑物具有地方历史性的纪念象征，如白鹤亭的顶端白鹤挺立，展翅欲往南飞，是根据古代“白鹤南翔”传说而建此亭，南翔地名亦由此而来。

除了古朴典雅的建筑之外，古猗园的幽静曲水给我留下深刻的印象。虽然古猗园的水流没有与外河接通，但是在园中，绵延曲折的溪流还是营造出一种小河流水的意境。由于是活水，水流清澈见底，小鱼儿嬉戏于其间。池岸石驳，凹凸曲折，配植花草，时隐时现，渐有源远流长之感。水流的哗哗声，好似自然的天籁，演奏着没有旋律但胜似旋律的曲调。空气中夹杂着一些水汽和泥土的味道，让人顿有心旷神怡之感。雪花伴着小雨慢慢飘落下来，轻柔地在水面上溅起丝丝涟漪。走在水面上的九曲桥上，只留下这宝贵的清幽与宁静。九曲桥静静地看着匆匆的过客，坚守着属于自己的存在方式，并不理会他人发出的评论或感慨。或许，我应该学习这九曲桥，平静地面对生活中的一切，哪怕是苦痛，哪怕是嘲笑，都只是人生的“匆匆过客”……

“细节决定成败。”一座园林能够吸引游人，除了那些标志性的建筑或景点外，细微之处更体现设计者的造诣和功力。古猗园的花石小路看似不起眼，却凝聚着设计者的心血和精力。古猗园的路曲径通幽、富有情趣，随着建筑、绿化、山石水池的布局曲折绕行，依地形起伏而自由变化。路面花纹的安排和材料的选择，也因所处位置的不同而各异。厅堂门前、亭廊建筑周围，多采用黄石、青石、卵石、青砖、青瓦、缸片、碗片等多种材料铺成精致的花纹图案，如梅花厅前后地坪，铺设了梅花形状的图案，上面“盛开”的梅花暗香浮动。在小云兜假山地坪处，铺设“龙”的图案，有龙云相配之意。走在这一条条曲径通幽的小径，我不断发现着这样的“小惊喜”。相信很多游人都会像我一样，除了在那些亭台楼阁、小桥流水前流连忘返之外，还会留出部分精力关注踩在脚下的小路。这一条条有特色的小路，让我想到芸芸众生。名人和社会精英如同引人入胜的景区，总能汇聚大多数人的目光。相比他们，普通大众就只能甘当绿叶。不过他们也做出自己的贡献，如果没有这一条条小路，人们就无法走进彼此孤立的景点。同样道理，如果没有普通大众，任何英雄豪杰都只能成为“无本之木”“无源之水”的孤胆英雄，无法在纷繁复杂的历史舞台上展示才华。普通大众也有闪光点，就像这小路上雕刻的图案，等待着别人去发现。或许，下一个景点、下一个英雄，就将从他们中间产生。

既然来到了南翔，当然不能错失一大口福——南翔小笼包。据说，南翔小笼包就是从古猗园中走出来的，清朝末年古猗园内有一个叫黄明贤的人开设了一家点心店，经营南翔大馒头。为了吸引更多的顾客，他故意将包子做小，将皮做薄，由此形成南翔小笼“皮薄、肉嫩、汁多、味鲜、形美”的特点。将小笼咬开一个小口，一股鲜美的汤汁立刻浸润整个口腔，食后更是回味无穷。很快一笼小笼包被我“风卷残云”，于是又不得不再要一份……

雨雪纷飞的天气为我的返程之路增添了一份童话般的色彩。我的手中，又多了几包半成品的小笼包。而我的脑海里，古猗园的美景深深地镌刻在其间。

少林寺：禅武交融的圣地

一部《少林寺》电影，让这座千年古刹名扬海内外。令人拍案叫绝的少林功夫，通过影片中演员们的精彩演绎，深深地印刻在我的脑海中。金秋十月，我有幸来到这座历史悠久、充满传奇的寺庙，近距离感受少林寺浓郁的禅意、博大精深的武学。

我是一个武侠小说迷，古龙、金庸的每一部作品里几乎都有少林绝技的身影。武林至尊的称号，让我对这座千年古刹充满向往。再加上最近本人正在和一位朋友练习中国传统武术，因此我对此次少林寺之行充满着无限的期待。当我坐上旅游大巴车，飞驰在去往少林寺的路上时，愉悦之情如同一阵薄雾在我的心中慢慢逸散。我怀着无限的虔诚，去这片武学圣地朝圣。虽然车辆行驶的速度已经很快，但是我还是希望它能够更快地将我载到少林寺。

旅游车上，导游告知我们参观少林寺的注意事项，尤其强调说在少林寺附近不要与人争吵，不要在寺庙大殿内拍照。少林寺里处处都藏龙卧虎，保不准哪一个就是个高人，弄不好就要吃亏了呢。不过，我却认为，少林武学的精髓不是倚强凌弱、争强斗狠，更多地体现为一种忍耐克己、匡扶正义、百折不屈的精神。因此，只要自己不行不义之事，完全不用担心会遭遇什么不测。

行程的第一站是塔林，这里是少林寺历代高僧的灵魂居所。大大小小几百座石塔，形状不同、高低各异。修建石塔的费用，由高僧圆寂后其弟子通过化缘筹得。那些穷尽毕生精力研修经书的僧人，可能因为门下无弟子而面临无法建塔的窘境。为了祭奠这些高僧为佛教事业做出的贡献，他们圆寂后由少林寺出资修建石塔。石塔的高低和层数，和它主人生前的功德有关。最高只能是七层，且层数只能是奇数。塔基是方形的，塔顶是圆形的，和着“天圆地方”的说法。佛教中有一句话：“救人一命，胜造七级浮屠。”也许建造塔林，并非那些得道高僧的本意。“死去何所道，托体同山阿”，或许他们早已将肉体置之度外，而将自己的灵魂升华到那个美好的极乐世界。不过，透过这些错落有致、历经风霜的石塔，我们还是能够体味到少林弟子们对得道高僧的敬意和思念。每一座塔下，都有一段耐人寻味的故事。塔林就像一位饱经沧桑的老者，千年的岁月间沉默不语，却用自己的方式绵延着少林寺不变的神韵。它的一石一土，一草一木，是藏巧敛锋的朴拙浑厚，是生命之舟的风生水起和高山仰止。行走在这片肃穆之地，内心突然变得很宁静，好似一片没有任何波澜的湖水。我的精气神突然穿越到过去，和大师们的灵魂进行一场跨越时空的对话。

经过一段林荫路，我终于来到少林寺的寺院。佛宇的凝重，古树的荫蔽，游人的喧哗，香火的鼎盛，“少林寺”三字益发闪着佛性的光芒，璀璨生辉。站在红色的寺门边，导游开始讲述少林寺的历史。少林寺创建于北魏太和十九年（公元 495 年），是北魏孝文帝元宏为安顿印度僧人跋陀而建。公元 527 年，印度高僧达摩到这里落迹，创立具有中国特色的禅宗，并通过练武强身健体。我和着人流，慢慢地踱进庙门。

初入少林寺，几棵粗壮的千年古树笔直地挺立着，每棵树都已经达到独木成林的程度。前方，一座座的大殿呈纵向排列，共是七层院落，几乎在一条直线上。大雄宝殿外面香火缭绕，很多游人在此虔心参拜，祈求自己和家人身体健康、平安快乐。我也点上三炷香，为自己和父母祈福。立雪亭内，乾隆皇帝御书“雪印心珠”，导游讲起了断臂神光的故事。“心气浮躁，怎能入佛。要我真传，除非天降红雪”，达摩用一种委婉的方式拒绝神光的拜师。一心拜师的神光，怎能因此而退缩？为表示虔诚与决心，神光狠了狠心，挥起手中戒刀对准自己的胳膊，只听“咔嚓”一声，神光左臂落地，鲜血飞溅，染红了地上的白雪。佛祖如来也被这坚定的信念所打动，他挥舞袈裟，漫天飞雪披上红装，整个世界白里透红！诚心可鉴！达摩祖师收下了神光，二祖“慧可”用自己的坚毅赢得了真传。

这个故事虽然包含着残忍的成分，但是其中蕴含的哲理耐人寻味。正因为我们内心的杂念，让我们一次又一次在通往成功的道路上铩羽而归。唯有心无挂碍，方能成就大愿。神光之所以得真传，就因为他敢于放下一切，甚至放弃生命的载体。当然，我并不是在提倡这个近乎苦行僧的行为方式，但是他的精神意志还是有助于我树立战胜各种困难的勇气。

导游催促我们赶紧去武术馆排队，否则可能看不上不久后的少林功夫表演。这个项目是此次参观的重中之重，我怎肯轻易错过。我立刻加快脚步，健步如飞，用了很短时间赶到武馆门口。孰料很多人已经先我一步来到这里，我只好无奈地充当起排队长龙的“龙尾”。等候了近半个小时，忍受着人群中散发出的异味，我终于在拥挤中进入武术馆。主持人报幕后，灯光渐渐暗下来，让人对后面的演出充满期待。十几秒的静默后，十多位少林武僧鱼贯而出。他们矫健的身手、有力的拳脚，充分展示着少林武术的博大精深。其中，有著名的少林拳、少林棍，有各种动物拳（猴拳、螳螂拳、虎拳等），还有惊险刺激的硬气功表演——一位表演者用他的“铁头功”硬生生地将一块生铁片撞碎。其中一项飞针穿玻璃的表演，因为难度实在很高，导致好几次表演都没有成功。这时，观众们及时送上鼓励的掌声，终于在第三次尝试中，表演者手中的银针刺穿玻璃，将玻璃后的气球击爆。

表演中场休息时间，还特地安排了现场观众与少林武僧的互动环节。主持人邀请三位观众，上台向三位表演者现场学习少林功夫。虽然本人近阶段学过一些武术，可是依旧没有上台展示自我的勇气，担心自己的三脚猫功夫会在众人面前出丑。主持人话音刚落，三位挑战者已经应声上台，其中有一位是外国黑人朋友，有一位20岁出头的小伙子，还有一位年过花甲的老者。看着他们上台时的敏捷身手，我庆幸自己刚才的决定。不过，后面的事态发展却大大出乎我的意料。“是骡子是马，拉出来遛一遛。”三人一拉开架势，立马就被打回原形。和少林武僧快速有力的拳脚相比，他们尽其所能也只能勉强达标。挑战者夸张滑稽的模仿，引来全场观众的阵阵笑声，特别是一些难度较高的空翻动作，其中两位参与者知难而退，而那位黑人朋友却迎难而上。结果，他没有掌握好平衡，重重地摔在地上，好在他的年纪较轻，没有造成很大的伤害。三人学习完毕，现场观众通过掌声为他们打分。凭借着敢于挑战的勇气，那位黑人选手最终获胜，拿到了少林功夫表演的光盘。他的脸上露出了灿烂的笑容，向观众们鞠躬表示敬意。

表演的最后阶段，上演了十八般兵器展示。大刀、双钺、银枪、三截棍、木棍，这些冷兵器在表演者手中龙飞风舞，刹那间阵阵寒光在我的眼前掠过。伴随着充满激情的音乐画上休止符，表演者们摆出一个完美的造型。

演出散场后，我的思绪依然沉浸在刚才的表演中。相传当年达摩祖师面壁之时，为了锻炼身体，创立了少林拳，由此开了少林武术的先河。代代相传，少林寺的僧众均练武，形成了独特的少林武术体系。千佛殿殿内，青砖铺就的地上，那些深浅不同的脚窝，就是千百年来少林寺的和尚们练武踏成的。这些练武留下的痕迹，带给人们的是一种强烈的心灵震撼。冬练寒九，夏练三伏，武僧长年累月的磨炼，长年累月的汗水，才有了武艺高超，才有了十八棍僧救唐王的荣耀。这份对武学的执着，成就了少林武术的光辉与荣耀。

“明日瞻中岳，今宵宿少林。心依六禅静，寺据万山深。树古风留籁，地灵夕作阴。应教半岩雨，发我夜窗吟。”乾隆皇帝夜宿少林寺时，写下了这一诗篇。可惜因为旅游行程的缘故，我没有在此过夜留宿的机会。我只得在留恋中，慢慢地走出少林寺的大门。

“日出嵩山坳，晨钟惊飞鸟，林间小溪水潺潺。坡上青青草，野果香山花俏，狗儿跳羊儿跑，举起鞭儿轻轻摇，小曲满山飘满山飘……”一曲《牧羊曲》，一首禅意悠悠的诗情韵律，一幅妙美空灵的桃源景致，将少林寺留在了所有人的心中。心中默默许愿：明年的这个时候，我一定会再次来到这里，再次近距离品味少林的禅学与武学。

少林寺，禅武交融的圣地。

无字碑遐思

“功过成过去，是非也枉然。”最近参观西安乾陵，看到那块历史上争论不休的无字碑，由此引发我对这位女皇帝的无限感慨。圣君乎？暴君乎？无数标签都被贴到她的头上。或许，她就是这样一个充满争议的人物，几千年来很难有一个定论。

乾陵，位于咸阳市区西北方五十千米处。陵前并立着两块巨大的石碑，西侧的一块叫“述圣碑”，是武则天为唐高宗李治歌功颂德而立的碑，东侧的就是武则天的无字碑。无字碑高 7.53 米，宽 2.1 米，厚 1.49 米，重达 98.9 吨，给人以凝重厚实、浑然一体的美感。碑首雕刻八条螭龙，巧妙地缠绕在一起，鳞甲分明、静中寓动。碑的两侧有升龙图，各有一条腾空飞舞的巨龙。碑座阳面还有线刻的狮马图，其马屈蹄俯首，温顺可爱；雄狮则昂首怒目，十分威严。

身边络绎不绝的游人，大多是抱着轻松愉快的心情参观乾陵。我问身边的旅友，对武则天的这段历史有多少了解。他们只能说出她是中国历史上唯一的女皇帝，至于她如何一步步登上皇帝的宝座，如何以她强硬的政治手腕统御这个王朝，大多数人只能面面相觑。这也不能怪他们，毕竟历史有时是枯燥的，很多人没有耐心在灯下阅读这些晦涩的文言文。我对这段历史有一定的研究，因此在参观的时候心里不能像其他人那样平静、轻松。

自从专制集权社会建立以后，帝王将相们无不希望死后能树碑立传，由此为自己在青史上留下深深的印记，供后人祭奠瞻仰。可是武则天却一反常态，没有在自己的墓碑上刻上一个字。为何她这样鹤立鸡群？围绕着这个问题，历史上大致形成三种观点：一是她想夸耀自己，表示功高德大非文字所能表达；二是因为她自知罪孽重大，感到还是不写碑文为好；三是她觉得功过是非让后人去评论，这是最好的办法。

这场围绕无字碑的争论，本身就是看似无解的斯芬克斯之谜。上面的几种观点，至多只能算是后人的主观臆测。至于事实的真相，大概只能去问武则天本人。不过，这一切并不降低这位女皇在中国历史舞台上的“光芒”。武则天，这是一个颇有历史魅力的名字，甚至可以说达到了妇孺皆知的地步。她先是唐太宗李世民的嫔妃，唐太宗去世后她被迫到尼姑庵出家。本来，她的余生将陪伴在青灯古佛之前。没想到，她的旧情人，也就是唐高宗李治却将她接回到宫中。从进宫的那一刻起，她开始了攫取权力道路上的艰难跋涉。凭借着她的工于心计和政治智慧，她实现了最初的愿望。从被册封为皇后开始到被迫退位，她莅临权力巅峰达半个世纪之久。

应当承认，武则天是一位有作为的封建统治者。统治期间，她政治上打击豪门世族，由此彻底终结从魏晋南北朝以来的门阀制度。同时，她大力发展开创于隋朝的科举制度，为大量出身寒门的优秀人才搭建展示才华的平台。正是她的知人善任和任人唯贤，很多年轻有为的才俊才进入政治核心的舞台。单就“纳谏”和“用人”这两点，连许多具有封建正统思想的人士也为之赞叹不已。经济上，她奖励农桑、兴修水利、减轻徭役并整顿均田制。通过这些经济措施，大唐的国力不断上升。在军事和外交上，她加强国家的边防，改善与边境各族的关系，使唐朝成为当时世界上首屈一指的超级大国。这些历史功绩，并不会因为她是一个女性统治者而被削弱或磨灭。武则天统治期间，延续此前“贞观之治”的盛世，并为后面的“开元盛世”打下了坚实的基础。

如果武则天是一位男性，或许围绕她的争议会减少很多。正因为父母给她的是女儿身，才让她在通往权力顶峰的道路上多了很多坎坷与曲折，由此不得不使用一些非常手段。正是这样为达目的不择手段，才让她在历史上留下一些不光彩的记录。首先，武则天以阿谀奉承的手段取得唐高宗李治的信任，从地位较低的“才人”逐步登上母仪天下的皇后宝座，最终黄袍加身，其中一些残害骨肉的事例尤其令人发指。为嫁祸于王皇后，武则天不惜亲手掐死出生不久的亲生女儿。而太子李弘蹊跷的死亡，也可能是武则天的蓄意谋杀。为谋取权力，她竟然不惜杀害自己的儿子与女儿，其冷血程度让人感到震惊。其次，登基后为了巩固个人地位，她还任用一些酷吏，实行告密和滥刑的恐怖政策，几乎将李唐王室和开国功臣屠杀殆尽。那或许是一个“白色恐怖”的年代，人人都在为自己的身家性命而感到自危，而那些心怀叵测的小人却借此飞黄腾达。最后，武则天还崇信佛教，由此造成很大的奢侈浪费。特别在统治后期，朝廷政治日趋腐败，形成一批新的特权贵族。

公元705年，历史对她开了一个不大不小的玩笑。太子李显在宰相张柬之的辅助下发动兵变，武则天被迫交出权力。几个月后，她波澜壮阔的一生彻底画上了句号。相信她是在寂寞中离开人世的。

历史的巨幕，慢慢在我眼前合上。我又一次凝望这无字碑，似乎听到这位女皇的叹息。我心中发出无限的慨叹：她生命的最后几个月，也许在反思自己的一生。那些光彩夺目的时刻，都已随着时间的推移消失得无影无踪。她失去的实在是太多太多，无字碑上或许镌刻着她作为一个母亲、一名女性深深的痛。

从碑上，我读出一位历史人物的喜怒哀乐。历史的一页就这样地翻了过去，这一页又留给我们太多的思考……

一切都会过去，一切又都不会过去……

夏夜纳凉

酷暑季节，人们都愿意待在清凉舒适的空调房中。不过，我家拥有空调的时间也就十多年的光景。我记得小时候的夏夜，和大人一起外出纳凉同样是一件比较惬意的事。那段美好的时光，一直深深地埋藏在我的脑海中。

今年的夏天出奇的热，连续超过40℃的高温，让生活在这座城市中的人们热得透不过气。面对打破百年纪录的连续高温，人们只得将空调冷气开到最大，用人为的因素抵抗难耐的暑热。我平时热爱运动，工作之余经常会走出家门，让一身的汗水带走一天的疲惫和烦恼。不过，面对这难消的暑期，我也只好退避三舍，乖乖地待在室内，生怕自己成为热射病的受害者。

不过很多年前，我们的消夏方式并不像现在这样。那时，马路上还没有这么多汽车，空调也没有进入寻常百姓家，所以那时的天气绝对没有现在的天气这么炎热。由于正处在放暑假的时候，我被父母反锁在家中，尽管有电视相伴，但是一天闷在家里还是憋坏了我。我渴望外出，但是看到“铁将军”把门，只好将溜出去的想法扼杀在萌芽状态。

晚上父母依次回到家中，我一天中最期盼的时刻终于到来。用完晚餐、洗完澡后，一家三口人手中各拿着一张小板凳、一把蒲扇，向着离家不远的那片街心花园行进。

街心花园的面积并不大，不过这里却成为附近居民消暑纳凉的最佳去处。夏天的夜晚总是来得很迟，往往到了晚上七点天空还是十分明亮。太阳虽已落山，可是空气中的热量还没有散去。步行到街心花园，我的额头上已经渗满汗珠。不过，花园四周高楼林立，由此形成回旋风，因此只要坐上几分钟，一阵阵凉风总能够驱散我身上的“火气”。我享受着这难得的清凉，闭上眼睛哼起了歌谣……

“小唱”一番之后，我自然在小板凳上闲不住了。于是，我开始寻找玩伴。花园成为我和同龄人天然的游乐场，我们追逐嬉戏，甚至搞一些恶作剧和破坏行动。周围的成年人对我们的“恶行”听之任之，或许这在其他地方是不可能发生的。大多数情况下，我和其他男孩子玩一些“实弹对抗”游戏，小泥巴块成为我们手中“战斗的武器”。泥巴块击中身体，被击中者就算“中弹身亡”。游戏分为红蓝两队，哪一队将对方所有的队员消灭即为获胜。由于我身手比较敏捷，我几乎没有中弹的记录。我总是悄悄地猫在一个角落里，等候着敌人来“寻死”。敌人们也很狡猾，一开始他们并没有贸然行动。过了一会儿，他们确认这片区域中没有情况，才敢大模大样地向我靠近。敌方的那个高个子已经在我的攻击范围之内，我怎能放过这个“击毙”他的大好时机。两发子弹迅雷不及掩耳地击中他的身体，他使劲地摇晃了一下，随后痛苦地倒在地上。这个男生演得还真像，摔倒时拖鞋也掉了，就这样光着脚“死”在地上。我深知打一枪换一个地方的重要性，立即转移自己埋伏的地点。随后，我又解决了几个“敌人”，终于我们队成为最终的胜利者。看着对方“横尸”疆场，我和队友得意地笑了。我那时还真坏，故意去戏弄地上的“死尸”，用手去挠他们的脚丫。他们的忍耐性还真强，愣是没有动弹一下。或许，他们真是做群众演员的料儿。

闹够了之后，我又回到父母的身边。父母无奈地看着满头大汗的我，用毛巾帮我擦拭身上的汗水。我又缠着父母为我讲故事，幸好父亲对历史有过一些研究，于是我便在轻松愉快的气氛中接受了一次历史教育。父亲讲得最多的是汉代和三国的历史故事，一个个历史人物，在他的口中被讲活了。就从那时起，我对历史的兴趣就这样被充分激发、调动。

有时候，小区里还会举行纳凉晚会。虽然台上的演出并不是很专业，但台下的观众还是会报以热烈的掌声。歌曲、舞蹈、曲艺、小品，人们自娱自乐，用不同的方式歌颂美好的生活。人们一边摇着蒲扇，一边欣赏着演出，那种感觉至今还让我难忘。

只可惜，这样的时光随着空调的到来而成为我的回忆。周围的邻居纷纷购置空调后，我也期盼这个消暑“神器”能够尽快走进家门。自从空调在我家“站稳脚跟”后，我们就不会在夏天的夜晚外出纳凉。我不得不与室外的凉风作别，与顽皮的小伙伴作别，与那非专业的演出作别。虽然空调带给我舒适的环境，但是我的心里总觉得缺了一些什么。

我的思绪又回到现在，或许我将继续在空调中度过剩下的夏天。不过，我还是希望能够有机会外出纳凉。只要不像今年这么热，我还是愿意关掉空调，让自然的风亲吻我的肌肤的。

临池赏荷

一场猛烈的阵雨，暂时缓解令人昏睡的暑热。雨水的清凉让我有了外出的冲动，因为在室内憋了很久，浑身的骨头和关节都快要生锈了。我想到了公园的那片荷花池，那是放松身心的最佳场所。

从我家到公园，不过两三分钟的路程。我不理会路上的喧嚣，因为日常生活中我已经历太多的热闹，此刻更需要宁静。我快步走向荷花池，耳边的分贝数在逐渐下降，终于得到宝贵的静谧，我享受着这样的恬静。

映入我眼帘的，是一大片没有经过任何雕饰的绿色。这片有限的湖面，早已被亭亭玉立的荷叶完全占据。高低错落的荷叶相互簇拥着，不愿意留下任何的缝隙。一阵清风吹过，荷叶轻盈地摆动着，好似女子舞动的衣裳，清幽透着一份灵动。荷叶上，残存着一些晶莹剔透的水珠。太阳照耀在这些水滴上，好似催生了一颗颗闪耀光芒的宝石。不过，荷叶只能充当陪衬的角色，因为我的视线早已被其间婀娜多姿的荷花所吸引。朵朵怒放的荷花，似女子动人的脸庞，端庄秀丽，一颦一笑让人魂牵梦绕。粉红色或淡黄色的花朵，没有过度修饰的娇艳，而更多的是少女般的纯真和清新。这种“荷叶罗裙一色裁，芙蓉向脸两边开”的姿容，醉人醉心。

我静静地坐在一旁的石凳上，欣赏着满池的荷花。如此人间美景，自然引得一些摄影爱好者纷纷举起手中的相机。其中有一位老者，两鬓已经有些斑白。但是，他依然神情专注地将镜头聚焦那朵最大的荷花。为了捕捉到最好的镜头，他长时间地蹲着，豆大的汗珠从他的额头上渗出。随着快门的声响，老人紧绷的神经终于松弛下来。于是，我和老人攀谈起来。没想到，老人退休前是某重要职能部门的“一把手”，手中掌握着重要的审批权力。工作中，很多诱惑像潜伏的敌人一样窥视着他，让他有些防不胜防。每当他无法克制自己时，他就会来到这片荷花池，让荷花“出淤泥而不染”的精神感召自己，最终守住了法律和道德的底线。

退休后，他终于得以从极度繁忙的状态中解脱出来。一下子从忙碌不堪到无所事事，他似乎有一种悬浮在半空的感觉。几年前，当他在这片荷塘边散步时，倏然产生一种想将眼前风景记录下来的想法。于是，他重拾年轻时的爱好，荷叶与荷花被完美地定格在镜头中。从此，他痴迷上摄影创作，每天背着长枪短炮寻找着身边的美景。他深深感谢这片荷塘，因为它让老人重新找回生命的价值与意义。

听完老人的讲述，我若有所思：人生中有太多诱惑，关键在于我们如何把握，否则这些诱惑就有可能把我们拉入万劫不复的深渊。人生是一出悲喜交加的戏剧，高潮过后总将回归平淡。我们要接受这份平淡，并从平淡中寻找新的精彩。

我接过老人手中的相机，一张张构图、色彩俱佳的照片呈现在我的眼前。在老人的手中，荷塘被拍活了，似乎被赋予了灵动的生命。我喜欢这些水彩画般的照片，它让我看到一个敢于直面任何境遇、不屈的灵魂。

和老人告别，我绕着荷塘边缓缓地行走着。阵阵荷香伴着微风，进一步释放着此前积累在心中的负能量。我想到此前自己为了一个微不足道的职位，不得不刻意扭曲着自己的真性情，每天都无奈地带着假面具生活。只有在面对这一池荷叶和荷花时，内心的欲念才会有所降低。老人一生的经历，或许就对我有很强的借鉴意义。种种的利益与诱惑，从较长的一个时间段来看，都只不过是一片浮云。我们最终都会明白这些道理，只是在明了的过程中，我们付出的代价实在太大，找寻的时间实在太多。让荷花纯净的品质荡涤我们的心灵，用一种淡然的心态面对生活中的起起伏伏。人无欲则刚，少了这份贪念与执着，我们将在此过程中变得更加强大。

天色渐晚，落日的夕阳照射在荷塘上。荷塘上升腾起一阵薄薄的水汽，更为此间增添了一份神秘与幽静。花开花落，人生就在种种偶然与必然中上演着一出出剧目。我仿佛了悟，每一场相逢的盛宴终将散去，一切的一切终究逃不过红尘梦醒。

漫步老街

老街就像一位饱经沧桑的老人，向来往的游客诉说着纷繁的历程。老街是一本厚重的大书，装载着丰富多彩的人物与事件。漫步老街，卸下所有的浮华，仔细倾听双脚叩击青石板的声音，认真品味弥散在空气中的韵味。

那天早上，陪伴父母游览有江南园林特色的南翔古猗园，里面古色古香的建筑风格让我如痴如醉。我提出到附近的老街走走，于是一行三人按照指示牌的方向去往不远处的老街。

伴随着一幢幢非现代风格的建筑出现在眼前，我们已经身处老街的“势力范围”。不像其他景区入口处那样大气奢华，老街只是以一副平静的姿态欢迎每一位游客。天渐渐下起了小雨，青石板的路面显得有些湿滑。我们小心翼翼地行走着，同时对周围的商铺左顾右盼，生怕遗漏什么珍馐美馔。周围都是风味独特的小吃店，各色的美食散发着诱人的香味。我们早已是饥肠辘辘，哪经得住这样的诱惑，迅速闪进一家南翔小笼包店。

没过几分钟，两笼冒着热气的小笼包被端上餐桌。轻轻地咬上一口，一股鲜美的汤汁很快从里面涌出来。深深地吮吸一口，似乎有一种飘然欲仙的感觉。我们的“战斗力”很强，很快两笼小笼包就被风卷残云。面对依然“警报不断”的肠胃，各自又要了一小碗面条和两个汤圆。这次，我们选择了“精耕细作”的方式，让味蕾细细地品味其中每一种滋味。富有弹性的面粉、充实的馅料，不仅让肠胃解除警报，也让我们享受了一次味觉上的“盛宴”。更为重要的是，我们是以低廉的价格享受这些美味。伴随着一个接着一个的饱嗝，我们带着满足感慢慢踱出小店。

拖着略显“沉重”的身躯，我们缓缓地行走在老街的路面上。越往前走，步行的速度愈发缓慢。这时才发现，自己已经置身于人海之中。前后左右都是熙熙攘攘的人流，我们三人则像大海中的一叶孤舟，被周围人推动着前行。虽然老街上人潮汹涌，但是大家都抱着休闲的心态，因此整个行程还是比较惬意。由于敝人一向对美食缺乏抵抗力，手中很快又拎着大包小包。

望着秩序井然的人流，思绪好像飘到了很久以前。许多年前，这里就是如此繁华和热闹，来自四面八方的人们，拿出自己种植的农副产品或自己制作的土特产，到这里换取其他生活必需品。老街成了人们的希望之路，叫卖声、讨价还价声交杂在一起，处处可见人们满足的笑脸。老街也会成就一段段佳话，因为来这里的不乏帅哥、美女，邂逅也许是偶然的，但更是一种必然。劳累一天的姑娘、小伙们，发现身边多了一双关注的眼神，并不会像在其他地方那样尴尬。感情在潜移默化中慢慢发芽、生长，经过一段时间后终于结出果实，多么朴实又不乏浪漫的爱情啊！

快要到达老街的尽头，人流渐渐稀疏起来。这时，我看到坐在屋门口的一位老人。虽然老街已经被开发成风景区，里面依然留有部分住户。老人就这样平静地坐着，不动声色地注视着匆匆的行人。或许，这样的景象他每天都能看到，早已达到宠辱不惊的地步。他这样的年龄，悲欢离合或多或少都曾经历过，因此生命才能显现出如此的韧度。走近老人，我发现他的手上有一道疤。老人发现我在观察他，并没有流露出任何不自在。他用慈祥的眼神看着我，冲我淡淡地笑了笑。我突然有一种与他合影的冲动，他爽快地答应了，两眼眯成了一条线，笑得那么自然。父亲适时地按下了快门，一张有艺术冲击力的照片留在相机存储卡中。画面中，黑发与白发、青春与苍老、激情与成熟形成鲜明的反差。我向老人保证，一定会把冲印出来的照片寄给他。他笑了笑，表示没关系。

或许，每天都会有人想与他合影，而他总是满足每个人的要求。他仿佛感到自己在世间的时间不多，所以，他已经不在意那些浮华。他只需要一份宁静，一份掺杂着纷扰和喧闹的宁静，在这宁静的氛围中，带着平和的心态重重地画上生命的句号。或许这个句号并不美丽，但是他不会后悔。

不知不觉中，老街已经来到我的身后。回望老街两旁飘香的小吃店、熙熙攘攘的人流、平静淡定的老人，我忽然领悟到老街的精髓，那就是一份坚守。尽管外貌会随着时代发生变化，但是它的灵魂不会变化。

神农赏花品真情

鲜花盛开的五月，我来到美丽迷人的神农架。那漫山遍野盛开的杜鹃花，让我如痴如醉、流连忘返。赏花的同时，我还见证了珍贵的亲情、友情、爱情，为这次神农架之旅添上了浓墨重彩的一笔。

“庄生晓梦迷蝴蝶，望帝春心托杜鹃。”春光灿烂的季节，我收拾好行囊来到充满着神秘和富有原生态色彩的神农架，就是为一睹那成片的杜鹃花海。层层叠叠的山峦中，映入眼帘的是满枝的花朵。花瓣密密匝匝，蕊靠着蕊、瓣贴着瓣，像恋人一般相互依偎、竞相辉映。白的如雪，红的似火，粉红的又如同婴孩般粉嘟嘟的小嘴……有的浓妆艳抹、有的淡若缟素、有的丹唇皓齿、有的芬芳沁人，多姿多彩，真是各具风姿，看得人眼花缭乱。

那一团团、一簇簇杜鹃花，开得那么热烈、那么绚丽。有的开在悬崖峭壁上，有的开在谷沟深壑里，还有的开在曲项幽静的溪流旁。它们将积蓄一年的能量，留在这个属于自己的花季里尽情绽放。满山遍野盛开的杜鹃花，构成一条花的海洋，凝聚成一股磅礴的气势。

盛开中的杜鹃花啊，你这大自然的宠儿。只要你的根能扎入热切盼望的泥土，只要能从土壤中汲取到养分，你的生命就会在快乐中蓬勃地生长、蔓延，你的灵魂就会在阳光的照射下灿然绽放。你的花骨朵如同美人的笑靥，将那青山映衬得更加的妩媚动人。

除了让无数人魂牵梦绕的美景，几位同行的游客也给我的这次神农架之行增添了一抹人间的温情。

同行的游客中，有一位年近四十的中年男子以及两位白发苍苍的老人。中年人说，他是两位老人唯一的儿子，现在是一家上市公司的老总。平时他的工作相当繁忙，基本上没时间陪伴父母。看来，这是一位成功人士，正处在事业发展的黄金期。正当我准备将一大堆溢美之词附加到他身上时，他的双眼里流露出愧疚的神色。原来一年前，他的父亲差点因为脑溢血而离开人世，这才让他认识到尽孝的重要性。事业的发展是永无止境的，以后还有的是机会，可是父母已经上了岁数，在世的日子已然不多。如果不趁他们走得动时，让他们饱览祖国的大好河山，让他们享受平静安逸的晚年生活，他的内心会感到难以言状的不安。正是抱着一种弥补的心态，中年男子特意推掉很多重要事务，留出一个星期的时间。他知道母亲喜欢杜鹃花，于是就陪伴父母来到神农架，让他们亲身感受满山的杜鹃花。

如果说中年男子的孝行展现出中华民族孝顺的传统美德，那么几位青春靓丽的女大学生就用行动诠释出友情的珍贵。几位 20 岁出头的女生是住在一个寝室里的闺蜜，大学几年里，她们的足迹已经遍布祖国各地。这次，她们正处在很多人不愿面对的毕业季，马上就要奔赴承载着她们青春梦想的职场。离别时，感伤是难免的，于是她们用这次旅行来冲淡忧伤。她们在杜鹃花前摆出各种古怪搞笑的造型，在照相机前尽情地欢笑着，就是想让这份行程乃至她们的这段友谊，永远珍藏在她们记忆的宝库中。她们互相祝福着对方在未来的道路上一路好运，并相约明年的同一时间再来到这里。

青年人的世界，永远充满着阳光，就像眼前的杜鹃花，只要条件合适，它就会将最为美丽的一面展示给游人。青年时期的友谊更值得我们回味，因为其中不带有任何功利的因素，带着一份青涩和纯真，永远地存留在我们的记忆中。

让我印象最为深刻的，是一位 20 多岁的小伙子和他身边的盲人女友。

小伙子并没有像其他游客那样不断按动手中相机的快门。他紧紧地握住女友的手，绘声绘色地描述着杜鹃花海的景色。女友仔细地倾听着，不住地点着头，流露出陶醉的样子，好像真的看到花团锦簇的模样。和小伙子聊天时得知，原来他们是青梅竹马，小伙子一直深深地爱着身边的女孩。可是“天有不测风云，人有旦夕祸福”，一场飞来横祸让女孩双目失明。小伙子的父母让他尽早离开这个失明的女孩，就连女孩的父母也表达了同样的想法。小伙子却顶住了种种压力和诱惑，毅然坚守在女孩的身边。女孩在失明后情绪一直很低落，好几次都想亲手了断自己的生命。可是正因为有了小伙子的陪伴，她才坚定了活下去的勇气。此间，男生的鼓励就像丝丝春雨，滋润着女生的心田，她开始积极配合治疗。不久前，一个天大的好消息传来——医生告诉女孩她有了复明的希望。他们来到处处是景的神农架，就是想让满山的杜鹃花见证这爱情的奇迹。

听完小伙子的讲述，我的眼眶有些湿润，或许这就是人们苦苦寻找的爱情真谛。爱情并不需要海誓山盟、生离死别，更多的是一份坚守、一种心心相印、一种相濡以沫。小伙子和女孩都是幸运的，他们都品尝到爱情的甜蜜。满山盛开的杜鹃花，一定会用沁人的花香默默地祝福他们……

这次神农架之旅，不仅让我看到了绚丽壮观的杜鹃花海，也让我又一次感受到亲情、友情、爱情的珍贵。正因为有了这一份份美好的情感，为神农架的美景增添了更多的人间温情，也赋予了这次赏花之旅更多的内涵。

心中默默许愿，明年我还要来到神农架，再次鉴赏杜鹃花美丽的容颜，聆听那一个个感人的故事……

听　雨

对于下雨天，很多人会陷入忧伤的低谷。阴沉压抑的天空，凄冷的雨水，让生活和工作中集聚的负能量瞬间找到释放的理由。可是，我却喜爱在雨天坐在窗前，静静地倾听雨水的吟唱。

微风卷来漫天的水汽和迷雾，我俨然听到雨水轻盈的脚步。“好雨知时节，当春乃发生。随风潜入夜，润物细无声。”春雨带来生命的希望，当它敲打大地的时候，唤醒了已埋藏整整一个冬天的生机勃勃。“天街小雨润如酥，草色遥看近却无。最是一年春好处，绝胜烟柳满皇都。”满眼的绿色是雨水精心雕琢的杰作，它给人欢愉，给人无限的憧憬。悠长的时光，就这样次第流转，牵引出无数悠远绵长的思绪。窗外依旧在飘着细密的雨丝，我要做的只是放下内心的浮躁，静静地聆听它的曲调。

我的童年是在外婆家的老房子里度过的。那里是一大片私房，屋顶是青砖灰瓦。这种屋子冬暖夏凉，尤其遇到下雨的时候，这种感觉尤为奇妙。雨水滴落到瓦片上，发出清脆的声音。渐渐地，雨水就顺着屋檐一层层地流下来。天依旧阴沉着，甚至不时还会响起一两声惊雷。可这丝毫没有惊到我幼小的心灵，相反，雷声成为这曲雨水交响乐的鼓点伴奏。雨水从屋檐来到地面，在地上形成一个个小水塘。后续的雨点滴在水塘上，溅起一个个可爱的水泡，就好像一双双孩童顽皮的小脚，在水面上踩出的朵朵浪花。

风雨几载，流年偷换。恍惚昨日还是不谙世事的青涩少年，今日就已一身红尘，满脸的沧桑和无奈。这连绵不绝的雨水，如同内心曾经勾勒过的、色彩斑斓的梦想。每一个梦想诞生的初始阶段，总是那么高大、宏伟，看上去显得如此诱人。可在现实这一巨大的地心引力牵制下，不得不向地上的水坑妥协，由此泯然于众人。雨点汇入水塘后，就是梦想灰飞烟灭的时候。听着哗哗的雨声，我的心也渐渐地变得迷离起来。

都市的高楼林立，让我没有机会再近距离地接近那清脆的雨声。就好像一件件琐事和世俗，将那个纯真的我渐渐浸润。不过，我依然会在夜半时分，独自倚在窗前，听那雨点敲打玻璃窗的声响。尽管声音生硬了不少，但丝毫没有减弱我的愁思。对于一个满怀愁情的人，即使楼前没有梧桐，房后没有池塘，也没有邻人多事种芭蕉，那雨声也依然很凄苦很悲凉。

不过，我很快释然了，听雨时不再被忧愁的情绪占据所有的心灵。愁苦和烦恼，或许只是我的庸人自扰。外在的环境，只是一个外部因素而已，绝不会改变一颗莲花纯洁的内心。只要有一颗脱俗的心、一颗本真的心、一颗率性的心，我随时能够听到大自然的天籁。就在听雨的时候，我会放下平日里的工于心计、理性的算计，回归曾经的心灵家园。

雨是云朵的泪，这泪既可以是苦涩的哭泣，亦可是喜悦的另一种表达。听雨时，你的心情会决定你品出哪一种感觉。

在站台驻足

初春的早晨，天气微冷。站台的墙壁上，斑斑驳驳，刻着岁月的印记。铁轨向着远方蜿蜒，告诉你未知的方向。

工作劳累之余，背起行囊，浪迹远方。踏进车厢时，夜已深沉。没多久，车厢内响起阵阵鼾声。怀着出游的兴奋，我久久不能入睡。放眼窗外，只见大团大团的黑色，好像一幅净素的水墨画。枕着“咔嚓咔嚓”车轮与铁轨的摩擦声，我衔着一份欢愉酣然入梦。

阳光洒进车厢，将温暖重新带回身边。慵懒地伸着懒腰，把所有的疲惫瞬间甩到很远。这时，车已停在一座小站。因为等候前方列车，火车要停站 25 分钟。车厢内空气太沉闷，我拖着有些麻木的双腿，缓缓向外走去。

寒冷而清新的气息，一股脑灌注到体内。久居城市的我，好久没有吸到这么新鲜的空气。我恨不得打开身体的每一个毛孔，贪婪地呼吸着，好像在喝一杯最美的琼浆。刚才还躲在云彩后的太阳，又一次露出灿烂的笑脸。它通体金黄，散发着并不算太刺眼的光芒。

这真是一个很不知名的地方，至少我的记忆中就从来没有出现过这个地名。它就是地图上一个不起眼的小点，甚至很多情况下并不会在地图上被标注出来。作为这条交通动脉的一个支点，很多列车不会将它作为歇脚的地方。就在我发愣的时候，好儿列火车从我身边飞驰而过，拖着轰鸣的声音驶向远方，只留下眼睛看不见的尘埃。

不去管这些匆匆过客，我的视线又回到站台。不知不觉中，身边多了很多售卖小玩意儿的小贩。他们并没有用尽全力地向顾客吆喝着，只是轻轻地问你一声，然后就寻找下一个目标。连到了这里的小贩都这么悠闲，看来这小站有一种魔力，一种让人们不再焦急的魔力。

站台的墙壁，早已被岁月染成了杂色。两根方形的水泥柱子，扛着长方形的站牌，矗立在由灰石板铺成的站台中央，站牌上黑色的字体，在岁月的侵蚀下已不见当时的鲜活醒目。几株绿荫高耸的杨树，仪仗兵一样散站在狭长的站台上。那热烈的姿势，仿佛当火车经过时，便会拍起绿色的巴掌表示欢迎、欢送。粗糙龟裂的树皮，如同暴晒过的稻田一样，发出一阵阵焦渴的呼喊。

欣赏这些景色时，我发现一个老妇，满头的银发，一脸的褶皱。她一动不动，眼睛望着远方。我不禁想起十几年前的情景：我考上一所外地高校，因此不得不离家。当我已上车，母亲在站台上向我挥手，口中咕哝地说着“出门要学会照顾自己”的话语。每年放假回家，我都看到站台上等候的母亲，眼神中带着极大的渴望。天下所有的母亲，都牵挂着远方的游子。无论他们走多远，这条亲情的纽带都无法割断。

这方小小的站台，将相聚和离别高度地浓缩。它无言地蹲在那儿，或许是等着你们的相遇，或许是看着你们别离。聚与散、分与合，人生的种种图景就在这里上演。很多人希望与相爱的人永远在一起，可是一切的分分合合皆起于缘、终于缘。缘分到了，我们自然会相聚在站台上，看清彼此的面容。一旦缘分终了，我们是否也可以坦然地望着他远去的身影？不要只接受欢乐，是否也应该坦然面对生命中的苦痛？只有懂得承受这样的欢愉与苦痛，我们才算通过人生的考试。从此，不再有所顾忌，生命的曲线又开始成长。在站台上驻足，我仿佛见证一场幸福甜蜜的终结，仿佛看到一颗伤痛的心被抚慰。不需要哭泣，泪水不能挽留时间的足迹。守着头顶上的暖阳，烘烤你潮湿的心。

再有两分钟，火车就要重新启程，我带着不舍离开站台，又一次回到沉闷的车厢中。再过一会儿，我就要上路，去迎接下一个未知的站台。不过有了刚才的思索，车厢不再是一种压抑，因为它就是生活的常态。存在就是合理的，我要去接受这乏味。

有时候，我们需要独处，静静地在站台上驻足，看透生命迸发出的绚烂光泽。有了这种体验，生命就值得回味。

人生，需要停靠站，但愿在我驻足的站台，有一盏明灯，照亮我前行的路……

春日随想

漫长、难熬的冬季，终于开始收拾厚重的行囊，撤退到遥远的北方。和煦的阳光、温暖的春风、争奇斗艳的花草，春天的意象正在广袤的大地上缓缓延伸。人们喜爱春天、陶醉于春天，渴望这美好的景象能够常驻人间。

一阵暖暖的清风，从南方深处席卷而来。它不似冬季的寒风，肃杀着生命，让天地苍穹变得了无生机。它就像一个楚楚动人的使者，唤醒了沉睡一冬的生物。在土壤上，枯黄的草儿首先醒来。嫩绿星星点点地破土而出，逐渐汇聚成整片的绿色。树枝上，有着嫩芽张嘴的欢笑，接着延展出树叶。春意，在鲜艳的花朵上绽出；春风，把春天的气息静静传播。

耳边传来阵阵鸟鸣，那么清脆，那么自然，欢快地迎接春的到来。每年的同一时刻，鸟儿们重新回到这片土地。整个冬天的离别，让它们归来时带着别样的兴奋。它们成群结队地徘徊在头顶上，划出一条条优美的抛物线，宛如正在跳着一支美丽的华尔兹舞。空中的白云，就像一团团诱人的棉花糖，唤起我童年的梦想。真想飞到高空，将这些美丽的云彩摘到手中。

从大地的复苏形态开始，春天也在描述着春的开始。许多浮尘，亦已见证着心灵崛起的瞬间。不远处的山坡上，映山红已经苏醒。一坡坡一丛丛，铃铛般的花苞正释放着季节的脆响。走进盛开的群花，宛若听到了它们演奏出的交响。河水抖落了身上厚实的盔甲，不知疲倦地流动着，舒活着有些麻木的筋骨。岸边的春红柳绿，似乎只是象征性的缅怀，一切都在深深的回眸里。

我情不自禁地脱去鞋袜，光脚踩在柔软的草地上，似乎感受到母亲般的抚慰。小草和泥土带来一种痒痒的感觉，春的气息那么真实地贴近肌肤。露珠停留在叶片上，好似一颗颗晶莹的珍珠，久久不肯滑落。不肯滑落的还有春天的色彩，明亮而轻快。不敢太急，徐徐地移动脚步，印下一条清晰的痕迹，像是春天不经意抹过一笔淡淡的油彩。陶醉在这美满的春意盎然里，一觉醒来，又是下一个春天！

人们也褪去了有些压抑的冬装，换上了轻便的衣服。田间地头，活跃着一个个忙碌的身影。他们的辛劳，就是希冀秋天能够收获到幸福。农人们赤脚踩在泥土中，翠绿的秧苗被一排排整齐地栽下。他们额头光洁，汗水滴落在土地中。世世代代，他们就用这种最为朴实的方式演绎着自己的生活。这葱葱茏茏的一生，希望和怀想始终雕刻在生命的旗帜上。

还有很多踏青寻春的人，他们卸下平日里的烦恼和喧嚣，在春日美景的面前找寻那个失落的自己。他们欢笑着、蹦跳着、追逐着，没有了工于心计、尔虞我诈，似乎回到了无忧无虑的童年。春日以极大的宽容，接纳从屋里出来舒活的人们。它就像一位智者，见证着一段段或平凡或非凡的人生。

只要愿意等待，每一年的春天总会在那个时刻到来；而如果你有足够的自信，人生的春天也会在“灯火阑珊处”静静地守候着你。

明媚的阳光照在我身上，柔和的春风轻拂着我的脸庞，还有那满目的春色，这个时刻既是瞬间，亦是永恒，它将永远镌刻在我的心中。

心醉竹泉村

进入带有桃花源风情的竹泉村，让我原本焦躁的心暂时安静下来。竹，默默传递着天与地的情义，春秋冬夏，酷暑严寒。竹，静静秉守着天与地的情结，世事变幻，沧海桑田。一阵清风吹过，竹林沙沙而响，似歌乐，似欢笑。

“久在樊笼里，复得返自然。”长时间待在钢筋混凝土的森林中，被各种欲望和诉求折磨着。一直希望在尘世间有一个安静的地方，比如在竹林的深处，闻着一股清新的竹香味，品着一杯幽香的绿茶，听着雨滴轻轻地滑落在竹叶上，洗去奔波的疲惫，让心灵有一个宁静的安歇之处。竹泉村就是这样一个让心灵小憩的佳苑，那片竹林就是我的精神家园。漫步其间，仿佛觉得自己的心在扩展，似有一种吸引力把我和充满生命的诗境融合在一起。

晨曦，太阳熔炼一日的沧桑，渐渐露出脸庞，金色的阳光照耀尘世，倾洒温情一片。远处，连绵成片的竹林摇摆着风的节奏，轻摇慢舞，沙沙作响，似呢喃，似私语。一条小径，现于眼前，摆好迎接的姿势。一阵微风拂过，沙沙低语，似执手，似问候。回望一眼林外的阳光，决心举步向前，向竹林深处走去。

晨露俏皮地卧在竹上，使那绿拥有了生命。竹的翠绿，闪烁着光芒的原色，一直浸润到心海最底下的那一层。漫步其中，走走停停，清气流身，如洗尘，如沐浴，恍然间精神一振。竹林深处传来两三声鸟鸣，短促清脆，悠扬漫开。脚下踩的是微湿柔软的土地，地上散落着一些枯叶。拾起，隐隐约约地能看到竹茎。枯黄的叶面，细细的叶茎，近似于透明。踩在这些竹叶上，叶子吱吱地响，悦耳动听极了。仰头，看着那些密密的竹叶，遮住了阳光，零零碎碎的光从叶与叶之间透出来，在地上印出一小块一小块的光斑。在竹林里，永远不会有盛夏，永远是那么凉爽，那么舒适。那竹叶，遮住了阳光，遮住了烦躁。盯着一根竹，我看得出了神。那根竹的根部，已经泛黄，可是竹身，却依旧那样直，它依旧傲立。我想，就算是被人砍下，它依旧是以一种傲然的姿态倒下，多么骄傲的竹！

轻风掠过竹叶，带着清新的味道，拂面而来，沙沙地响。吸一口气，吐出的也是带着竹的香味、竹的清香。不知不觉中，我已进入竹林深处。记忆中，曾经也有一片竹林，那里承载着太多儿时的欢乐。上小学的时候，去学校的路上，要过一片小竹林。放学后，我和小伙伴在其中释放着童真的天性。习惯在无人的时候，在竹子上偷偷地刻上心中的念想。有时不愿意过早回家，偷偷地躲在竹林里睡懒觉。弹指一挥间，三十多年的岁月悄然逝去，竹林还会有更多的故事发生，只是有的繁华开幕，有的正在默然谢幕，还有的渐渐随风飘然沉寂。风依旧轻轻，习习地拂着，这绿意葱葱、盎然的季节。那份淡淡的、记忆怀旧的韵味，只要轻微地触碰，便就会从心底泛起那一缕缕已泛黄的丝绪。

心似有所悟：混沌之初，天地合一，盘古之后，而今两分。难道这竹传递的是地对天的思念？一年四季的竹绿是竹传递着地对天的春意？心不禁恍然，这顺竹而下的晨露正是天悄悄诉说着对地的思念，滋润着地的干涸，抚慰着地的忧伤。

阳光被乌云缓缓遮住，细雨悄然从天上洒落。竹林听雨需一份闲情，在名利纷争的俗世中，淡然人生的风风雨雨，正如苏东坡在《定风波》中所道："莫听穿林打叶声，何妨吟啸且徐行。竹杖芒鞋轻胜马，谁怕？一蓑烟雨任平生。"千滴万滴的雨，伴着竹叶的轻舞悄悄地飘落，洋洋洒洒，淘气地钻进发丝，雨丝淋湿了竹叶，凝成一颗颗晶莹的雨珠，顺着竹叶和竹节滑落，滴落于松软的土地，消失得无影无踪。

穿越雾霭轻笼的竹叶，抬头望天，雨在竹林的上空密织成丝，似缈缈云烟，梦幻而清晰。人生如梦，几多惆怅。翻转的画面，幽静的音乐，轮回的生命。漫步于幽静的竹林之中，空气中弥漫着湿润的气息，沉浸于那一片静谧之中，听如歌如泣的雨声。

竹林中的雨雾，如万缕银丝，不停地敲打我的心。一阵风吹过，恍惚中，分不清是雨还是风，是真实的还是虚幻的，陷入一种忧郁的意象中，近在咫尺，远在天涯。或许生活中有许多不能承受的忧伤和烦恼，所以就梦想有一片竹林，静心听雨，打开心结，释放一些欲罢不能的往事。

这雨来得突然，去得也快。阳光照进雨后的竹林里，竹叶上晶莹剔透的雨珠在阳光下反射出七彩的光芒。蝴蝶在林中翩翩起舞，亲吻雨后翠绿的竹叶，沐浴在清新而甜美的空气中。想象着雨后春笋在沥沥的细雨中破土而出，守候着一份从笋蜕变为竹的希望，享受着一种美妙绝伦的绿色。一滴滴雨珠，沿着一节节风骨，荡漾出苍绿的韵味，吟诵出千古的绝响……

远处，总有笛声在回荡。不知名的曲，却牵动着心。一支用翠竹镌刻成的笛箫，演奏出的曲调和旋律慰藉了多少寂寞和欢欣的灵魂！一曲折柳曲，几回断人肠，笛音幻化成多么美丽的诗句啊！“此夜曲中闻折柳，何人不起故园情。”听着这悠扬的笛声，心中生出几多感动。这是最为质朴的乐音，不带任何修饰，真想每天都能听到这最为动听的天籁！

恍然中，我已出了竹林。猛然，强烈的光线使我眼前一黑。适应之后，我回首那静心的地方，千万根竹傲立着，随着微风轻轻地摇摆着。那一大片翠色，我心如止水的颜色。

我在竹泉村又住了几日，每天都会去那片竹林。敬意，随着这片幽静油然而生。远观望，耸入云天；细端详，中空韧强；竹青，无伟岸身姿，细细节节；相思，有入云破霄，寸寸长长；莫非这竹内载的是“万缘皆空”的经语妙言，任人参悟？

我不舍地离开这里，可心依旧沉醉在其间。明年的同一时候，我还会来到这片土地。与大自然亲密接触，那将是灵魂深处的升华与顿悟。

成长，永不停息

草是率性而发的。春风的滋润下，无边无际地生长着，为广袤大地抹上了一层绿色。前面还有几座高山，那里没有肥沃的土壤。倔强的草儿们，硬是征服了那些坚硬的石头。俯瞰脚下，它们带着微笑，悄悄地擦拭身上隐隐作痛的地方。

山上缀满大片的黛绿，很大气磅礴的色彩。一切生命，都源于那颗随风而舞的种子。远离母亲温暖的怀抱，它带着留恋和寂寞。可是想到未来的那片新天地，它的心情是欢愉的。顾不上遐思，它的双脚早已触碰到大地。从那以后，它就开始和寂寥、荒凉和磨难做着顽强的抗争。

把脸贴到草叶上，有一种毛茸茸的质感，那是生命最原始的质感。虽然平凡得不起眼，却不庸俗得惹人厌。谛听它们的呼吸，那是平静幸福的心跳。是啊！它们在不断地成长，浩瀚的时空长河中，它们和其他生命体一样，用一颗真诚的、热爱生活的心在不停地成长。

它们竟有这样的生命张力，看似孱弱的身躯中，蕴含着不可战胜的能量。甘甜清幽的气息，缓缓地荡漾开来，沉醉了远道而来的阳光，陶醉了远行千里的游人。

我们，不就是默默成长的亿万棵小草中的一员吗？

生命的初始阶段，我们是那样纯粹，没有掺入任何杂质。我们在渴望中成长，在成长中渴望。岁月化作一份份期盼，我们在不断编织梦想中走过一圈圈年轮。成长中，我们的手中不停地接过东西，很多是物质上的。

收获渐渐化作成长的意义，却不知这份收获背后隐藏着什么。早已习惯在生活破碎的底片上，收获空洞的场景；习惯在闪着物欲的光环中，枯竭着那条精神的河流。热闹喧嚣过后，头上多了一丝银发，心中却总觉得缺少什么。早已忘却成长的定义，只是一味地在自我设置的藩篱里，绕着毫无意义的圈子。

这就充分验证了一句话：经济基础未必会带来精神上的幸福。这是成长过程中必然会经历的烦恼，每个人都会为此付出一定的代价。只是有的人能很快醒悟，而有的人一辈子都不曾体会到。很欣赏下面这段话：有的人是面朝外，终生的精力都放在取得社会成就和被他人认可上，向每一个缝隙伸展自己的枝丫，想方设法与各类人攀上关系以备不时之需；而有的人是内视的，他的注意力不会聚焦在外面的风起云涌，而是聚焦在内心的潮起潮落。“咬定青山不放松，立根原在破岩中。”只要心中有这个“魂”，外在世界的变化都不会在心境之湖上掀起波澜。这才是成长的终极目标，希望每一步都能向着这个目标不断靠近。

成长是不会停息的，苦恼和烦闷只是生命的一段小插曲，终将会成为记忆中的过去。所谓成长，不就是在生命最本质、最自然的状态中，一种对灵魂的超升，一种对梦想图景的追求，一种生命之翼的展翅飞翔吗？

又见这片绿色，我重新看到那个被隐藏许久的自己。

这顽强的草，这厚重的魂，这永不停息的成长！

把岁月藏在记忆中

左前方是一个光鲜明亮的女孩儿，牙齿皓白，长发乌黑。扎着的马尾辫，在脑后一晃一晃，荡漾着青春活力。微风牵引着梧桐树叶蝴蝶般轻盈地舞动，追着女孩儿的长发向前漂泊，缠绵不去。远处的提琴声若隐若现，像是风儿在耳边呢喃低语。

又回到了校园，既那么熟悉，又如此陌生，物是人已非。蓦然回首间，离开“象牙塔”快十个年头了。那年夏天，很热，阳光很炽烈，火一般的激情。刚跨过高考沟壑，被抛入无边的自由境地，有迷茫，更多的是欣喜。常常在林荫小道上漫步，轻轻地嗅着泥土的清香，野花的芬芳，还有那满眼的绿色。走累了，在路边长凳上坐一会儿，看河中的黑天鹅嬉戏。抑或更加懒散，躺在一大片草坪上，头枕着青草，眼望着蓝天和云朵。“宠辱不惊，看庭前花开花落；去留无意，望天空云卷云舒。”倏然间，我似乎有了贤士的风骨。脑中，飞舞着一些胡思乱想，那是一颗无拘无束的灵魂在躁动。在校园内，我可以毫无顾忌地去想、去念、去思、去忆。不会迎来嘲笑声或鄙夷的目光，因为周围都是单纯的身影。思想不停地舞动，岁月的每一天也就这样静静地翻过去，好像一页页书籍，经过后会留下些什么，又留不下什么。

还是一个热得难耐的夏季，这次是别离，是忧伤。越是珍贵的东西，只有在失去的时候才充分显示它的价值。比如大学，比如青春，这个曾经被无数次吟咏、无数次吐槽的词汇，握在手里时，我是那么的不屑，就像一个亿万富翁，肆意挥霍着手中的财富。一旦意识到快要挥手作别时，我才蓦然醒悟：一个悲怆带着苍凉的时刻到了。

捏着手中的毕业证书，这只是一张很薄的纸片，却承载了太多的岁月。从背上书包的那一刻，生命的意义似乎就在为了获得它而不断努力。当十多年光阴被踩在脚下，这张纸片为我所拥有时，一切的意义和价值似乎在一瞬间被掏空、被清零。我是在与一个时代告别，这个时代承载着太多的梦想、太多的激情。过去慢慢成为一个黑点，心在此时却静下来，将自己拾掇好，向着未来自信地走去。

这些美丽的日子，可以感觉到它就在身边潺潺流过。去年岁末与今日相隔已是万水千山，而失去的岁月，其实就在昨天。

幽微的阳光照在手心上，分割成一块一块，每一块都曾是一段令人难忘的日子。过去安静地躺在那里，等待着我去回忆、去追念。生命中绚丽的阳光，在心间如潮水般蔓延开来，照得我通体明亮。

时间不为任何人停留，我们唯有追随。新年的钟声，像茶香一般的温馨而妥帖。那些未可知的岁月，同样令人快乐而期待。

把岁月藏在记忆中，等待空下来的时候，再小心地翻出来，由此把自己的人生充实。有过去可供自己翻检，这样的人生注定不会让人失望。

没有电磁信号的“世外桃源”

如果没有广播电视，没有无线网络，也不能使用手机，假如每天都是这样，相信很多人都会难以忍受。不过，美国一个小镇的居民就过着这样的“世外桃源”生活。还有人就是冲着这点，专程来到这片净土躲避世间的喧嚣。

这个小镇有一个诗情画意的名字——“绿岸”，位于美国首都华盛顿以东350千米。为什么这里成了电磁信号的“盲区”？原因就是这里有一台世界上最灵敏的射电望远镜。这台射电望远镜高约150米，锅状的定向天线直径为100米，24小时持续运行，收集并测量天体射电的强度、频谱及偏振等。它能捕捉到“犹如一片雪花轻坠地面”的微弱信号，前提是必须保持周围的“绝对宁静”。就以监测来自类星体的射电波为例，类星体的信号强度通常为1瓦特的三十亿分之一，而手机信号的强度大约为2瓦特。也就是说，只要有极其微弱的手机信号，就会完全遮蔽“来自星星的话语”。

为了让绿岸射电望远镜正常工作，周边16千米的区域，限制或禁止使用手机、无线Wi-Fi、电视、遥控器、微波炉等能发出无线电波的装置。另外，射电望远镜周边大约3.3万平方千米的区域被定为“国家无线电安静区”，规定无线电的频率要尽可能低。

没有无线电波，几乎让现代人回到前工业时代。大多数人习惯了科技发展带来的便捷生活，很难适应这种有些单调乏味的“原始”生活。不过，有些人却愿意来此“受苦”。

美国艾奥瓦州居民黛安娜·斯科就是一个典型代表。她患有可怕的电磁波过敏症，隔三岔五就会犯病。病症发作时，她只能待在特制的“法拉第笼”里，以隔绝电磁信号。由于当今世界各地几乎被电磁信号所覆盖，她为此感到痛不欲生。好几次，她想亲手结束自己的生命，以免受电磁信号对肉体的折磨。幸好丈夫看得紧，她还能活在这个世界上。她流着泪对丈夫说：“你不是在救我，而是在害我。我每天都活得很痛苦，几乎没有活着的乐趣和尊严，还不如尽早了断。”丈夫只好安慰她，说总有办法让她从痛苦中解脱出来。可是，这种病几乎是不死的癌症，几乎没有治愈的可能性，唯一的办法就是躲在那个容器里，这样能稍微减轻一些折磨。他多么渴望，这个世界上还有一片没有被电磁信号污染过的“净土”。

最终，他们听说美国有这么一个特别的地方。不由分说，这名50多岁的女子决定一个人搬到“绿岸”居住。为此，夫妻俩只能在一段时间内分居，每年的下半年，丈夫专程从“外面的世界”来看望斯科。每天，斯科打开一台运行速度奇慢无比的电脑，利用电话线拨号上网收取来自丈夫的邮件，几分钟后便立刻关机。日子一天天过去，斯科的状况有了明显的好转。就在这片土地上，她重新找到了希望。想到今后能做许多事，还能邀请新认识的朋友过来做客，她不再有“死”的念头。她开始乐观地生活，每天都带着微笑面对身边的每个人。

就连斯科的丈夫库尼，也开始喜欢上这里的生活。没来陪妻子前，他和手机形影不离，经常出现持续耳鸣、彻夜难以入眠的症状。他整个人病怏怏的，处在亚健康的状态。小住一段时间后，他觉得全身舒畅，闲暇时看看书、弹弹琴，日子过得简单却舒适。夫妇俩的话道出了许多人的心声。很多人都表示在小镇感到舒服多了，又能过上幸福宁静的日子。

正如狄更斯在《双城记》中所说：“这是一个最好的时代，也是一个最坏的时代。”手机、无线 Wi-Fi 为我们带来便捷生活的同时，也让我们陷入一种难以解脱的苦恼中。纷繁中多一份简单，喧嚣中多一份宁静，这样的生活才是值得我们艳羡和景仰的。

阳光明媚的午后

关掉电脑，关掉手机，关掉一切通信工具，我彻底成为信息“洪流”中的一个“孤岛”。就在这个阳光明媚的午后，我决定不再受到外界信息的骚扰，做一回真实的自己。

大片的阳光，无私地射进房间里，轻轻地、柔柔地舔着我的肌肤。隆冬时节，窗户将一切寒冷隔绝在外面，暖暖的阳光却能够畅行无阻。我这间不大的卧室，瞬间就变成惬意无比的暖房。在这宝贵的午后时分，我要享受这暖人的阳光，驱散内心的灰霾。

厨房的一个角落，我找到一罐尚未开封的西湖龙井，上面早已蒙上一层厚厚的灰尘。这罐茶叶是我的密友所赠，那是他那次杭州之行特意为我带来的，据说是当年的新茶。收到茶叶后，我习惯性地表示感谢，习惯性地将其扔在一边，任其接受被冷落的命运。不是我不重友情，而是生活的重担已经压得我没有这份闲情。面对周围丛林般的世界，我不敢有丝毫的懈怠。不过一路走来后，却发现情况并非自己想象得那样。奋斗进取虽很重要，但是一番小憩和放松也必不可少。一根始终绷紧的弹簧，总有断裂的那一天。

已经不再嫩绿的茶叶，被倒进一个紫砂的茶壶内。开水就像一个魔法师，迅速释放出茶叶内部的生命力。茶叶上下游动，就像一个个沉浸在艺术世界中的舞者。不久，茶香就着热气散发出来，一波又一波地刺激着我的嗅觉。轻轻地啜上一口，顿感清香入味。任何心灵上的躁动和涟漪，都在此刻平复下来。我似乎听到自己的心跳，这最美的天籁。

打开书橱，里面陈列着上千册各类图书。曾几何时，我对这些卷册是那么爱不释手。父母的抱怨声此起彼伏地在我耳畔响起，他们对我嗜书如命的行为感到有些不理解。不过，我依然乐此不疲，他们只好顺其自然。可是，随着电子化阅读时代的到来，纸质图书因其体积较大、携带不方便，不可避免地被“打入冷宫”。和那罐龙井一样，书的封面上同样积着一层尘埃。我取出一本梭罗的《瓦尔登湖》，这本书我一直想读，只是囿于平常浮躁的心境，没有机会感受作者细腻、理性的文字。我用湿纸巾擦拭封面上的灰尘，渴望这薄薄的书卷能够擦去我心灵上的灰尘。

我渐渐进入书中的世界，那是作者两年多生活的真实写照。我相信，在很多人的心灵深处，也一定有这样一个精神家园。在这片心灵圣土上，作者用冷眼注视人生，不带任何修饰的文字，讲述一个又一个人生哲理，破解着困惑很多人的精神谜题。因为放下了功利性的杂念，书中的叙述让我产生很多共鸣。作者笔下的小动物，是那么活泼可爱；简单朴实的田园生活，也是每一个深受世俗困扰的人所向往的。

楼下传来一阵嬉闹声——久违的声音。

平时，这个小区总是很寂静，静得有点死气沉沉。这也难怪，父母们总是对孩子们寄予厚望，玩耍似乎成了一种奢望。自己的成长历程，似乎又在比我们更小的一代人身上重演。想到这里，心里感到一阵悲哀。

不过，在这个阳光明媚的午后，终于打破此前惯常的安静。我不由自主地来到阳台上，打量楼下的情况。几个七八岁的孩子，有男孩子，也有女孩子，玩着简单的游戏。游戏中，他们被分成了对抗的两组。手中的泥巴，就是他们战斗的武器，被泥巴击中，就算中弹身亡。几番“厮杀”后，女孩子一方竟然取得胜利。可怜那些男孩子，躺在地上“静候”女孩子们的戏耍……

太阳渐渐西沉，孩子们的踪影渐渐从我的视野中消失。我有些怅然地从阳台回到屋内，依然回味着刚才的情景。

正当我准备重新走进《瓦尔登湖》的世界时，尖锐的电话铃声响起。我这才发现，家里依然残留着和外界连通的途径。铃声响得很坚决，似乎不把我引到话筒边就不会罢休。终于，我无法忍受这恼人的噪声，不情愿地拿起话筒。

话筒那边传来一个熟悉的声音，这个声音不得不让我打起十分的精神。他抱怨我为什么关机，有一件很重要的事急需我尽快处理。我只得违心地说着自己的不是，将思维迅速切换到平时的信道中。看着早已没有热气的龙井，还有被扔在一边的《瓦尔登湖》，我无奈地摇了摇头。

最后的余晖渐渐散去，我收拾停当后急急地出门，拦下了一辆出租车……

不过，我还是度过了一个阳光明媚的午后。只要我愿意，这样的午后不会是最后一次……